CÍRCULO DE FOGO

CÍRCULO DE FOGO

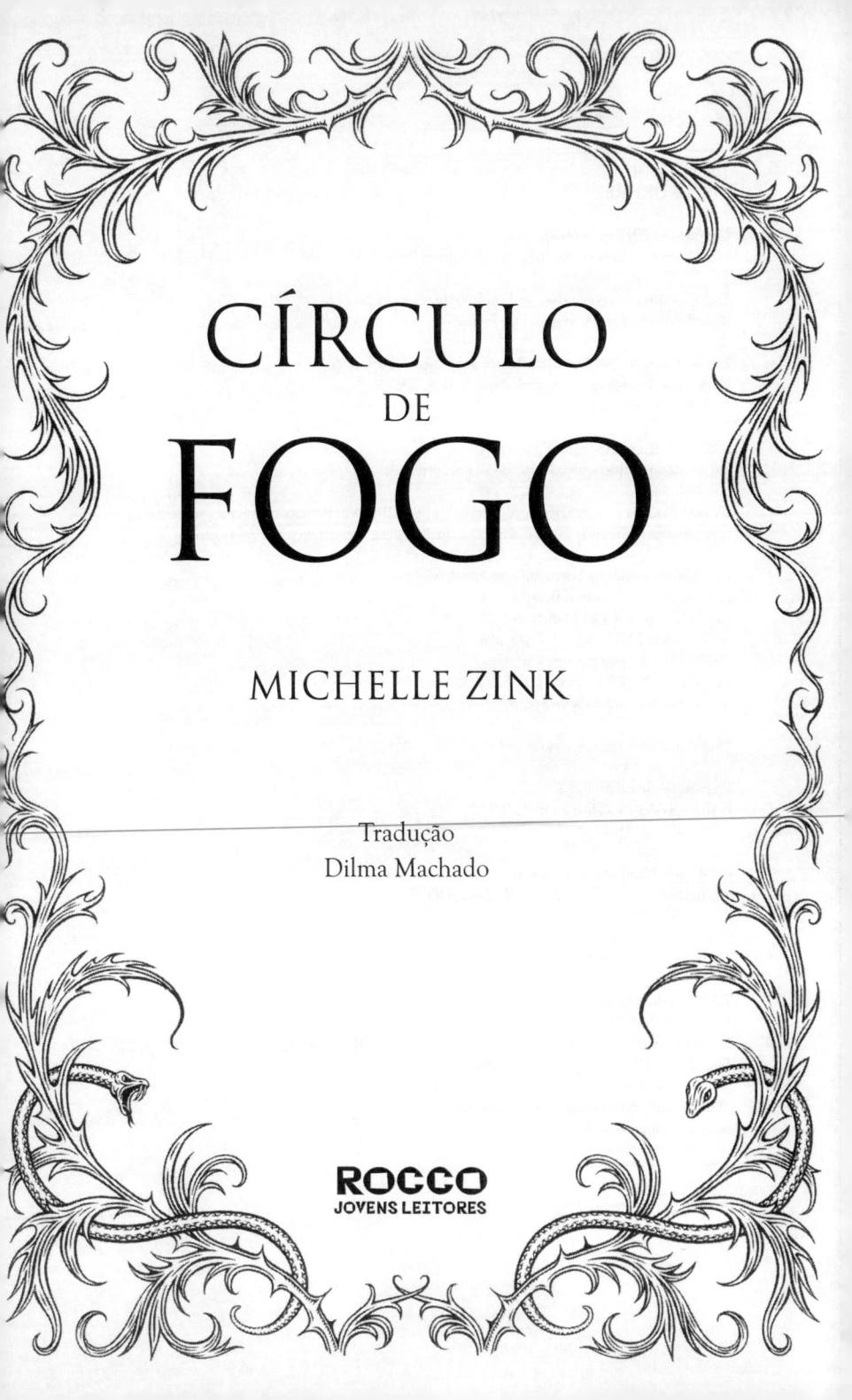

MICHELLE ZINK

Tradução
Dilma Machado

ROCCO
JOVENS LEITORES

Título original
CIRCLE OF FIRE

Copyright © 2011 by Michelle Zink
Hand-lettering e vinheta de miolo: Leah Palmer Preiss

Todos os direitos reservados, incluindo o de reprodução
no todo ou em parte sob qualquer forma.

Edição brasileira publicada mediante acordo com Little,
Brown and Company, New York, New York, USA.
Todos os direitos reservados.

A editora não é responsável por sites
(ou seus conteúdos) que não são de sua propriedade.

Os personagens e acontecimentos retratados neste livro são fictícios. Qualquer semelhança
com pessoas reais, vivas ou não, é mera coincidência e não intencional pela autora.

Direitos para a língua portuguesa reservados
com exclusividade para o Brasil à
EDITORA ROCCO LTDA.
Av. Presidente Wilson, 231 – 8º andar
20030-021 – Rio de Janeiro – RJ
Tel.: (21) 3525-2000 – Fax: (21) 3525-2001
rocco@rocco.com.br I www.rocco.com.br

Printed in Brazil/Impresso no Brasil

Preparação de originais
BÁRBARA GIACOMET DE AGUIAR

CIP-Brasil. Catalogação na fonte.
Sindicato Nacional dos Editores de Livros, RJ.
Z67c   Zink, Michelle
Círculo de fogo/Michelle Zink; tradução de Dilma Machado.
(A profecia das irmãs)
Primeira edição – Rio de Janeiro: Rocco Jovens Leitores, 2013.
Tradução de: Circle of fire
ISBN 978-85-7980-147-1
1. Literatura infantojuvenil. I. Machado, Dilma, 1962-. II. Título. III. Série.
12-8327   CDD – 028.5   CDU – 087.5

O texto deste livro obedece às normas do
Acordo Ortográfico da Língua Portuguesa.

 Para meu pai, Michael St. James,
por todo o seu adorável lado obscuro

1

Os vestidos pesam em meus braços enquanto saio de meus aposentos. Não há janelas para entrar a claridade, e caminho com cuidado pelo corredor ricamente decorado com papel de parede, iluminado pela luz tremeluzente das arandelas. A mansão Milthorpe pertence à minha família há gerações, mas ainda não é tão familiar quanto Birchwood, o lar em Nova York onde nasci e cresci.

Todavia, esta casa não abriga os fantasmas do passado. Aqui, não preciso me lembrar de meu irmão caçula, Henry, de como ele era antes de morrer. Não preciso imaginar se ouvirei minha irmã gêmea, Alice, sussurrando no Quarto Escuro ao invocar coisas assustadoras e proibidas. Se irei vê-la perambulando pelos corredores a qualquer hora do dia ou da noite.

Não em carne e osso, em todo caso.

Foi ideia de tia Virginia que eu pedisse o conselho de Sonia e Luisa sobre qual vestido usar no baile de máscaras esta noite.

Sei que minha tia está tentando ajudar, mas a prova irrefutável de que o tipo de amizade que tenho com as duas mudou é que hoje em dia preciso me preparar emocionalmente para estar na presença delas. Ou, mais especificamente, na presença de Sonia. Apesar de ela e Luisa terem voltado de Altus há semanas, a tensão sentida nos primeiros dias em que chegaram não diminuiu. Na verdade, ela parece crescer a cada dia. Tentei perdoar Sonia por sua traição na floresta que leva a Altus. *Ainda* estou tentando perdoá-la, mas toda vez que olho no azul frio de seus olhos, eu me lembro.

Lembro-me de acordar, o rosto gentil de Sonia sobre mim, suas mãos quentes apertando o odiado medalhão contra a pele macia da parte inferior de meu pulso. Lembro-me de sua voz familiar depois de vários meses de segredos compartilhados, sussurrando com ardor as palavras das Almas que me usariam como Portal para libertar Samael.

Lembro-me de tudo e sinto meu coração enrijecer só mais um pouco.

O baile de máscaras da Sociedade é um dos eventos mais comemorados do ano. Sonia, Luisa e eu estamos aguardando-o desde que elas voltaram de Altus, mas, enquanto elas rapidamente decidiram que roupa usar, eu permaneci indecisa.

Minha máscara, escolhida e criada há muito tempo, não foi difícil. Eu logo soube como seria, apesar de nunca ter ido a um baile de máscaras e não ter nenhuma pretensão de ser criativa em relação à moda. No entanto, a ideia me veio fácil e claramente, como se eu a tivesse visto na vitrine de uma loja. Sendo assim, providenciei sua confecção, descrevendo-a para a costureira e avaliando seu esboço em um pedaço fino de pergaminho até que ficasse exatamente como imaginei.

Apesar de eu ter conseguido expor minha ideia da máscara com facilidade, minha indecisão obrigou-me a desistir da possibilidade de encomendar um vestido com a costureira. Em vez disso, escolhi dois dos vestidos que já estavam pendurados em meu armário. Como tia Virginia sugeriu, pedirei a Sonia e Luisa que me ajudem a decidir, mas, embora isso já tenha sido um ritual de amizade que costumava me agradar, agora simplesmente me causa horror. Terei de olhar nos olhos de Sonia. E terei de mentir e mentir e mentir.

Ao chegar à porta do quarto de Luisa, ergo minha mão para bater, mas hesito quando ouço as vozes que surgem lá de dentro. Noto que uma das vozes é de Sonia e ouço meu nome sendo dito com frustração. Estou à porta e não tenho a menor pretensão de não ouvir.

– Não há mais nada que eu possa fazer. Já me desculpei mil vezes. Eu me submeti, sem reclamar, aos rituais das Irmãs em Altus. Lia não vai me perdoar, não importa o que eu faça. E estou começando a acreditar que ela nunca vai – diz Sonia.

O farfalhar de tecido é seguido pela batida das portas dos armários antes que eu ouça Luisa responder.

– Besteira, talvez você deva tentar passar um tempo a sós com ela. Já a convidou para ir com você a Whitney Grove?

– Mais de uma vez, mas ela sempre encontra uma desculpa. A última vez que fomos lá foi antes de você voltar de Nova York. Antes de Altus. Antes... de tudo.

Não sei dizer se Sonia está zangada ou apenas triste, e sinto-me culpada por um momento quando penso nas tantas vezes em que ela me convidou para ir a Whitney Grove. Recusei seu convite mesmo quando fui sozinha praticar meu arco e flecha.

– Só precisa dar-lhe um tempo, nada mais. – Luisa é direta. – Ela carrega o peso do medalhão agora, além do fardo de decodificar a última página da profecia.

Olho para meu pulso, espreitando por entre os metros de seda e renda. A tira de veludo preto me incomoda debaixo da manga do vestido. A culpa é de Sonia por eu ter de cuidar do medalhão sozinha. A culpa é dela por eu ter de me preocupar que ele abrirá caminho até a marca de Jorgumand, a cobra comendo o próprio rabo com um "C" no centro, em meu outro pulso.

Não importa quantas desculpas Luisa dê para Sonia, essas coisas sempre serão verdadeiras.

Minha incapacidade de perdoar vem acompanhada de uma mistura poderosa de ressentimento e desespero.

– Bom, estou ficando cansada de ceder aos caprichos dela. Somos parceiras nessa profecia. Todas nós. Ela não é a única que sente esse fardo. – A indignação na voz de Sonia atiça o fogo do meu ódio. Como se ela tivesse algum direito de se sentir indignada. Como se perdoá-la fosse assim tão fácil.

Luisa suspira tão alto que posso ouvi-la do corredor.

– Vamos tentar nos divertir no baile de máscaras, certo? Helene chegará em dois dias. Essa é nossa última noite para sermos amigas como fomos uma vez.

– *Eu não sou o problema* – resmunga Sonia do quarto. Uma onda de sangue esquenta minhas bochechas, e procuro controlar-me antes de erguer a mão para bater na grande porta de madeira.

– Sou eu – digo, tentando disfarçar o tremor em minha voz.

A porta se abre e Luisa fica parada sob a soleira, seus cabelos negros iluminados pela cor vinho refletida com a luz do abajur e da lareira no quarto.

– Aí está você! – Sua alegria parece forçada, e fico imaginando-a tentando não dar importância à conversa que acabara de ter com Sonia. Por um momento irracional, sinto que é cúmplice da traição de Sonia. Então me lembro da lealdade de Luisa e da dor que deve sentir ficando entre Sonia e mim. Minha petulância se dissipa até restar-me apenas mágoa e resignação.

Fico surpresa ao descobrir que, de repente, não é tão difícil sorrir.

– Aqui estou eu. E trouxe dois vestidos para que vejam.

Luisa olha para a enorme quantidade de tecido em minhas mãos.

– Já posso ver por que não consegue se decidir. Os dois são lindos! Entre. – Ela se afasta, permitindo que eu entre.

O olhar de Sonia encontra o meu quando entro.

– Bom dia, Lia.

– Bom dia. – Tento sentir o sorriso que lhe dou ao atravessar o quarto em direção à cama de mogno entalhado que fica no centro do aposento. O acanhamento que sinto perto de minha adorada amiga é novidade, já que falávamos de tudo e de nada. Uma vez, Sonia e eu ficamos juntas em Londres enquanto Luisa permanecia em Nova York com tia Virginia e Edmund, nosso cocheiro da família e leal amigo. Tento lembrar os vários dias em que Sonia e eu ficamos passeando em Whitney Grove, falando de nossas expectativas para o futuro ou rindo das meninas excessivamente corretas da sociedade de Londres para recordar o meu amor por ela. – Vim trazer os vestidos!

Ela aproxima-se da cama enquanto coloco os vestidos sobre a colcha.

– São lindos!

Afasto-me, com um olhar crítico para eles. Um é vermelho, uma escolha audaciosa para qualquer jovem. No entanto, o verde-esmeralda agrada-me mais aos olhos. É impossível não pensar em Dimitri quando me imagino usando um deles.

Como se lesse minha mente, Luisa diz:

– Dimitri não conseguirá tirar os olhos de você, Lia, não importa qual vestido escolha.

Meu estado de espírito se eleva, mesmo que só um pouco, quando penso nos olhos de Dimitri, negros de desejo.

– Sim, bom, a ideia é *essa*, suponho.

Sonia se abaixa, sentindo o tecido com os dedos, e durante a próxima meia hora conversamos apenas sobre vestidos e máscaras, até que, por fim, decido usar o de seda escarlate. Durante mais meia hora fingimos que tudo é como costumava ser e que todas as tarefas da profecia não nos separam. Fingimos porque não adiantaria dizer em voz alta aquilo que sabemos – que nunca mais nada será como antes.

Sento-me à penteadeira de meu quarto, vestida apenas com um *chemise* e meias de liga enquanto me preparo para o baile de máscaras.

Foi com certo escândalo entre os serviçais que deixei de usar espartilhos e de usufruir do auxílio das criadas desde que voltei de Altus há quase três meses. Não era minha intenção abster-me dos enfeites da moda atual. Por um tempo, permiti que uma criada me ajudasse a me vestir para ocasiões formais, como é próprio de uma jovem do meu nível social. Permanecia

em silêncio e ressentida enquanto era amarrada e apertada dentro de um espartilho, meus pés enfiados em sapatos elaborados que apertavam até que eu dominasse a compulsão de jogá-los do outro lado do quarto.

Mas não adiantava.

Só conseguia pensar na seda de Altus, um sussurro em minha pele desnuda, e na liberdade luxuosa dos pés sem sapatos ou sandálias.

Finalmente, depois de uma noite especialmente longa socializando com os espiritualistas, druidas e médiuns da Sociedade, fui para casa em Milthorpe Manor e anunciei minha intenção de vestir-me sozinha daquele momento em diante. Houve apenas indícios de protestos. Todos já haviam notado as mudanças em mim. Nada que fiz chegou de surpresa, e os empregados pareciam conformados em ter uma patroa excêntrica.

Pego uma caixa de pó de arroz e observo-me no espelho enquanto passo as pequenas partículas na testa, bochechas e queixo. A jovem que está ali refletida dificilmente seria reconhecida como aquela garota que veio para Londres pela primeira vez. A garota que abandonou seu lar, sua irmã e o homem que amava.

De qualquer forma, essa é a nova pessoa que parece mais familiar. Os olhos verdes-esmeralda brilham como os de minha falecida mãe, as bochechas angulosas e salientes como se fossem para me lembrar dos sacrifícios que fiz em nome da profecia.

Não é de estranhar que a garota de rosto redondo que chegou a Londres não passe de uma lembrança.

O brilho opaco da pedra da serpente de tia Abigail chama minha atenção pelo espelho. Ergo a mão, fechando os dedos ao redor da pedra, pensando se é minha imaginação ou se ela só está quente.

Tornou-se um ritual diário – testar a temperatura da poderosa pedra que me foi dada pela tia Abigail –, já que minha força cresceu e continuo convencida de que pouco permanece entre as Almas e mim. Minha tia sacrificou a vida para me proteger, imbuindo a pedra com o pouco de poder que ainda lhe restava como Lady de Altus. Quando o calor da pedra finalmente acabar, qualquer proteção recebida dela também acabará.

E a pedra fica a cada dia mais fria.

Viro-me de costas para o espelho. Não adianta pensar em coisas sobre as quais não tenho nenhum controle. Em vez disso, caminho pelo quarto enquanto contemplo o mistério da última página da profecia. A página propriamente dita, encontrada na caverna sagrada de Chartres, se foi para sempre, queimada para garantir que nunca caísse nas mãos de Samael ou suas Almas Perdidas. No entanto, as palavras inscritas nela são um mantra que nunca esqueço. Uma lembrança de que ainda há a possibilidade de um futuro no qual a profecia não persiga minhas esperanças e sonhos.

Lembro-me disso quase inconsciente, recitando as palavras em minha mente enquanto reflito sobre o significado delas:

Porém do caos e da loucura Uma ascenderá
Para guiar o Patriarca e libertar a Pedra,
Envolta pela santidade da Irmandade,
A salvo da Besta, e

Libertará aqueles que foram aprisionados
Pelo passado da Profecia e a ruína iminente.
Pedra sagrada, libertada do templo,
Sliabh na Cailli',
Portal dos Mundos Paralelos.
Irmãs do Caos
Retornarão à barriga da Serpente
Ao final de Nos Galon-Mai.
Ali, no Círculo de Fogo
Iluminado pela Pedra, unirá
As Quatro Chaves, marcadas pelo Dragão,
Anjo do Caos, marca e medalhão.
A Besta, banida apenas através
Da Irmandade à porta da Guardiã
Com o Rito dos Caídos.
Abra os Braços, Senhora do Caos,
Para prenunciar a destruição das eras
Ou fechá-las e
Rejeitar a sede Dele por eternidade.

Há coisas que sabemos. Que eu sou a escolhida para encontrar a Pedra uma vez escondida pelas Irmãs de Altus. Por minhas ancestrais. Que libertar aqueles que foram aprisionados pela profecia significa libertar a mim mesma, bem como as chaves – Sonia, Luisa e agora Helene. Que significa libertar as gerações futuras das Irmãs e libertar a humanidade do caos das trevas que surgiria caso Samael chegasse no nosso mundo.

E que Alice está trabalhando nesse exato momento para evitar essa libertação.

Mas é a localização da Pedra que Dimitri e eu não conseguimos decifrar, e preciso dela para completar o Ritual em Avebury. Até o momento, supomos que "envolta pela santidade da Irmandade" significa que está escondida em um local considerado espiritualmente significativo. É possível estarmos enganados, mas já que a última página da profecia foi enterrada na caverna em Chartres – que também foi local de um templo subterrâneo reverenciado pelas Irmãs no passado –, parece ser a melhor das hipóteses.

O relógio sobre a lareira toca sete vezes e vou até o armário, retirando o vestido escarlate lá do fundo enquanto continuo pensando nos locais possíveis que eliminamos e nos nove que ainda restam. Ao colocar o vestido pela cabeça, tentando não soltar o cabelo preso, fico irritada de frustração por não podermos descartar por inteiro nem mesmo os locais que já cortamos da lista. Estamos procurando um lugar considerado importante por nossos ancestrais – um que possa estar ligado à história do nosso povo ou da profecia. Porém, só temos nossa pesquisa para basear essas conclusões. O esquecimento de uma mínima parte da história poderia mudar tudo.

E há algo mais que nos atrapalha a decifrar a última página.

Retornarão à barriga da serpente ao final de Nos Galon-Mai.

É óbvio, pela importância prévia de Avebury, que a barriga da serpente está lá, mas não conseguimos descobrir referências sobre a véspera na qual devemos nos reunir para fechar o portal para Samael. Eu tinha esperanças de encontrar alguma nos muitos livros de consulta de meu pai, mas procuramos em todos os livros da casa e percorremos as livrarias de Londres em vão.

Uma batida na porta me faz sobressaltar.

– Sim? – pergunto, procurando os sapatos que mandei fazer para que fossem confortáveis e modernos de forma aceitável.

– Edmund está pronto com a carruagem – diz tia Virginia do outro lado da porta. – Precisa de ajuda para se vestir?

– Não. Vou descer em um minuto.

Fico aliviada quando ela não insiste em me ajudar. Jogo-me na cama, no meio de um farfalhar de seda, e encontro meus sapatos debaixo do colchão. Passo só um momento imaginando o conforto dos pés descalços antes de colocar os sapatos com saltinhos.

Poderia ser pior. E existem certas coisas que nem mesmo eu posso mudar.

Estou na carruagem a caminho do baile de máscaras quando penso que a vejo.

Estamos passando pelas ruas de Londres, Sonia e Luisa sentadas de frente para mim, quando pegamos nossas máscaras. O tecido exuberante de nossos vestidos enche a carruagem, o azul-escuro de Sonia roçando no de seda cor de ameixa de Luisa. Olho para a saia vermelha do vestido, sentindo-me estranhamente inabalável com minha decisão de usá-lo. Há um ano eu teria escolhido o esmeralda de imediato. Digo a mim mesma que o escarlate era a única escolha que combinaria com a máscara que mandei fazer antes de começar a pensar nos vestidos, mas sei que é somente uma meia verdade.

O vestido vermelho é mais do que uma simples combinação com a máscara. É um espelho para meus próprios sentimentos de poder desde que voltei de Chartres. Desde a luta com um dos servos mais mortais de Samael, um dos membros de sua Guarda.

Imagino como posso revelar esse poder mesmo tendo dúvidas se ele será suficiente para enfrentar o futuro.

É o que estou pensando quando olho pela janela de cortinas e vejo o alvoroço nas ruas. A escuridão espalha-se em silêncio pela cidade, penetrando nas esquinas e indo em direção ao centro. Os vários cidadãos de Londres devem sentir sua presença, pois parecem se apressar mais ainda em seu caminho para suas casas e locais de trabalho. É como se sentissem sua respiração na nuca. Como se a sentissem perseguindo-os.

Estou tirando esse pensamento sobre a escuridão da minha mente quando vejo uma jovem parada debaixo do lampião a gás perto de uma esquina tumultuada.

Seu cabelo está penteado em um estilo que poderia ser considerado elaborado, até mesmo para os padrões de Alice, e seu rosto é mais magro do que o de minha irmã, pelo que me lembro. Porém, não a vejo pessoalmente há algum tempo, e todas as manhãs encaro o reflexo de minha própria mudança.

Inclino-me para a frente em meu banco, incerta se é medo, ódio ou amor que correm em minhas veias enquanto espero ver a moça melhor. Estou quase preparada para chamar seu nome quando ela se vira de leve em direção à carruagem. Ela não me encara. Não totalmente. Mas se vira o suficiente para que eu possa ver seu perfil. O suficiente para ter certeza de que não é Alice, afinal.

Ela vira-se para continuar andando pela rua, desaparecendo no meio da fumaça que sai dos lampiões a gás. Volto a me sentar corretamente no banco da carruagem, sem saber se é alívio ou decepção que aperta meu coração.

– Lia? Você está bem? – pergunta Luisa.

Firmo a voz, consciente de que minha pulsação está acelerada:
— Estou bem, obrigada.

Ela assente, e procuro sorrir um pouco antes de fechar os olhos, tentando acalmar minha respiração ofegante.

Foi apenas sua imaginação, digo a mim mesma. Há muito tempo você é perseguida por Alice e as Almas. Você as vê em cada esquina, cada rua.

Gostaria que, de repente, Dimitri estivesse ao meu lado, com sua coxa musculosa pressionando a minha, sua mão acariciando meus dedos debaixo das dobras do meu vestido. Todavia, mesmo desejando isso, esforço-me para respirar mais devagar e parar de pensar. Não é prudente confiar demais nos outros.

Nem mesmo em Dimitri.

Enquanto Edmund leva a carruagem para St. Johns, não consigo deixar de ficar impressionada com a forma como todos parecem normais. Claro que os membros da Sociedade *são* normais em vários aspectos, mas, mesmo assim, nunca vi tantos de nós no mesmo lugar, ao mesmo tempo. Quase espero que haja um brilho, um murmúrio, algo para marcar o número total daqueles com poderes sobrenaturais presentes.

Mas não. É como qualquer reunião pomposa da elite de Londres.

— Como é que Elspeth administrou uma igreja? — A voz de Sonia está perto de meu ouvido, e noto que todas nos inclinamos para a frente, esticando o pescoço pela janela, nos esforçando para ver melhor os homens e mulheres saindo das carruagens e seguindo pelo caminho de pedras.

— Não faço ideia de como Elspeth administra metade das coisas que faz! — Luisa ri alto, aquela risada adorável e espontânea que me faz lembrar o começo de nossa amizade, há mais de um ano.

— Devo confessar que não fiz qualquer pergunta sobre o local do baile de máscaras, mas agora vejo que estou muito curiosa — digo. — Certamente a rainha ficaria insatisfeita em ver uma reunião de pagãos em uma das igrejas de Londres.

Sonia faz "psiu" antes de continuar:

— Byron me disse que muitos concertos e bailes são realizados em St. Johns.

Suas palavras são ditas com tanta calma que levo um tempo para registrar o que disse. Luisa deve ter pensado o mesmo que eu, pois nós duas nos viramos juntas para Sonia.

— Byron!

Ela enrubesce, e fico surpresa ao descobrir que, depois de tudo o que aconteceu, Sonia ainda ruboriza ao ouvir falar de um cavalheiro.

— Eu o vi na Sociedade depois que voltamos de Altus. — Seu olhar é para Luisa. — Ele foi o primeiro a me contar sobre o baile de máscaras.

Um sopro de ar frio invade o interior da carruagem quando Edmund, todo garboso em traje formal, abre a porta.

— Donzelas.

Tremendo, Luisa enrola seu manto nos ombros.

— Vamos, sim? Parece que Dimitri não é o único cavalheiro aguardando ansiosamente a nossa chegada!

É fácil sorrir para ela. Ninguém além de Luisa poderia ser tão graciosa para desejar boa sorte a mim e à Sonia quando ela mesma deixou o namorado em Altus.

Pensar na ilha é como uma brisa quente em meu coração – uma sequência de sensações rápidas como um raio. O cheiro de laranjas, as ondas batendo contra as rochas abaixo do Santuário, túnicas de seda tocando as peles nuas.

Balanço a cabeça, desejando estar ao lado da pessoa que me deixa mais perto disso tudo, apesar de eu estar a mundos de distância.

Colocamos nossas máscaras dentro da carruagem antes de sairmos de sua temperatura agradável e irmos para o corredor cavernoso. Passando pela multidão reunida em seu perímetro, não consigo deixa de sentir que estou em um tipo estranho de exibição. Os rostos mascarados daqueles ao meu redor de repente parecem espalhafatosos, minha máscara está muito apertada em meu rosto. As máscaras dificultam o diálogo, e fico aliviada quando um homem, alto e magro como um graveto, retira seu disfarce para se revelar como Byron. Ele faz reverência, tomando a mão de Sonia, e ela sorri com timidez enquanto caminham em direção à pista de dança. Logo depois, Luisa sai com um cavalheiro de cabelos claros que não consegue tirar os olhos dela. Observo minhas amigas reluzindo sob os olhares adoráveis dos homens que as giram no salão e mal posso entender que somos as mesmas três meninas que se conheceram em Nova York há pouco tempo.

Estou cogitando a possibilidade de ir pegar um refresco quando noto um homem parado no meio da multidão ali perto. Sei que é Dimitri, apesar de termos concordado em guardar segredo um do outro sobre nossas máscaras até esta noite. São seus ombros, eu acho, e o jeito que se move, como se estivesse pronto para se defender – e me defender –, que me dão a certeza de que é ele.

Ele vira-se, seu olhar fixo no meu, um pouco antes de começar a abrir caminho entre a multidão com um único propósito.

Sua máscara é primorosa, grande e enfeitada com pedras de ônix colocadas entre o brilho prateado e cintilante e as penas vermelho-escuras.

Era como se soubesse que eu escolheria o vestido escarlate desde o início.

Quando se aproxima, ele pega minha mão, mas não se curva para beijá-la. Dimitri não finge seguir as regras de Londres. Sua mão grande envolve a minha, pequena, e me puxa para perto dele, até que sinto seu corpo contra o meu. Ele fita meus olhos pouco antes de encostar a boca na minha. Seu beijo é apaixonado e longo e, sem pensar, ergo a mão para tocar seus cabelos negros e cacheados perto do pescoço. Nos separamos com relutância; algumas das pessoas mais próximas de nós erguem as sobrancelhas antes de voltar a cuidar de suas vidas.

Ele se inclina até meu ouvido, querendo contar um segredo apenas para mim:

– Você está encantadora.

– Ora, senhor, que ousadia a sua! – Erguendo o queixo para olhá-lo nos olhos, dou piscadelas, fingindo ser recatada. Porém

desisto, rindo um momento depois. – Como podia ter certeza de que era eu?
– Devo perguntar-lhe a mesma coisa. – Ele me presenteia com um sorriso. – Ou devo deduzir que observa com admiração todos os cavalheiros de máscaras enfeitadas com penas e pedrarias?
– Nunca. – Minha voz fica séria. – Só tenho olhos para você.
Os olhos de Dimitri ficam obscuros. Reconheço a expressão de desejo das muitas horas que passamos um nos braços do outro desde que voltamos de Altus.
– Venha. – Ele estende a mão. – Vamos dançar. Não será como foi em Altus, mas, se fecharmos os olhos, poderemos fingir.

Ele me puxa no meio da multidão, abrindo caminho somente com sua presença. Ao nos aproximarmos da pista de dança, Sonia passa girando nos braços de Byron. Parece feliz, e nesse momento não sinto inveja de sua felicidade. Meu coração se exalta junto com o dela.

– Boa noite, srta. Milthorpe. Soube que está precisando de um tipo especial de conhecimento. – A voz que surge detrás de mim não é alta, mas, apesar de tudo, chama a minha atenção.

Saindo com relutância dos braços de Dimitri, paro no meio da multidão e viro-me para o homem de pé no meio dos festejadores. Ele é idoso, como mostram os cabelos brancos e as rugas de suas mãos. Sua máscara é preta e verde, enfeitada com penas de pavão, mas é a túnica azul-escura que o entrega, pois ele adora usá-la, mesmo nas reuniões mais íntimas da Sociedade.

– Arthur! – Sorrio ao reconhecer o idoso druida. – Como me reconheceu?

– Ah, senhorita. Meus sentidos não são mais como antes, mas ainda sou um druida, por completo. Nem mesmo a extravagância de sua roupa poderia esconder sua identidade.

– Você é mesmo um sábio! – Viro-me para Dimitri, tentando falar mais alto que a multidão, mas sem gritar: – Creio que já conhece o sr. Frobisher, da Sociedade?

Dimitri assente, estendendo a mão.

– Nos encontramos em várias ocasiões. Arthur tem sido muito acolhedor desde que ocupei um quarto lá.

Arthur cumprimenta Dimitri, e seus olhos brilham de admiração. Sua fala é suave ao inclinar-se para ser ouvido:

– É sempre uma honra conceder hospitalidade à Irmandade.

Com as apresentações dispensadas, lembro-me das primeiras palavras de Arthur.

– Mencionou conhecimento?

Ele confirma, tirando algo do bolso e me entregando.

– Comenta-se no subterrâneo que está procurando informações. Este é o endereço de alguns conhecidos meus. Eles podem ajudá-la.

Estendo a mão, sentindo a superfície macia e frágil do pergaminho dobrado ao pegá-lo.

– Arthur, quem lhe falou sobre nossa necessidade de informações? – Dimitri olha, preocupado. – Nossas investigações deveriam ser mantidas em total sigilo.

Arthur acena com a cabeça e inclina-se outra vez ao apertar o ombro de Dimitri, tranquilizando-o.

– Não se preocupe, Irmão. As notícias correm lentamente e com cuidado nesses círculos. – Ele se endireita, apontando para

o pergaminho em minhas mãos. – Procure-os. Estão esperando por você.

Ele vira-se e desaparece na multidão sem dizer mais uma palavra. Gostaria de abrir o pergaminho agora, para ver quem poderia ser o dono das respostas que procuramos, mas será impossível ler o nome e o endereço no meio das pessoas me empurrando de um lado para o outro no baile de máscaras. Dimitri me observa enquanto dobro o papel mais duas vezes antes de abrir a bolsinha pendurada em meu pulso. Coloco-o no meio do forro de seda e puxo os cordões para fechá-la.

Sua presença rouba a felicidade que senti apenas alguns minutos antes. Como um lembrete de que ainda há muito o que fazer. Que nenhum baile de máscaras, nenhuma festa, nenhum homem de olhos escuros pode livrar-me da profecia. Isso é algo que somente eu posso fazer.

Como se sentisse minha preocupação, Dimitri pega minha mão mais uma vez.

– Haverá tempo o suficiente para isso amanhã. – Seus olhos prendem os meus. – Venha, vamos dançar.

Deixo que me guie adiante, para o centro do grande salão, onde ele não hesita em me puxar para a pista de dança. Não há lugar para preocupações enquanto giramos entre os vestidos de cores vibrantes e das penas e pedrarias das máscaras que passam indistintas. A mão forte de Dimitri está na minha cintura, e entrego-me à sua condução, aliviada por permitir que outra pessoa assuma a liderança, mesmo sendo em uma dança.

A música cresce gradualmente e depois se transforma inteiramente em outra coisa. Desta vez, sou eu que me afasto das mãos de Dimitri, puxando-o para fora da pista de dança.

Falo perto de seu ouvido:
- Vamos beber alguma coisa?
Ele concorda e sorri.
- Eu a deixei com sede, minha donzela?
Ergo as sobrancelhas.
- Eu diria que sim.
Ele inclina a cabeça para trás e solta uma gargalhada. Ouço-a ecoando mais alto que a música e a conversa no salão.
Vamos abrindo caminho entre as pessoas, indo em direção aos refrescos, quando umas bochechas salientes chamam minha atenção. Angulares e femininas, elas destacam aqueles olhos tão verdes que posso vê-los reluzir do outro lado do salão. Não deveria ficar assustada com o reconhecimento. Não de tão longe. Não por alguém cujo rosto está quase inteiramente coberto por uma máscara de brilho dourado e pedrarias violeta.
Mesmo assim, tenho quase certeza, então começo a caminhar em sua direção sem falar com Dimitri.
- Lia? Aonde você... - Ouço sua voz me chamando atrás de mim, mas meus pés se movem espontaneamente sem ligarem para nada, a não ser para a mulher parada de maneira assustadoramente familiar a alguns metros de distância.
Agarro seu braço quando a alcanço, nem mesmo considerando poder estar enganada.
Ela não parece surpresa. Na verdade, nem se incomoda em olhar para a minha mão, envolvendo seu braço fino. Não. Ela vira-se bem devagar para mim, como se o fato de eu encontrá-la não fosse nenhuma surpresa.
Sei disso antes que se vire totalmente. Vejo no contorno imponente de seu queixo. O desafio brota de seus olhos.

— Alice — sussurro seu nome. Não é uma pergunta. Eu a vi nos Mundos Paralelos e no meu. Tenho visto a presença de seu espírito durante os meses em que seu poder fortificou-se o suficiente para permitir que passe de um mundo para outro. Dormi ao seu lado quando criança e ouvi sua respiração suave durante a noite. Mesmo debaixo da máscara, estou certa de que é Alice.

Seu sorriso é lento e previsível. Minha irmã sempre gostou do tipo de poder sutil que é saber das coisas antes dos outros. Mesmo assim, há alguma coisa a mais ali também. Alguma coisa protegida e indefinível.

— Boa noite, Lia. Que surpresa encontrá-la aqui.

Há algo em seus olhos, algo misterioso e secreto, que me assusta mais do que ter o conhecimento de seu considerável poder agora residindo em Londres.

Balanço a cabeça, ainda me recuperando do choque de ver minha irmã em pessoa pela primeira vez desde que saí de Nova York.

— O que está fazendo aqui? Digo... Eu... Por que você veio?

Há outras coisas que eu deveria dizer. Coisas que deveria gritar e exigir, mas o baile de máscaras e meu estado de choque conspiram para que eu mantenha as boas maneiras, mesmo que um grito ameace se libertar de minha garganta.

— Vim fazer umas compras. Algumas preparações. — Ela fala como se seus propósitos fossem óbvios, e não consigo deixar de sentir que caí dentro dos Mundos Paralelos, em um lugar que parece e soa como se fosse meu próprio mundo, mas na verdade é uma versão distorcida e errada.

— Preparações? Para o quê? — Sinto-me como a idiota da aldeia. É óbvio que Alice está brincando comigo. Mesmo assim,

fico sem ação para ir embora. Ela me tem em seu poder, como sempre teve.

Até mesmo aqui. Até mesmo agora.

Ela sorri, e por um momento quase acho que é sincera.

– Para o meu casamento, é claro.

Engulo o mau pressentimento que cresce como uma pedra em minha garganta quando ela volta-se para o cavalheiro ao seu lado. Fiquei tão concentrada nela que não percebi seu acompanhante mascarado.

Mas o percebo agora. Percebo e sinto minhas entranhas sendo arrancadas em um piscar de olhos.

Ele já está prestes a tirar a máscara. Demora demais para que seu rosto e cabelos sejam revelados pouco a pouco, até que eu não tenha mais esperanças de estar enganada.

– Lia? É mesmo você? – O choque é evidente em seu rosto, e seus olhos procuram nos meus as respostas que não posso dar.

– Lembra-se de James Douglas, não é mesmo? – Alice segura o braço dele, deixando clara sua posse. – Vamos nos casar na primavera.

E o salão torna-se uma loucura, os rostos mascarados dos convidados transformam-se em algo estranho e medonho.

Não sou o tipo de jovem que desfalece. Viajei por estradas assustadoras e perigosas. Defendi minha vida e a vida dos que amo. Sacrifiquei tudo em nome da profecia e do destino do mundo.

Mas isso quase me faz cair de joelhos.

Não percebi a chegada de Dimitri, mas ele está ali enquanto meu braço se abre por vontade própria, procurando cegamente alguma coisa para apoiar-se, e tento me equilibrar.

– Ah! – diz Alice. – Este é seu namorado?

Não consigo olhar para James, mas quando me viro para Dimitri sua expressão é de confusão ao olhar de James para mim e depois voltar para ele. Também não consigo olhar para Dimitri. Volto para Alice e contenho a compulsão inadequada de dar uma gargalhada. A situação é medonha, de fato, já que prefiro olhar para minha irmã a encarar os dois homens.

– Este é Dimitri. Dimitri Narkov. – Engulo minha vergonha e continuo. Devo isso a Dimitri e a James. – E, sim, ele é meu namorado.

Alice estende a mão em direção a Dimitri.

– É um prazer conhecê-lo, sr. Markov. Sou Alice Milthorpe, irmã de Lia.

Ele não se surpreende com a apresentação, pois quem mais teria o rosto exatamente igual ao meu? Mas não pega sua mão. Em vez disso, inclina-se para que os outros parados ali perto não o ouçam falar.

– Não consigo imaginar o que faz aqui, srta. Milthorpe, mas sugiro que fique longe de Lia. – Sua voz é ríspida.

– Agora, escute aqui – interrompe James. – Não há motivos para ser indelicado. Gostaria que nos déssemos bem, apesar da estranheza da situação, mas não posso ficar quieto enquanto insulta minha noiva. – Sua voz está hesitante, confusa. Então percebo por quê.

Ele não sabe, penso. Alice não contou a ele sobre nós. Sobre a profecia. Sobre o que está entre nós.

A notícia de que James está noivo de minha irmã é difícil de aceitar, de que está noivo dela sem saber do perigo inimaginável no qual se colocou.

Volto a olhar para Alice, procurando em seu rosto a maldade que deve estar lá. Ela seduziu James, trouxe-o para Londres, jogou seu noivado na minha cara sem avisar. Tudo isso para me irritar. Não tem por que comprometer-se com o homem que amei, o homem com quem uma vez fiz planos de me casar, a não ser para ter algo que eu um dia tanto estimei. Como se já não tivesse tirado de mim o suficiente.

Mesmo assim, enquanto ela olha para James, não vejo nada disso. Há apenas ternura em seus olhos.

Então penso em Henry. Penso em seu sorriso gentil e seu cheiro de garoto e lembro-me novamente do que Alice é capaz.

Endireito minha postura e seguro o braço de Dimitri.

– Gostaria de ir agora, por favor.

Ele concorda, colocando a mão sobre a minha.

Ao nos virarmos para sair, a voz de James ressoa atrás de mim:

– Lia.

Olho para trás, cruzamos o olhar e vejo meus próprios sentimentos de futilidade refletindo em seus olhos.

Ele suspira:

– Fico feliz que esteja bem.

Só consigo acenar com a cabeça. Então Dimitri me apressa em direção à entrada.

※

– Mas o que ela está fazendo aqui?

A carruagem está escura no caminho de volta para Milthorpe Manor, e a voz de Sonia surge na escuridão à minha frente. Dimitri se ofereceu para nos acompanhar até em casa, mas já é difícil o bastante responder às perguntas de Sonia e Luisa. Não sei se tenho coragem de encarar isso na frente dele. Não esta noite.

Fico grata quando Luisa entra, antes de eu ter tempo para responder.

– Tenho certeza de que Lia não faz ideia do que Alice está fazendo aqui. Como alguém pode saber o que Alice está pensando? Alguma vez nós soubemos?

– Suponho que não – responde Sonia.

– Há um propósito em tudo que ela faz – digo. – Eu simplesmente não sei o que é ainda.

– Não consigo acreditar... – começa Luisa, mas para de súbito.

Balanço a cabeça na escuridão, observando as ruas enfumaçadas e os indivíduos anônimos que passam por elas.

– Nem eu.

– Vindo de Alice, tudo é possível, mas... se casar com James? – comenta Luisa. – Como ela *pôde?* Como *ele* pôde?

– Eu fui embora. – Minha voz é um murmúrio, e me pergunto se quero que Sonia e Luisa me ouçam mesmo. Se quero que alguém ouça a verdade sobre eu ter abandonado James. – Fui embora sem nenhuma palavra. Nunca nem respondi suas cartas. Ele não me deve nada.

– Talvez não – disse Sonia. – Mas, com tantas meninas em Nova York, como ele poderia se casar com Alice?

Afasto-me da janela. Existe apenas mais escuridão do outro lado do vidro.

– Ele não sabe.

Sinto que Luisa ficou chocada pouco antes de ela falar.

– Como pode ter certeza?

– Eu simplesmente tenho. Ele não faz ideia das coisas que estão entre mim e Alice. Não faz ideia da vida que levará com Alice se ela conseguir o que quer.

Sonia inclina-se para a frente fazendo farfalhar sua roupa de seda, até que seu rosto é iluminado pela luz fraca dos lampiões a gás.

— Então precisa contar para ele, Lia. Precisa contar para salvá-lo.

O desespero toma conta de mim como uma inundação.

— E se ele não acreditar em mim?

Sonia estende o braço e pega a minha mão.

— Precisa fazer com que ele acredite. Precisa fazer isso.

Olho para nossas mãos entrelaçadas, pálidas em contraste com o vestido azul de Sonia e o meu, vermelho. Encosto a cabeça na poltrona e fecho os olhos. Fecho-os e vejo Alice, parada como uma rainha em seda esmeralda, um contraste perfeito com o vestido escarlate drapejado em meus ombros e quadris.

É claro, eu penso. É claro.

De vestido verde-escuro, abraçada a James, Alice é o que eu deveria ser. Vejo nós duas de pé, lado a lado no baile de máscaras, e na minha cabeça é difícil dizer qual delas é minha irmã e qual sou eu.

Parada na porta, usando minha camisola e robe, com o frio do piso penetrando em minhas pantufas, espanto-me ao ouvir vozes vindas de dentro do quarto.

Espero pacientemente até que a casa fique em silêncio, antes de entrar no quarto de tia Virginia, mas parece que não esperei o suficiente. No entanto, voltar para o meu quarto não é uma opção. Preciso do conselho de minha tia. Mais do que isso, preciso de sua compreensão, pois somente ela pode entender de verdade o horror que senti ao ficar perto de Alice enquanto ela explicava seu noivado com James.

Ergo a mão e bato na porta o mais suavemente possível. O murmúrio para e logo depois tia Virgina abre a porta e aparenta surpresa.

– Lia! Achei que tivesse ido dormir! – Seus cabelos, soltos, caem até a cintura. Ela parece bem jovem, e lembro-me do quadro de minha mãe sobre a lareira em Birchwood Manor. – Entre, querida.

Ela dá um passo para trás, segurando a porta para eu entrar no quarto, procurando o dono da outra voz. Quando descubro, fico mais do que surpresa. Não sei bem quem esperaria que fosse, mas não seria Edmund, sentado confortavelmente ao lado da lareira, na cadeira de espaldar alto coberta de veludo felpudo cor de vinho.

– Edmund! O que está fazendo aqui?

Tia Virgina sorri de leve.

– Edmund só estava me contando sobre a presença de Alice no baile de máscaras. Fico feliz que está aqui. Sem dúvida você poderá me contar mais.

Ela lança um olhar para Edmund, e tenho a clara impressão de que esta não é primeira vez que conversam no quarto de tia Virginia no meio da noite.

Passando para outra parte do quarto, nos sentamos no pequeno sofá de frente à lareira. Não falamos de imediato, refletindo sobre nossos próprios pensamentos. É minha tia quem quebra o silêncio com sua voz cheia de carinho ao meu lado:

– Lamento, Lia. Sei o quanto James significava para você.

– *Significa* para mim – digo, olhando para o fogo. – Só porque fui obrigada a libertá-lo, porque desde então conheci Dimitri, não quer dizer que não me importo mais com o que acontece com James.

– É claro. – Ela se aproxima e pega minha mão. – Você não fazia ideia do relacionamento dele com Alice? Ele não mencionou isso em nenhuma de suas cartas?

Nego com a cabeça.

– Paramos de nos corresponder há algum tempo, antes mesmo de eu partir para Altus.

– Eu simplesmente não entendo como ele pôde ficar noivo de Alice. Da última vez que a vimos antes de voltarmos para Londres, ela estava bem, pelo menos foi o que me disse.

– James Douglas é um homem bom, inteligente – diz Edmund. – Mas ele *é* homem. Alice se parece com você, Lia. E James ficou muito só depois que você partiu. – Não há acusação em seus olhos. Ele está apenas relatando os fatos.

– Edmund me contou que você não acredita que James saiba da profecia – comenta tia Virginia. – O que a faz pensar que ele não sabe?

Olho para o fogo, lembrando-me de James. Seu sorriso gentil ao tocar os lábios nos meus. Seu zelo em me proteger do mal. Sua simples *bondade*.

Ao voltar-me para tia Virginia, tenho mais certeza do que nunca:

– James não faria parte de uma coisa dessas. Não com a posição de Alice nisso.

Minha tia concorda.

— Se for verdade, não pode simplesmente contar para ele? Contar tudo e implorar para que se afaste o máximo possível de Alice, para seu próprio bem?

Mordo o lábio inferior, tentando me imaginar contando para James sobre a profecia.

— Acha que ele não acreditará em você — afirma Edmund.

Olho em seus olhos.

— Você acha?

Ele fala devagar, refletindo sobre as palavras:

— Não acreditou nele uma vez e não parece que tenha superado isso. Talvez seja a hora de tentar algo diferente.

Olho para minhas mãos, para a detestável marca em um pulso e o medalhão ao redor do outro.

— Talvez.

Ficamos sentados em silêncio durante mais um momento, antes de tia Virginia recomeçar a falar:

— E o que faremos sobre Alice? Acha que ela veio porque estamos perto de conseguir as quatro chaves?

— Mesmo se ela soubesse, parecia algo muito insignificante para trazê-la até Londres. Ter *quase* todas as chaves dificilmente seria o bastante para preocupar Alice. Poderíamos passar anos procurando a última chave, sem falar da Pedra.

— E do Ritual — diz tia Virginia, referindo-se à cerimônia ritualística obrigatória para chegar ao fim da profecia em Avebury, uma cerimônia da qual ninguém parece ter ouvido falar. — No entanto, tomarei um chá com Elspeth na Sociedade amanhã para verificar alguns livros antigos sobre magia. Talvez eu encontre alguma referência sobre isso em um deles.

– Tomara que sim. – Levanto-me para sair, de repente exausta e estupefata de pensar nas tarefas que ainda estão por vir. – Arthur Frobischer me deu o endereço de alguém que pode saber da localização da Pedra. Dimitri e eu veremos o que podemos descobrir, apesar de eu desejar que Arthur tivesse me dado um nome além do endereço. Preferiria saber com quem estou me encontrando.

– Bem, se isso não acontecer, você encontrará a pessoa comigo ao seu lado – disse Edmund. – Não posso permitir que se encontre com estranhos sem proteção, ainda mais agora.

Não lembro a ele que enfrentei a Guarda em Chartes. Em vez disso, simplesmente sorrio agradecendo, desejando boa-noite e indo em direção à porta.

– Lia? – A voz de minha tia me detém antes que eu saia para o corredor.

– Sim?

– O que você *fará* em relação à Alice? Sem dúvida ela está esperando que você tome uma atitude.

Pondero minhas opções antes de responder:

– Deixe-me pensar primeiro – respondo finalmente, minha voz endurecida. – Não permitirei que Alice me obrigue a tomar uma decisão que ainda não estou preparada para tomar.

Tia Virginia concorda.

– Talvez nós duas façamos algum progresso amanhã.

– Talvez. – Saio do quarto, fechando a porta atrás de mim sem expressar o pensamento que surge em minha mente: *Nós precisamos. Precisamos progredir agora. Custe o que custar.*

4

Estava me preparando para fechar a porta na manhã seguinte, com o ar frio de Londres roubando meu fôlego, quando ouço a voz de Luisa atrás de mim:
— Aonde você vai tão cedo?
Ela está parada no primeiro degrau da grande escadaria, seu vestido azul-escuro deixa seus lábios ainda mais vermelhos do que o normal. Tento ignorar o tom de acusação quase escondido em sua voz.
— Preciso resolver um assunto com Dimitri. — Sorrio para ela, já me sentindo culpada. — É só uma saída rápida. Voltarei a tempo para o chá com você e Sonia, e poderemos conversar sobre a chegada de Helene amanhã.
— E seu assunto teria algo a ver com a profecia?
Sua indignação de repente fica óbvia, e perco a calma:
— O que importa, Luisa? O que disser respeito a você e Sonia, contarei mais tarde. — Sei o quanto isso a magoa, o quanto me magoaria, mesmo sendo eu a dizê-lo.

Um som de amargura escapa de sua garganta. Nada parecido com sua gargalhada alegre de sempre.

— O que *importa*? Não acredito que disse uma coisa dessas, Lia. *Importa* porque compartilhávamos todas as coisas relacionadas à profecia. Uma vez, você reconheceu o fardo dela em todas nós e procurou atenuar não só nosso medo e dor, mas também seu próprio medo.

Suas palavras penetram na armadura que protege meu coração. Sei que são verdadeiras, por mais que eu deseje negá-las.

— Lia? Alguma coisa errada? — A voz de Dimitri ressoa perto da carruagem. Viro-me para ele, grata pelos poucos segundos a mais que terei para encontrar uma resposta para a acusação de Luisa.

Levanto a mão, pedindo que espere.

Volto a atenção para Luisa e digo a única coisa que posso dizer:

— Sinto muito. Estou tentando perdoar Sonia para que todas nós possamos ser amigas como um dia fomos. Isso não... — Olho para minhas botas enquanto tento encontrar as palavras.

— Isso não é tão fácil quanto parece.

Ela desce da escadaria e vem em minha direção. Espero que seja gentil. Que ofereça um abraço de amizade e paciência, como sempre fez.

Mas a paciência de Luisa está no fim:

— Eu *não* sou Sonia. Não traí você. Não preciso pedir seu perdão. — Sua voz é tão fria quanto o vento que sopra dentro de Milthorpe Manor, vindo das ruas de Londres. — Mas se você não tiver muito cuidado mesmo, achará necessário pedir o meu.

Ela se vira e sai andando pelo vestíbulo, deixando-me no ar frio da manhã. Suas palavras caem como um pedra em meu

coração, e a vergonha esquenta minhas bochechas apesar do frio.
Retomando a compostura, fecho a porta e caminho até a carruagem.
Ela não entende, penso. Escondo as coisas dela para sua própria proteção. Para sua própria paz de espírito.
Mas, pensando nessas palavras, sei que são uma mentira.

෴

Dimitri e eu nos sentamos lado a lado em silêncio enquanto Edmund dirige a carruagem pela cidade.

– Estou ciente do relacionamento que teve com James Douglas há algum tempo, desde aquelas semanas em que cuidei de você em Nova York em nome de Grigori – diz ele depois de algum tempo.

Confirmo com a cabeça, olhando para fora da janela.

– Eu sei.

– Não precisa ficar envergonhada ou constrangida – diz Dimitri.

Volto a olhá-lo, indignada que pudesse pensar isso de mim.

– Não estou. E é uma ofensa você pensar uma coisa dessas. Eu deveria ter vergonha por ter amado alguém antes de você? Constrangida por não ser uma delicada flor inglesa que não entende nada dos homens? – Minhas palavras rasgam o ar até a sombra da carruagem.

Ele não parece surpreso com meu ataque, e quase fico zangada por me conhecer tão bem.

— É claro que não. Nunca esperei que você fosse uma... como disse mesmo? — Um sorriso malicioso começa a surgir nos cantos de sua boca. — "Uma delicada flor inglesa que não entende nada dos homens."

Algo na maneira como ele fala me faz conter a vontade de rir. Mas não adianta. Ele vê o sorriso surgindo em meus lábios apesar do esforço que faço para escondê-lo. Logo meus ombros se sacodem de tensão por segurar a risada.

— Devo admitir — diz ele, deixando escapar uma gargalhada animada — que nunca pensei em você dessa forma!

Agora rimos histericamente, e dou um tapa em seu braço.

— Ora, obrigada! Você deve... — Estou rindo tanto que mal consigo falar. — Você deve dizer isso para todas as garotas!

Isso causa mais uma onda de risadas, e aperto meu estômago até nossa alegria diminuir.

— Lia. — Dimitri se aproxima, sua respiração ainda está ofegante depois de tantas risadas. Ele pega a minha mão. — Só queria dizer que lamento por ontem à noite. Pela forma como as coisas aconteceram entre sua irmã e James. Deve ser muito difícil para você. E não quero nunca que algo seja difícil para você.

Nossos olhares se cruzam.

— Obrigada, mas... Bem, já faz muito tempo que pensei que meu futuro seria com James.

Ele leva minha mão aos seus lábios, abrindo meus dedos e beijando a palma da minha mão. Aquela sensação cria uma centelha em meu estômago que vai subindo por toda a minha coluna.

— Sim, mas antigos sentimentos não são tão fáceis de apagar, eu imagino. Seria impossível separar meus sentimentos por você. Sempre. Não a culparia se ainda sentisse algo por ele, mesmo depois de tudo ter acontecido há tanto tempo.

Ouço a hesitação, cuidadosamente disfarçada de compreensão, em sua voz. Retiro minha mão, seguro seu rosto entre minhas palmas e olho em seus olhos.

– É verdade que um dia amei James. Mas esse amor era fundamentado em uma parte de mim que não existe mais. Mesmo que eu termine a profecia, não sou mais a mesma pessoa. Jamais poderei voltar a ser a Lia que já fui. Muita coisa mudou. E essa Lia, a que caminhou pelas colinas ondulantes de Altus, beijou você nos bosques e deitou ao seu lado debaixo das árvores floridas... Bem, essa Lia não seria feliz com James.

Fico surpresa ao sentir essa verdade. Surpresa que falei com toda a certeza, apesar da minha prolongada afeição por James.

O alívio nos olhos de Dimitri é óbvio, e inclino-me para a frente, tocando meus lábios nos seus. Nosso beijo, que tinha a intenção de lembrar minha lealdade e afeição, logo se torna apaixonado. O sacudir da carruagem e a escuridão dentro dela só servem para me transportar para além da realidade, para um lugar onde nada existe, a não ser a boca de Dimitri na minha, seu corpo contra o meu, até que fico quase deitada nos fundos da carruagem.

Não sei quanto tempo se passa, até que a carruagem começa a diminuir a velocidade, mas a mudança de ritmo nos traz de volta à realidade. Nos separamos rapidamente, ajeitando as roupas e os cabelos antes que Edmund pare a carruagem por completo.

Inclinando-se para mim, Dimitri me dá um último beijo pouco antes de Edmund abrir a porta. Quando saio da carruagem, puxo conversa somente na tentativa de ignorar a sensação de que ele sabe exatamente o que aconteceu durante o passeio:

– Onde estamos, Edmund?

Ele olha com desaprovação para a rua suja e os homens indelicados caminhando pela calçada.

– Em um lugar nada bom, mas este aqui – diz ele, apontando com a cabeça para uma casa de pedras suja – é o endereço que estava escrito no papel que lhe foi dado pelo sr. Frobisher. Observando-a, eu poderia jurar que está inclinada um pouquinho para o lado direito. Mesmo assim, depois de tudo por que passei, será preciso um pouco mais do que uma casa velha e uma companhia duvidosa para meu coração se afligir de medo.

– Tudo bem, então. Suponho que é aonde devemos ir.

Seguro o braço de Dimitri enquanto seguimos Edmund pelo chão sujo e subimos a escada caindo aos pedaços em direção a uma porta de madeira pintada de uma surpreendente cor vermelha. Ela não tem nenhuma marca ou arranhão e faz um grande contraste com a vizinhança abandonada ao redor.

Edmund não parece nada satisfeito, apesar da porta garbosa.

– O sr. Frobisher não deveria ter enviado uma jovem respeitável para esta parte da cidade sem ao menos um nome – resmunga ele, erguendo a mão fechada para bater na porta.

Ninguém atende ao bater, e ele já está levantando a mão mais uma vez quando ouvimos passos vindo em direção à frente da casa. Olho nervosamente para Dimitri quando o som dos passos fica mais alto. De repente a porta se abre, revelando uma mulher elegante e bem-vestida, que parece pronta para ir a um chá. Ela nos analisa com um leve sorriso e nenhuma palavra.

Só levo um momento para reconhecê-la. Então, também sorrio para ela.

– Madame Berrier? É realmente a senhora?

5

Seu sorriso se alarga.

— Mas é claro. Estava esperando outra pessoa?

Madame Berrier afasta-se para que possamos entrar. Seus olhos cintilantes falam de um modo secreto e travesso.

— Entrem. Os senhores da rua não lhes farão nenhum mal, mas seria cauteloso guardar silêncio, não é mesmo?

— Sim, sim, é claro. — Ainda estou desorientada com o fato de Madame Berrier ter vindo de Nova York até Londres e estar diante de mim neste exato momento.

Nós a seguimos para dentro da casa e ela fecha a porta, trancando-a atrás de nós. Edmund, totalmente inabalável, nada diz, e fico imaginando se ele se lembra de Madame Berrier em nossa primeira reunião, quando ela revelou minha identidade de Anjo do Portal.

Voltando-se para nós, Madame Berrier gesticula com a cabeça para Dimitri, demonstrando apreciação.

- E quem seria *este*? Hein?
- Ah! Desculpe-me. Madame Berrier, este é Dimitri Markov. Dimitri, Madame Berrier. Ela me ajudou muito a descobrir meu lugar na profecia. - Viro-me para ela. - E Dimitri tem me ajudado muito desde então.

Ela sorri de leve.

- Tenho certeza de que sim, querida.

Meu rosto esquenta com a insinuação, mas não tenho tempo para inventar uma resposta genial antes que Madame Berrier se vire, entrando no salão central em direção aos fundos da casa.

- Acompanhem-me. Espero que o chá já esteja pronto agora.
- Sua voz, com sotaque misterioso que mistura francês e outra língua que ainda não sei definir, vai ficando mais distante enquanto ela se afasta de nós.

Edmund, Dimitri e eu caminhamos rapidamente para alcançá-la, e espero que, pelo bem de Madame Berrier, o resto da casa seja mais bem mobiliado do que o salão de entrada. Ela é lúgubre, forrada com um papel de parede já descascado, e iluminada apenas pela luz fraca que vem dos apartamentos adjacentes.

Mas eu não precisava me preocupar. Madame Berrier vira-se para entrar em um salão à direita, e de repente sinto que cheguei a um estranho conto de fadas. A sala está iluminada com vários abajures enfeitados com contas, e o brilho do fogo tremeluz na lareira. A mobília está desgastada, mas é óbvio que nesta sala, pelo menos, Madame Berrier está bem confortável.

- Puxa vida, o cheiro do chá está delicioso! - Ela aproxima-se da mesinha arrumada com xícaras e pires na frente do sofá.
- Foi muito gentil em prepará-lo.

O comentário me pega de surpresa, e, pela confusão estampada no rosto de Edmund e de Dimitri, é claro que também se surpreenderam. Nós nos entreolhamos enquanto Madame Berrier se acomoda no sofá. Ela se prepara para servir-se do chá que está em uma bandeja de prata como se não houvesse nada de estranho em agradecer alguém que não está ali.

Mas quando espio mais de perto as sombras ocultas pelos cantos da sala, noto que não somos, de forma alguma, seus únicos ocupantes. No canto, perto de uma estante de livros com as prateleiras cedendo devido ao peso de tantos livros e objetos indistintos de todas as formas e tamanhos, há uma silhueta de ombros levemente curvados. Edmund e Dimitri seguem meus olhos em direção ao vulto, ficando tensos quando percebem que há mais alguém na sala.

Madame Berrier vira a cabeça em direção ao vulto.

– Quer fazer o favor de largar seus livros mofados e juntar-se a nós? Tenho certeza de que é você que a srta. Milthorpe veio ver, apesar de eu certamente sentir prazer com a companhia dela.

O vulto assente com a cabeça, virando-se.

– Olá. Peço desculpas por ter sido grosseiro.

Não achei que fosse possível que Edmund e Dimitri pudessem ficar mais tensos, mas, quando o vulto começa a sair da escuridão, quase posso sentir os dois me cercando para me defender. Tenho que morder a língua para não dizer a eles que eu soube me proteger em Chartres e que não necessito de proteção todas as vezes que um estranho aparece.

É óbvio que a pessoa é um homem, e ele arrasta os pés devagar para a frente, tornando-se visível por inteiro ao se aproximar da luz do abajur em cima de uma das várias mesinhas.

— Então aí está você! Já faz algum tempo e muitos quilômetros de distância desde que a vi!

Pisco por um momento, grudada ao chão enquanto tento me recuperar de outra surpresa.

— Sr. Wigan? — Minha voz fica estridente, e acho que devo parecer uma boba, pois é o sr. Wigan, de fato.

Sua risada é uma música de boas-vindas no silêncio da sala.

— Sou eu mesmo! Atravessei o oceano com minha querida Sylvia, eu fiz isso!

Ele continua indo em direção ao sofá, sentando-se confortavelmente ao lado de Madame Berrier enquanto ela lhe serve uma xícara de chá quente.

Dimitri e Edmund permanecem inflexíveis e corteses, mas o choque roubou minhas boas maneiras. Vou em direção ao sr. Wigan e Madame Berrier, sentando sem pretensão em uma cadeira de frente ao sofá.

— Creio que a pegamos de surpresa, querido. — Há certo capricho na voz de Madame Berrier. — E eu que achei que fomos indiscretos em Nova York.

— Indiscretos? — repito. — *Querido?*

Ela toma um gole do chá antes de responder e se distrai com alguma coisa no sabor:

— Alistair, querido, o que estou tomando hoje?

Um sorriso atravessa o rosto dele.

— São amêndoas, meu amor. E um pouquinho de chocolate.

Madame Berrier faz um gesto de aprovação com a cabeça.

— Delicioso mesmo. — Olhando em meus olhos, continua: — Nunca gostei de chás, mas Alistair é simplesmente magnífico em prepará-los. Nós estamos... *juntos* já faz algum tempo. Este foi um dos vários motivos de eu ser marginalizada pelas pessoas preconceituosas daquela cidadezinha em Nova York. E um dos vários motivos de eu precisar de uma mudança.

Ela olha surpresa para Edmund e Dimitri, como se tivesse meio que esquecido quem eles eram.

– Sentem-se. Pensei que estivesse claro que não suportamos cerimônias.

Eles sentam-se ao comando, e viro-me para Dimitri, apontando para o homenzinho satisfeito que toma seu chá no outro lado da mesa.

– Este é o sr. Wigan, de Nova York. Ele nos ajudou a descobrir que Luisa e Sonia eram duas das chaves. – Olho para o sr. Wigan. – E este é Dimitri Markov, sr. Wigan. Ele é um... amigo.

Madame Berrier olha para o sr. Wigan de forma travessa.

– Devo dizer que são "amigos" tanto quanto nós dois, querido!

Minhas bochechas enrubescem de constrangimento e evito olhar para Edmund, apesar de ele, com certeza, entender a natureza do meu relacionamento com Dimitri melhor do que qualquer um depois de viajar todo o trajeto até Altus em nossa companhia.

– Eu *estou* feliz em ver os dois – digo, procurando mudar de assunto –, mas não entendo por que Arthur nos mandou aqui.

Madame Berrier coloca uma xícara de chá na minha frente e depois serve Dimitri e Edmund. Permaneço em silêncio enquanto ela se ocupa em passar o creme e o açúcar, e não duvido de que continuará falando quando estiver pronta.

Mas é o sr. Wigan quem fala primeiro:

— Não quero parecer empolgado, mas posso ser a pessoa certa para ajudá-la. Isto é, eu garanto que tenho certo conhecimento que nem todo homem possui.

Ouvindo a indignação em sua voz, percebo que feri seu orgulho. Coloco meu chá na mesa e sorrio.

— Ora, mas é claro que possui, sr. Wigan. Na verdade, se eu soubesse que estava em Londres, o senhor teria sido a primeira pessoa que eu procuraria para obter respostas.

Ele abaixa a cabeça com modéstia.

— Não que eu saiba de tudo, claro. Mas esta questão em especial, bem, pode-se dizer que está dentro do meu âmbito de competência.

— Certamente que sim — comento. — O que foi que Arthur lhe disse, então? E como ficou sabendo?

— Ele me encontrou através de um antigo membro. — O sr. Wigan morde um biscoito, dirigindo-se à Madame Berrier. — Estão muito gostosos, minha bela. Muito gostosos.

— Sr. Wigan? — pergunto.

Ele ergue o olhar, com os olhos distantes.

— Sim?

— Arthur? O que foi que ele lhe contou sobre nossa investigação?

— Ah, sim. Sim! Mas é lógico! — Termina o biscoito com uma mordida, mastigando e engolindo, antes de continuar: — Não conversei com o sr. Frobisher. Não diretamente. Ele pediu informações, sabe, mas com toda a discrição, sobre o assunto em questão. Mas ninguém pôde ajudá-lo. A pergunta foi passando de um para o outro, até que finalmente chegou até mim. Quando soube da natureza da informação que procuravam, vi de imediato que você deveria estar por trás dela, por causa de todo aquele negócio em Nova York.

Madame Berrier inclina-se para ele.

– O que quer dizer, meu adorado, é que *nós* soubemos de imediato.

O sr. Wigan confirma vigorosamente.

– Certíssimo, meu botão de rosa encantador. Certíssimo.

– Então, pode nos dar a informação de que precisamos? – A voz de Dimitri me surpreende. Quase me esqueci de que ele estava na sala, de tão concentrada que estava na conversa do sr. Wigan e Madame Berrier.

O sr. Wigan sacode a cabeça.

– Ah, não. Creio que não.

– Eu não entendo. – Tento relembrar da conversa na qual Arthur disse que encontrara alguém que poderia ter a resposta para minha pergunta. – Tenho certeza absoluta de que Arthur disse que vocês poderiam nos ajudar.

Madame Berrier afirma:

– Mas é claro que podemos.

– Então eu não... não entendo. – Sinto-me perdida e indefesa, como se tivesse aterrissado em um país estranho no qual todos falam uma língua estrangeira e olham para mim como se eu devesse entender perfeitamente o que estão dizendo.

O sr. Wigan inclina-se para a frente. Seu tom de voz é de conspiração, como se tivesse medo de que alguém ouvisse.

– Eu não disse que não poderia ajudá-los. Só disse que eu mesmo não tenho a resposta.

Madame Berrier se levanta, alisando a saia do vestido.

– Procurar respostas em outro lugar nos serviu muito bem no passado, não foi?

Olho para ela, desejando saber o que pretende fazer.

– Creio que sim.

– Então vamos. Suponho que vieram de carruagem?

6

A casa é majestosa e, no mínimo, tão grande quanto Birchwood Manor.

– Que casa adorável! – exclama Madame Berrier, olhando para a fachada de pedras coberta pela hera verde-escura.

Viajamos até o outro lado da cidade, de acordo com as instruções dadas a Edmund pelo sr. Wigan, que manteve segredo de nossa jornada. A frustração crescente de Dimitri devido à recusa do sr. Wigan em dizer o nome da pessoa com a qual vamos nos encontrar é evidente, e ele começa a subir a escada de pedras em direção à entrada sem comentar nada.

– Pois então – diz o sr. Wigan. – Parece que seu amigo está muito ansioso.

Olho para ele enquanto sigo Dimitri.

– Todos nós estamos ansiosos, sr. Wigan. Há muita coisa em jogo, e muitos sacrifícios já foram feitos.

Ele concorda, gesticulando devagar com a cabeça.

– Sim. Lamento sobre seu irmão. Não gosto de pensar na perda de alguém tão jovem.

Sinto a tensão de Edmund ao meu lado quando tocam no nome de Henry.

Concordo com a cabeça para o sr. Wigan.

– Obrigada. Foi muito difícil.

Mesmo agora tenho dificuldade para falar dele.

Madame Berrier toca meu braço ao subirmos os degraus atrás de Dimitri.

– Seu irmão não se foi, minha querida. Ele simplesmente se transformou e espera por você em um lugar melhor.

Concordo outra vez, esforçando-me para afastar a tristeza que já permeia minha alma ao tocar no nome de Henry. Ele está em um lugar melhor. Um lugar que ficará melhor ainda quando ele atravessar para o Mundo Final com meus pais. Não é seu destino que temo, nem minha própria morte. Nada tão simples quanto isso.

Não.

Meu maior medo é ser pega pelas Almas no Plano. Ser aprisionada em seu Vácuo gelado e nunca mais ver meu irmão. Ter a morte *negada* a mim, e em vez disso ser obrigada a ver os céus dos Mundos Paralelos pela eternidade, presa em um inferno criado pelas Almas.

Mas é claro que não digo nada. De que adiantaria?

Em vez disso, sorrio para Madame Berrier.

– Obrigada.

É só o que posso dizer diante de sua solidariedade.

Chegamos ao final da escada, e Dimitri vira-se para o sr. Wigan.

— Gostaria de bater, mas já que não tenho ideia de quem viemos procurar, creio que é melhor o senhor fazer as honras.

O sarcasmo em sua voz parece evidente somente para mim.

O sr. Wigan dá um passo à frente.

— Perfeitamente, meu jovem. Perfeitamente.

O sr. Wigan levanta a mão em frente à porta entalhada, erguendo a enorme argola de cobre em uma das mãos e batendo-a contra a placa até ouvirmos o barulho ecoando pelos corredores da casa, do outro lado da porta.

Parados no silêncio deixado pela batida, olhamos ao redor, observando os jardins adormecidos e as árvores desfolhadas. Imagino que deve ser lindo no verão, mas agora está tudo vazio e levemente assustador.

A porta range um pouquinho com o movimento da madeira e noto que alguém está do outro lado. Penso que somente eu notei isso, mas o sr. Wigan diz, com a voz um tanto alta, para a porta de madeira:

— Victor? É Alistair. Alistair Wigan. Atravessei o oceano para vir até aqui, meu velho amigo. Abra a porta agora.

Surpreendo-me com o tom ameaçador de sua voz, pois parece que está falando com uma criança teimosa. Mas não adianta, mesmo assim. A porta permanece totalmente fechada.

— Sou eu, Victor, e um casal. — Ele olha para nós — Pessoas que gostariam de ouvir o que sabe sobre um problema de grande importância.

A porta de madeira range outra vez, mas continua fechada. Edmund e Dimitri entreolham-se e se comunicam em silêncio.

O sr. Wigan suspira e dirige-se a mim:

— Ele está meio preocupado, sabe? Não gosta de sair de casa, nem mesmo de abrir a porta. — Inclina-se para falar ao meu ouvido: — Ele está com medo.

— Não estou com medo. — Dou um pulo quando a voz me assusta do outro lado da porta. — Eu simplesmente não estava esperando vocês.

Madame Berrier pressiona os lábios antes de olhar para o sr. Wigan.

— Alistair, meu amado, talvez eu deva tentar. O toque de uma mulher pode fazer maravilhas.

O sr. Wigan parece considerar a ideia quando a voz questiona do outro lado da porta.

— Uma mulher? Quer dizer que tem uma mulher com você, Alistair? Uma dama distinta? — A voz é de alguém incrédulo, como se o sr. Wigan tivesse anunciado que levara consigo uma fera rara para visitá-lo.

O sr. Wigan se aproxima da porta.

— Melhor — diz ele. — Há duas mulheres.

— Escute aqui — começa Edmund. — Não é adequado usar as damas como...

Mas não tem tempo de terminar, pois a porta se abre e, de repente, estamos vendo os olhos piscantes de um homem pequeno e um tanto frágil.

— Devia ter dito que tinha mulheres em sua companhia. Eu não teria sido tão rude.

— Teria sido muito mais fácil dizer isso se você simplesmente tivesse aberto a porta — resmunga o sr. Wigan.

O homem chamado Victor o ignora, abaixando a cabeça de leve para a Madame Berrier e depois para mim.

– Minhas desculpas, prezadas damas. Por favor, tomem um chá comigo. Se Alistair as trouxe à minha porta, o assunto de interesse só pode ser realmente urgente.

※

– Perdoem-me. A maioria dos empregados já foi, mas consigo preparar bem um chá simples.

Observo Victor servir o chá. Ele tem os cabelos claros e finos, com um jeito de ser terno e raro. Ele entrega a cada um de nós uma xícara delicada de porcelana, e olhamos ao redor da biblioteca ricamente decorada enquanto ele oferece o chá para os homens.

Victor aponta para a bandeja.

– Por favor, comam alguma coisa. Lembro que a viagem de Londres para cá foi longa, cansativa e, para ser sincero, muito entediante!

Começo a rir de sua sinceridade. É um alívio, e percebo que não me lembro da última vez em que ri na companhia de outra pessoa, exceto com Dimitri. Alcanço a bandeja e pego um delicioso biscoito.

– Obrigada pelo chá. – Sorrio para ele, pensando que já fazia tempo que não gostava de alguém assim, de imediato.

Ele gesticula com a mão, dispensando meu agradecimento.

– O prazer é meu, minha jovem. É o mínimo que posso fazer depois de meu comportamento abominável à porta. Peço desculpas.

Engulo o pedaço de biscoito que estou mastigando.

– Não se importa em ficar sozinho?

Victor suspira, e seu sorriso é cheio de tristeza.
- Pelo contrário; importo-me e muito.
- Então por que não abriu a porta? - A voz de Dimitri é surpreendentemente gentil.
- Bem, é bastante complicado. Sabe? Tenho problemas com... não consigo... - Ele respira fundo, recomeçando: - É difícil...
- Parece que tem medo. - A declaração de Edmund é simples e sem malícia.

Victor concorda:
- Acho que tenho.
- Medo do que, se não se importa que eu pergunte? - Não pretendo ser inoportuna, mas nunca conheci ninguém que tivesse medo de sair de casa.

Ele dá de ombros.
- Doença, criminosos, acidentes de carruagens, cavalos ariscos. De tudo, eu acho.
- Mas como obtém as coisas das quais necessita? - pergunta Madame Berrier, olhando para a sala suntuosa.

Ele vira as palmas das mãos para cima, como se tudo de que precisasse pudesse cair do teto da biblioteca sobre elas.
- Os empregados providenciam alimento e lenha. Meu alfaiate vem até aqui para tirar minhas medidas. Tenho tudo de que preciso, creio eu. - Mas sua voz não é a de alguém que tem tudo.

Madame Berrier coloca sua xícara de volta no pires.
- Menos companhia - diz ela com gentileza.

Ele sorri, agradecido.
- Exceto companhia.

Ela segura a mão do sr. Wigan.

— Então tentaremos visitá-lo com mais frequência, se não se importar e não achar que será uma intrusão, é claro.

Victor concorda e há um prazer genuíno em seus olhos.

— Não me importarei de forma alguma. — Ele se recurva na direção dela. — No entanto, espero realmente que seja paciente se eu demorar um pouco para abrir a porta.

Ela ri, jogando a cabeça para trás, e consigo ver a jovem que deve ter sido um dia. Com certeza era linda e extravagante. Penso que teríamos nos dado muito bem, até mesmo naquela época.

— É claro — comenta ela.

— Agora. — Victor pousa sua xícara no pires. — Vocês me trouxeram uma grande alegria com essa visita e foram gentis o suficiente para não prestarem atenção na minha estranheza. O que *eu* posso fazer por *vocês*?

— Os jovens estão tentando resolver um enigma, sabe? — começa o sr. Wigan. — É de certa importância. Eu mesmo não tenho o mínimo conhecimento dessas coisas e não consigo encontrar nenhuma referência sobre o assunto em nenhum de meus livros.

— O que é, exatamente? Um mapa? Uma data? Uma relíquia desconhecida? Tenho bastante tempo. — Ele ri, estendendo o braço para mostrar as estantes de livros aparentemente intermináveis em todas as paredes. — E passo esse tempo aqui, lendo um livro após o outro. Sou bem versado em vários assuntos, mas especialmente em história alternativa.

A voz de Edmund ecoa na sala:

— História alternativa?

Dimitri vira-se para ele.

– Creio que Victor esteja se referindo às explicações mais controversas dos eventos históricos, fatos religiosos... Coisas do gênero.

– Exatamente – confirma Victor.

– Então é a pessoa que pode nos ajudar. – Olho para nosso pequeno grupo, imaginando que o destino juntou pessoas tão diferentes em uma circunstância inimaginável. – Estamos tentando encontrar o significado de duas frases: Nos Galon-Mai e Sliabh na Cailli'. – Balanço a cabeça. – Nem sei se é a pronúncia correta. Só as vi escritas, entende? Mas acredito que sejam localizações.

Victor concorda com autoridade.

– Nos Galon-Mai é o nome antigo de Beltane, disso tenho certeza.

Dimitri e eu nos entreolhamos, e sorrio. Para fechar o Portal, temos de nos reunir em Avebury na véspera de primeiro de maio com Alice, as chaves e a Pedra. Faz todo o sentido, já que todas as chaves nasceram à meia-noite no Samhain, um feriado cujo significado é o oposto de Beltane.

A profecia começou com o Samhain. Terminará com Beltane.

Só de pensar que poderíamos encontrar tão rápido uma das respostas para a profecia faz meu espírito elevar-se de esperança, mas qualquer expectativa de uma resposta rápida para a pergunta que ainda resta é frustrada pouco depois, quando Victor continua:

– A outra palavra, Sliabh na Cailli', certo? Essa não me diz nada. – Victor enrola a língua, como se falar devagar fosse ajudá-lo a descobrir o significado. – Disse que a viu escrita?

Afirmo com a cabeça.
- Pode escrevê-la para mim? - pede ele.
- Posso, é claro. Tem uma caneta e pergaminho?
Victor se levanta.
- Venha.

Levanto-me para acompanhá-lo e não consigo não ficar irritada quando Edmund e Dimitri também se levantam.

Um sorriso amargo surge nos lábios de Victor.
- Ora, ora! Como você é importante! Eles nunca a deixam sozinha?

Reviro os olhos.
- De vez em quando.

Victor pega a minha mão, guiando-me ao redor da mesa de chá.

- Senhores - diz ele para Dimitri e Edmund -, garanto a vocês que não preciso levar a srta. Milthorpe ao fim do mundo para pegar uma simples ferramenta de escrita. Tenho uma em minha escrivaninha perto da janela, apesar de serem bem-vindos para nos acompanhar, se quiserem.

Os dois olham para o móvel a poucos metros de distância. Espero que, pelo menos, sintam-se tão ridículos quanto eu. Eles voltam a se sentar e acompanho Victor até a escrivaninha. Ao chegarmos, ele puxa o fio de um abajur e a luz de cor suave se espalha através do globo de vidro colorido. Quando abre a gaveta rasa na parte anterior da escrivaninha, consigo ver seu interior organizado com perfeição, contendo canetas idênticas uma ao lado da outra, vários tinteiros e uma pilha bem organizada de pergaminhos. Retirando um de cada, ele coloca o pergaminho sobre a escrivaninha e me entrega uma pena.

– Procure soletrar a forma correta. Às vezes, lembro-me das coisas como as vi pela primeira vez e, se esqueço uma letra ou duas – diz ele, dando de ombros –, eu simplesmente não consigo fazer a conexão.

Concordo. Nunca vou me esquecer de uma única palavra da profecia. Ela faz parte de mim agora.

Victor retira a tampa do tinteiro e a coloca sobre a escrivaninha. Mergulhando a pena na tinta azul-escura, debruço-me e começo a escrever as palavras encontradas na última página do Livro do Caos. As palavras que disfarçam o esconderijo da Pedra.

Sliabh na Cailli'.

Eu me aprumo e entrego a pena para Victor.

– Aqui está.

Ele passa por mim, pegando o pergaminho da escrivaninha e se inclinando para segurá-lo mais perto da luz. Seus lábios se movem como se dissesse as estranhas palavras.

– Havia mais alguma coisa? Algo ao redor das palavras que possa me ajudar a identificá-las? – pergunta ele.

Mordo os lábios, tentando me lembrar.

– Lá dizia: "libertada do templo, Sliabh na Cailli', Portal dos Mundos Paralelos."

Falo somente as palavras necessárias para descobrir a resposta que procuramos. É um hábito proteger a profecia dos olhos e ouvidos dos outros. E para proteger os outros dos mecanismos da profecia.

Victor franze a testa, seus lábios ainda se movendo em uma oração silenciosa com palavras que não entendemos. De repente, ele coloca o pergaminho de volta na escrivaninha e vai até uma das estantes altas, bem acima de nossas cabeças. Ao ver a intenção em seu rosto, sinto a esperança crescer dentro de mim e o sigo sem ser convidada.

Ele pega uma escada de madeira e a desliza até a prateleira ao lado. Olhando para cima ao seguir seus passos, vejo que ela está presa a um trilho que percorre a circunferência da sala, fazendo com que tenha acesso a todas as estantes. Já tinha visto tal artefato antes, é claro, mas nunca em uma biblioteca particular. Não tenho como não ficar impressionada.

– Sabe o que significa? – A voz de Dimitri ressoa pela sala, mas não fico surpresa quando Victor não responde. Reconheço sua concentração focada em um único propósito.

De repente, ele para a escada e começa a subir. Fico imaginando se seus vários medos o impedirão de alcançar o livro grosso que procura, mas sua ansiedade não é evidente enquanto ele sobe rápido os degraus da escada.

Perto do topo, ele enfim para de subir e estende o braço em direção à prateleira mais próxima da escada, seus dedos acariciam cada lombada dos livros, um após o outro. Finalmente, os dedos param de dançar, concentrando-se em um livro, que, de onde vejo, parece igual a todos os outros. Porém, ele parece reconhecê-lo e o segura perto do peito com uma das mãos ao descer pela escada. Quando chega ao chão, o ar parece escapar de seus pulmões de uma vez só.

– Bem! – Ele para um pouco mais ereto. – Vamos dar uma olhada. Se não me falha a memória, a resposta estará aqui.

7

Mas não está. Esperamos enquanto Victor revira as páginas do livro, primeiro rapidamente e depois com mais paciência, quando parece examinar minuciosamente cada palavra. Mesmo assim não consegue encontrar a referência para o que está procurando. Após mais algumas tentativas em livros diferentes, o relógio toca num local distante dentro da casa e, relutantemente, decidimos voltar para Londres, tão longe de uma resposta quanto estávamos de manhã.

Victor enruga o rosto de consternação ao nos despedirmos. Fica claro que não está acostumado a falhar em suas pesquisas; ele promete continuar investigando e que avisará assim que encontrar algo sobre a frase.

Voltamos em silêncio para Londres, com o sol se pondo no céu por trás das nuvens que cobrem a área rural. Até mesmo o sr. Wigan perdeu seu entusiasmo de sempre, e fico aliviada quando deixamos ele e Madame Berrier em frente à casa esquálida de arenito na qual Dimitri e eu havíamos chegado algumas horas antes.

– Sinto muito, Lia – diz Dimitri quando a carruagem vai pelas ruas da cidade em direção à Milthorpe Manor. – Sei o quanto esperava que o contato de Arthur tivesse a resposta, ainda mais depois de descobrir que eram o sr. Wigan e a Madame Berrier.

Eu suspiro:

– Vai ficar tudo bem. – Minhas palavras não soam tão convincentes quanto eu esperava, e olho Dimitri nos olhos. – *Vai* ficar tudo bem, não vai?

Eu me odeio por vociferar meu medo de que *não* vai ficar tudo bem. De que nunca encontraremos as respostas que procuramos. De que as Almas e Alice dominarão o mundo nas trevas, no final das contas.

– Lia. – Dimitri pega a minha mão. Seus olhos têm a resposta, mas ele a verbaliza mesmo assim: – Você tem a pedra da serpente de lady Abigail. Ela vai protegê-la do perigo enquanto procuramos, e vamos continuar procurando até encontrarmos cada resposta para a profecia. Você tem a minha palavra.

Tento dar um sorriso tranquilizador, sentindo a dissimulação de fazer isso. Não conto que a pedra da serpente esfria a cada dia. Não conto que Sonia, Luisa e eu talvez não consigamos manter nossa aliança por tempo suficiente para combater a profecia juntas, sem falar de Helene, que chega amanhã trazendo mais incerteza para nossa confusão.

E não compartilho meu maior medo de todos: que a cada dia minha própria determinação enfraqueça. Que me torne mais inimiga de mim mesma do que Alice um dia poderia ser.

Com Dimitri de volta aos seus aposentos na Sociedade para dormir, passo o caminho todo até em casa preocupada com a reação de Luisa e Sonia devido à hora de meu retorno. A escuridão já toma conta do pouco que restou da luz do dia, e minha promessa de estar em casa a tempo para o chá, de passar nossa última tarde juntas antes de Helene chegar de manhã, não significava mais nada.

Mas eu não precisava me preocupar. Luisa e Sonia haviam ido para seus aposentos, deixando a casa em silêncio, com exceção do tique-taque do relógio de vovô no vestíbulo e o som vago dos passos dos empregados na cozinha.

A ausência de minhas amigas é uma recriminação, e me acomodo no sofá ao lado da lareira. Não estou preparada para encarar meu quarto e dormir. Não há paz no repouso. Em vez disso, volto meus pensamentos às infinitas exigências da profecia, folheando-as em minha mente – a última chave, a localização da Pedra, a invocação do Ritual necessário para acabar com a profecia caso eu descubra as respostas para tudo. As perguntas viajam por minha mente na brisa do meu subconsciente. Não é desagradável, e deixo meus pensamentos me levarem aonde desejam, sabendo que, às vezes, as respostas aparecem quando você menos espera.

Uma leve batida vinda do vestíbulo me desperta de meu devaneio e levanto-me do sofá, olhando para o corredor, perguntando-me se imaginei ter escutado o som. Ninguém mais parece ter ouvido. Estou a um passo de voltar para a sala quando ouço novamente. Dessa vez tenho certeza de que estão batendo.

E a batida vem da porta da frente.

Ao olhar para os dois lados do corredor, rapidamente fica claro que ninguém mais ouviu a batida. Ainda posso ouvir os empregados movendo-se pela casa, mas nenhum deles parece estar indo em direção à porta. Enquanto caminho pelo corredor, sinto-me feliz. De alguma forma sei que a visita é para mim. Meu reflexo é distorcido na grande maçaneta de bronze da porta. Não me permito hesitar antes de abri-la. Quando abro, por alguma razão não fico surpresa ao ver minha irmã na entrada.

Mal noto a onda de ar frio que veio da rua e invadiu a casa pouco antes de Alice falar:

— Boa noite, Lia. Eu... — Alice hesita. — Peço desculpas pela hora. Esperava encontrá-la acordada para que pudéssemos conversar a sós.

Vejo que no fundo de seus olhos não há hostilidade. Além disso, sou muito mais vulnerável no Plano, até mesmo dormindo, do que quando estou parada no vestíbulo, com vários empregados — e Edmund — na casa, apoiando-me.

Afasto-me e abro mais a porta.

— Entre.

Ela entra com cuidado, olhando para o teto enquanto fecho a porta.

— Não me lembro muito bem desta casa — murmura. — Creio que estivemos aqui com mamãe e papai quando éramos mais jovens, mas é totalmente desconhecida para mim.

Concordo, gesticulando devagar com a cabeça.

— Também senti o mesmo quando cheguei aqui pela primeira vez. Já faz muito tempo, suponho.

Ela tira as luvas.

— Sim, acho que sim.
— Onde ficará hospedada enquanto estiver em Londres? — Arrependo-me da pergunta assim que a termino. É mais comum entre conhecidos durante uma visita social formal.
Ela não parece se importar.
— Alugamos os quartos no Savoy. Eu sabia que não seria bem-vinda aqui, é claro.
Ficamos paradas no lugar, uma examinando a outra, até que começo a me sentir ridícula. Há um mundo entre nós, mas Alice ainda assim é minha irmã.
— Vamos para a sala. — Dou meia-volta para dirigir-me ao corredor sem esperar para ver se ela me segue, mas sinto seus olhos em minhas costas e sei que está vindo.

Ao chegarmos à sala aquecida pela lareira, acomodo-me numa cadeira, deixando Alice no sofá que eu ocupara alguns minutos antes. Ela examina a sala, e pergunto-me se não está comparando-a com a sala de Birchwood.
— O que está fazendo, Alice? — Surpreendo-me com a brandura de minhas palavras. Significam apenas uma pergunta, sem as acusações que sinto escondidas no fundo do meu coração.
— Por que você veio?
Ela respira fundo, olhando para as próprias mãos antes de responder:
— Você é minha irmã, Lia. Minha irmã gêmea. Gostaria de poder passar essas últimas semanas com você.
A referência ao seu noivado faz crescer o ódio que fica de emboscada dentro de mim.
— Não contaria com minha participação nas festividades pré-nupciais, se fosse você. Ainda mais estando noiva do meu

ex-namorado. – Minha voz é ríspida, e suponho que não deveria ficar surpresa por ela ser pungente.
– Está zangada – diz ela.
Uma risada aguda escapa de minha garganta.
– Achou que eu daria uma festa para comemorar? Desejar-lhe sorte?
Ela olha para cima, encontrando meus olhos.
– Creio que esperava que estivesse disposta a ficar feliz por mim, Lia, não importa o que nos separe.
Suas palavras me fazem levantar, e com passos largos me aproximo da lareira, tentando acalmar o tremor repentino em minhas mãos.
– Feliz? Achou que eu ficaria feliz por você? – Não consigo encontrar palavras para a incredulidade que inunda a minha mente.
– Acho que sim. – Sua voz é mais severa do que foi pouco antes. – Você o abandonou, Lia. *Você o abandonou*. O que esperava? Que ele ficasse no suspense, aguardando sua volta?
Volto-me para ela, o calor de minha fúria mais quente que as chamas da lareira atrás de mim.
– Você não me deixou ninguém para quem eu pudesse *voltar*, Alice. Nenhum motivo para que eu *ficasse*.
Seus olhos brilham enquanto se levanta.
– Não seja tola, Lia. Não carrego a culpa sozinha. Nós duas fizemos escolhas. Poderia ter pedido a lista para Henry e a entregado para mim, para protegê-lo. Poderia ter ajudado as Almas, que é sua obrigação como Portal. Você também fez escolhas. – Sua voz fica mais fria: – E não é inocente.
Atravesso o tapete com três passos largos, parando diretamente a sua frente. Estou tremendo de ódio.

– Como se atreve? *Como se atreve a falar de Henry?* Você não tem o direito, Alice. Você não tem o direito de jamais falar dele outra vez.

Ela começa a vestir as luvas, e sua respiração é tão ofegante que posso ver o movimento de seu busto.

– Vejo que isso foi inútil. Eu só esperava que pudéssemos deixar a profecia de lado por questões mais pessoais. Que você estivesse disposta a me dar sua bênção.

– Minha *bênção*? Quer minha bênção? – Minha gargalhada é repleta de histeria. – Ah, Alice, eu lhe garanto que não precisará de minha bênção para nada mesmo.

Ela inclina a cabeça.

– Por que isso, Lia?

De súbito, a histeria passa. Minha voz se acalma quando olho em seus olhos.

– Porque não haverá casamento. Não com James.

Ela sorri.

– É aí que você se engana, Lia. Haverá, *sim*, um casamento. Em que eu me tornarei a esposa de James Douglas.

– Jura? – pergunto. – E você tem certeza de que ele a tornará sua esposa quando souber da sua posição na profecia?

Seu corpo enrijece.

– Como pode saber, se ele ainda não está ciente disso?

Sorrio para ela.

– Porque, Alice, James Douglas é um homem bom. Um homem que jamais se casaria com alguém com um coração tão perverso quanto o seu... se ao menos ele soubesse o quanto esse coração é perverso.

Ela hesita, a cor some de suas bochechas pouco antes de se acalmar, para o meu bem.

— Ele não acreditará em você.
— Tem certeza? Certeza mesmo? Tem certeza de que James não olhará em meus olhos e verá a verdade?

Sua garganta reverbera ao engolir em seco com minha ameaça.

— James me ama. É verdade que durante vários meses vi sua sombra nos olhos dele, mas tudo isso já foi esquecido. — Ela levanta o queixo, desafiadora. — Mesmo que diga a ele, mesmo que acredite em você, James ficará ao meu lado da mesma forma que teria ficado ao seu. Se ao menos você tivesse tido coragem de contar para ele.

Suas palavras são uma adaga em meu coração. Ela tem razão. Eu tenho minha parcela de culpa por tudo que aconteceu, mas não por James estar sendo usado como um fantoche na profecia. Se eu tivesse confiado nele, se tivesse contado tudo, é provável que ele *teria* ficado ao meu lado e não estaria agora, neste exato momento, noivo de minha irmã.

Mas então eu não teria Dimitri. E isso também é inimaginável.

— É o que veremos, Alice.

Ela alisa a saia do vestido.

— É o que veremos.

Ela caminha em direção à saída, e a sigo pela sala e pelo corredor. Ao colocar uma das mãos na maçaneta da porta, Alice vira-se para mim.

— Nunca foi fácil, sabe?

— O quê? — pergunto, apesar de não me importar. Não mesmo. Só quero que vá embora.

Penso ver um instante de dor pouco antes de o véu de hostilidade mais uma vez cair em seu rosto.

– Ver a adoração nos olhos de todos quando falam de você. Saber que papai, James e até mesmo nossa mãe prefeririam você a mim. É tão difícil assim acreditar que talvez James resolveu aceitar que você o abandonou? Que ele possa me amar completamente? Que talvez, só dessa vez, você não é a mais adorada de todos?

Balanço a cabeça.

– Não sei do que está falando, Alice. Estou na sua sombra desde que nascemos. O amor de James por mim foi uma das poucas coisas que foram somente minhas. – Ouço o temor em minha voz. Alice sempre foi a preferida.

Linda. Vibrante. Viva.

Seu sorriso vai além do calor conciliatório da sala.

– Você é muito teimosa, Lia. E tão relutante em ver as coisas como realmente são naquilo que não a satisfaz. Nem posso imaginar por que sempre esperei que as coisas fossem diferentes. Elas nunca foram.

– Não. E nunca serão, Alice. Não no que diz respeito à profecia e minha posição nela. Não no que diz respeito ao destino daqueles que amo.

Receio o sorriso que toca seus lábios. É aquele do qual me lembro em muitos de nossos encontros no Plano, o que fala da lealdade de Alice com as Almas, mesmo com o risco que a humanidade corre.

– Fico surpresa que ainda possa se considerar tão virtuosa, Lia. Que ainda não enxergue a verdade.

Cruzo os braços na frente do corpo.

– Que verdade é essa, Alice?

Ela inclina a cabeça, como se fosse óbvio.

– Que você não é tão diferente de mim, no final das contas. Que se torna mais parecida comigo a cada dia.

Ela abre a porta, passa por ela e a fecha.

Fico ali parada por um tempo, olhando para a porta, pensando em minha irmã e James e na profecia. Do quanto nossa teia tornou-se entrelaçada.

Quando finalmente me viro para subir as escadas, tento concentrar-me em James e no que direi a ele. Tento me concentrar em seu destino e na importância de salvá-lo de Alice, mas tudo o que ouço são as últimas palavras de minha irmã. Elas ecoam em minha mente até eu não ter mais certeza se são dela ou minhas.

Não durmo bem. Meus sonhos são cheios de figuras sombrias e sussurros que parecem vir de dentro de minha cabeça.

Mesmo quando passo para o estado de vigília, estou ciente de estar revolvendo as possíveis localizações da Pedra em minha mente. Victor está lá, empurrando a escada pelos trilhos, procurando livro por livro, enquanto Dimitri fica parado debaixo dele com o pergaminho na mão. Pouco antes de acordar, sinto a resposta escorrer por entre meus dedos.

Quando me sento na cama um minuto depois, acho que a descobri.

8

– Explique-me outra vez: o que estamos fazendo?

Dimitri esfrega a mão no rosto cansado, lutando para não bocejar enquanto a carruagem vai sacudindo pelo campo na luz fraca e azulada das primeiras horas da manhã.

Inclino-me para perto dele, segurando sua mão com ansiedade.

– Não está vendo? Estávamos olhando para isso de forma errada. – Mordo o lábio, considerando minhas palavras. – Quero dizer, eu *acho* que sim. Suponho que não podemos ter certeza até falarmos com Victor.

Dimitri suspira:

– Sim, você falou isso, mas não entendi exatamente *o que* estávamos procurando de forma errada. Você ainda não chegou nessa parte.

– Perguntamos ao Victor e ao sr. Wigan sobre as palavras da última página da profecia.

Ele assente:

– Sim, porque é isso o que estamos tentando decifrar. Mas não explica por que estamos indo à casa de Victor a esta hora intempestiva.

Estendo a mão.

– Você trouxe a lista?

– Trouxe, claro. Você me pediu, não foi? – Ele enfia a mão no bolso e retira um pedaço de pergaminho dobrado, colocando-o em minha mão.

Abrindo-o, revejo a lista de localizações possíveis – as várias que excluímos e as nove possibilidades remanescentes.

– Na última página, a localização da Pedra parece estar escrita em outra língua. – Minha voz é um murmúrio no meio do som retumbante das rodas da carruagem sobre o chão rochoso, e pergunto-me como Edmund consegue nos manter equilibrados. – Procurar por ela com base somente nessa referência, que sequer entendemos, é como procurar uma agulha em um palheiro.

– Isso é mais que óbvio, meu amor, e é o motivo de ainda não termos descoberto a localização da Pedra. – Dimitri está tentando conter a impaciência em sua voz, mas posso ouvi-la apesar de tudo.

– Sim, mas é por isso que estamos procurando de forma errada. – Paro de olhar para o pergaminho e encontro o olhar atento de Dimitri. – Não estamos usando o que já temos.

– E o que seria?

Sacudo o pergaminho diante dele.

– Isto. Só restaram nove localizações.

Ele enruga a testa.

– Sim.

– Se dermos a lista das nove localizações para Victor, talvez ele possa pesquisar apenas as nove, procurando uma referência para Sliabh na Cailli'. – Faço uma pausa, de repente sentindo que minha ideia não é tão profunda quanto parecia no silêncio do meu quarto duas horas atrás. – Não garante nada, eu suponho, mas é melhor do que começar do nada, não é?

Dimitri calou-se naquele momento antes de inclinar-se para beijar meus lábios.

– É muito mais do que já tínhamos. E tão simples que é brilhante.

Tento absorver o entusiasmo dele, procurando resgatar a esperança que senti ao acordar com a ideia de levar a lista para Victor. Mas de repente não tenho tanta certeza. Parece um fio delicado no qual penduramos nossas esperanças de obter as respostas, e, com todas as perguntas que restam, existe uma coisa da qual tenho certeza: só faltam dois meses para o Beltane.

E nosso tempo está acabando.

❦

– Ah! Existem muitas! Nunca completaremos todas!

Encosto-me na poltrona *bergère* almofadada, sabendo que é um gesto pouco feminino, mas não ligo.

Depois de alguma persuasão, Victor finalmente atendeu a porta – vinte minutos inteiros desde que começamos a bater. Ele ouviu nossa explicação enquanto tomava chá com torradas e começou a pegar os livros das prateleiras da biblioteca assim que lhe mostramos a lista.

– Psiu! – disse Victor em resposta à minha frustração. – Fale por você, minha jovem. Agora que tenho uma referência com a qual trabalhar, não vou parar de procurar sua resposta até que tenha pesquisado todas as localizações dessa lista.

Observo a sala, fixando o olhar na enorme pilha de livros sobre a mesa de leitura a nossa frente.

– Mas ficaremos aqui o dia todo! – Só de pensar nisso me aprumo na poltrona. – Edmund? Que horas são?

Ele olha para o relógio sobre a lareira.

– Quase onze. Por quê?

Levanto-me da cadeira e coloco a mão na testa, percebendo o que fiz.

– Helene. Helene vai chegar esta manhã e muito provavelmente está em Milthorpe Manor neste momento. – Já estou calculando as consequências para meu relacionamento com Sonia e Luisa.

– Seja lá quem for essa Helene, parece ser muito importante – diz Victor, levantando-se. – Não se preocupe, continuarei procurando e entrarei em contato assim que descobrir alguma coisa.

Olho outra vez para a pilha de livros esperando para ser investigada.

– Tem certeza? Não me parece certo deixá-lo sozinho com essa tarefa.

Ele ri alto, juntando as mãos.

– Minha prezada menina, tenho pouco para me ocupar nas horas em que estou só. Você me faz um tremendo favor com essa tarefa, isso eu lhe garanto!

Eu sorrio, inclinando-me para a frente para beijar sua bochecha.

– Ah, obrigada, Victor! Você é um amor!

Ele fica corado, e imagino há quanto tempo não é tocado por alguém.

— Besteira! O prazer é meu! — Ele parte em direção à porta da biblioteca. — Venha. Eu os acompanho.

Caminhamos pelo corredor, despedindo-nos rapidamente. Pouco tempo depois Dimitri e eu estamos na carruagem, e nas rédeas Edmund nos conduz de volta para Londres.

— Acha que ele encontrará alguma coisa? — pergunto a Dimitri enquanto a casa de Victor vai ficando para trás.

— Não sei. Mas é uma esperança a mais do que tínhamos ontem.

A carruagem vai muito rápido. Preparo-me para encontrar Helene e enfrentar Sonia e Luisa, imaginando a cena em minha cabeça, mas não adianta nada para meus nervos, que ficam cada vez mais tensos à medida que nos aproximamos de casa.

— Gostaria que eu a acompanhasse até em casa? — pergunta Dimitri, pegando minha mão quando entramos na cidade de Londres propriamente dita.

Resisto dizer que sim, pois Sonia e Luisa já estarão zangadas por eu não as ter incluído em meus planos matinais. A presença de Dimitri seria como pôr sal na ferida delas.

— Não, será melhor se eu receber Helene sozinha. Espero que a conheça logo, em todo caso. Ela ficará morando em Milthorpe Manor.

— O quanto Philip contou a ela sobre a profecia? Sobre seu lugar nela? — pergunta ele.

Suspirando, viro-me para olhar pela janela, sentindo uma claustrofobia repentina dentro da carruagem.

— Ele contou a verdade da maneira mais simples possível — respondo com calma. — Se ela acredita nele ou não, bem... isso é outra história.

– Ela deve acreditar nele, pelo menos em parte. Se não, por que viria a Londres?

– Porque é assombrada por sonhos, assim como todas nós. Ela disse a Philip que viaja com relutância na escuridão da noite. Que sente as Almas atrás dela, apesar de não conseguir nomeá-las por inteiro até o momento. – Não olho para ele, embora sinta que está me observando mesmo enquanto continuo a olhar para fora da janela, de repente hesitante em permitir que veja o medo em meus olhos. – A profecia a reivindicou, como reivindicou todas nós.

Os dedos de Dimitri tocam minha face, virando meu rosto para ele. Quando olho em seus olhos, o amor que vejo queimando ali é violento.

– Ela não a chamou, Lia. E *não* irá reivindicá-la enquanto eu viver.

Seus lábios tocam os meus e tento me perder em seu beijo. Tento deixar que ele suprima todo o resto. Minhas preocupações, pesadelos e pensamentos mais sombrios.

Porém, não dá muito certo. Cheguei longe demais para pensar que é muito simples. Dimitri não tem o poder de me salvar. Minha salvação terá de ser minha própria atitude, e terei de fazer isso com a ajuda de minha irmã.

A ideia é inconcebível, e deixo-a de lado, pois se pensar demais sobre a impossibilidade de trazer Alice para a minha causa, lembrarei a futilidade de tudo.

E se me lembrar da futilidade de tudo, não terei outra escolha a não ser imaginar quanto tempo demorará até que eu me encontre à beira de um precipício. Igual à minha mãe.

9

Ao entrar no vestíbulo de Milthorpe Manor, ouço o murmúrio de vozes na sala.

Penduro minha capa perto da porta, alisando a saia e ajeitando os grampos no cabelo antes de entrar. Estou nervosa e gostaria de ter deixado Dimitri me acompanhar até em casa, no fim das contas. Ou, no mínimo, que Edmund estivesse ao meu lado em vez de estar lá fora, guardando a carruagem.

As vozes tornam-se mais claras quando me aproximo da porta da sala. Reconheço a cadência suave de Sonia e a risada sincera e rouca de Luisa, mas no meio delas há uma outra que nunca escutei. Mais profunda e rica que as de minhas amigas, a voz fala de um mistério ainda por resolver – de uma vida não familiar vivida em uma terra distante.

Demoro um momento, só um momento, para me recompor antes de entrar na sala. Não sei se é o fato de encontrar Helene pela primeira vez ou a possibilidade de enfrentar o ódio de Sonia e Luisa que faz meu coração acelerar, mas ficar parada na porta também não fará com que eu evite isso. Não por muito tempo.

Ao entrar na sala, tento aparentar confiança, evitando os olhos de Sonia e Luisa enquanto dirijo-me à garota desconhecida que está sentada na cadeira de espaldar alto perto da lareira.

– Boa tarde. Lamento chegar a esta hora. Tive um compromisso esta manhã que demorou mais do que eu esperava. – Seus olhos negros me analisam com um interesse disfarçado enquanto me aproximo. Seus cabelos, presos no alto da cabeça com um penteado formal, são tão pretos quanto o céu noturno de Altus.

– Você deve ser Helene Castilla. – Ela pisca quando estendo a mão e retrocedo, lembrando que muitas jovens acham o aperto de mãos extremamente masculino. – Sou Lia Milthorpe, e é um prazer conhecê-la. Fez uma viagem agradável?

Ela gesticula que sim vagarosamente com a cabeça.

– A viagem foi longa, mas não desagradável. O sr. Randall cuidou do meu conforto. – Fala com sotaque, a voz baixa e exótica. Eu a acho muito parecida com Luisa, se bem que suas maneiras não possuem nada da afabilidade terna de Luisa.

Ao virar-me para seguir seu olhar, noto que Philip está parado no escuro.

– Philip! – Vou em sua direção, inclinando-me para beijá-lo no rosto. – Não o vi aí! Como foi sua viagem?

Ele sorri; as rugas ao redor de seus olhos estão mais profundas do que a última vez que o vi. A profecia afetou todos nós.

– A travessia foi difícil. Fomos amaldiçoados com mares revoltos durante toda a viagem, apesar de a srta. Castilla ter ficado bem calma com tudo isso. – Ele sorri para ela, e fico pensando se é minha imaginação que o olhar dela abranda quando sorri de volta.

– Mas por que está de pé? – pergunto a ele. – Deve estar exausto. Venha sentar-se. Vocês já comeram?

Philip diz que não.

– É um prazer ficar de pé. Fiquei muito tempo sedentário no navio. – Ele lança o olhar para Sonia e Luisa. – Nos ofereceram uma refeição leve, mas ai de nós, estamos cansados demais até mesmo para comer. Imagino que a srta. Castilla gostaria de ver seu quarto. Estávamos somente esperando que voltasse.

Não há recriminação em sua voz. No entanto, sinto uma onda de vergonha por ter sido tão descuidada com a hora na casa de Victor.

– É claro. – Volto-me para Luisa e Sonia. – Podem pedir que levem as malas de Helene para seus aposentos?

Luisa concorda, seus lábios se estreitam.

– Os empregados a acomodaram no quarto amarelo lá em cima.

Seu ódio evidente apenas desperta uma resposta irracional de minha parte, pois mesmo tendo consciência da injustiça de excluí-las da viagem matinal até a casa de Victor, me recuso a pedir-lhes perdão.

Forço um sorriso, na tentativa de afastar meu ressentimento.

– Você e Sonia se importam de acompanhar Helene até o quarto enquanto levo Philip até a porta?

Ela assente com a cabeça, levantando-se, e viro-me para Helene, estendendo a mão e torcendo para que dessa vez ela aceite o gesto da amizade.

- Eu *estou* feliz que veio. Por favor, sinta-se em casa, e não hesite em falar com um dos empregados ou uma de nós, se precisar de alguma coisa. Talvez depois de descansar queira se juntar a nós para o jantar, e poderemos nos conhecer melhor.

Ela se levanta, seu sorriso é tão pequeno que é quase invisível.

- Obrigada.

É tudo o que diz antes de seguir Luisa e Sonia para fora da sala, deixando-me a sós com Philip. Um suspiro escapa de meus lábios quando elas desaparecem pelo corredor.

Philip vem em minha direção.

- Está tudo bem? Parece cansada.

Evito seus olhos indagadores e vou em direção à lareira.

- Tudo está tão bem quanto o esperado, creio eu. Acho que simplesmente nos cansamos da profecia e suas exigências.

- Depois de tudo o que aconteceu, você com certeza tem o direito de estar cansada. Posso fazer mais alguma coisa para ajudar? - pergunta ele.

Olho em seus olhos, sentindo o sorriso pesaroso em meus lábios.

- Diria "encontre a última chave", mas você já está trabalhando para fazer isso.

Ele assente devagar, franzindo as sobrancelhas.

- Fiquei sabendo de uma outra jovem com a marca, em um pequeno vilarejo. Tenho que resolver algumas coisas aqui em Londres, mas poderei investigar o fato dentro de alguns dias.

Estudo seu rosto.

- É minha imaginação ou você não está sendo otimista?

- É muito mais falta de informação do que de otimismo. Já me disseram, pois, que a garota não mora mais na cidade.

Aparentemente a mãe dela morreu ao dar a luz a ela, e o pai a levou embora alguns anos depois.
Balanço a cabeça.
– Eu não entendo. Por que você vai, se ela não está mais lá?
Ele dá de ombros com resignação.
– Ela é a única pista que temos no momento. Espero que alguém possa me dizer para onde ela foi. É improvável que seja ela, considerando nossa sorte no passado, mas me parece prudente seguir cada pista até o final.
Observo minhas mãos, a marca da serpente se revelando por uma fenda debaixo da manga do meu vestido.
As palavras de Philip não são uma revelação. É muito prático deduzir que nossas pistas à procura das chaves estão chegando ao fim. Poderíamos ouvir falar de várias meninas que teriam a estranha marca. Mesmo assim, a energia abandona meu corpo apressadamente, parecendo infiltrar-se no tapete onde piso até me restar apenas uma exaustão consumidora.
– Sim – respondo com calma. – Temos de ser zelosos ao investigar cada pista, por mais ilógica que seja. Tire o tempo que precisar para se recuperar da viagem com Helene. Você trabalhou muito em nosso benefício e parece estar bem cansado.
Ele sorri e caminha em direção à porta da sala.
– Não mais do que você, minha querida. Não mais do que você.
Entrelaço meu braço no seu.
– Venha, vou acompanhá-lo para que possa ir para casa descansar de forma adequada.
Caminhamos para o vestíbulo, onde Philip pega o casaco pendurado perto da porta.

– Obrigada por acompanhar Helene até Londres, Philip. De verdade. Nem consigo imaginar o que eu faria sem você. – Espero que ele veja a sinceridade em meus olhos.

Retribuindo meu sorriso, ele coloca a mão na maçaneta da porta.

– Seu pai era um bom amigo. A profecia e sua libertação dela tornaram-se o trabalho da minha vida. Só rezo para ser capaz de cumprir essa tarefa.

Preparo-me para falar, a fim de assegurar-lhe que, se há alguém que pode encontrar a última chave, é ele, mas ele se vai antes que eu possa dizer alguma coisa.

෴

Pretendo ir para meus aposentos descansar antes do jantar, mas me encontro paralisada a poucos metros do quarto de Sonia. Sei que ela está do outro lado, descansando, escovando os cabelos ou lendo um dos livros da biblioteca de Milthorpe Manor. A porta fechada me enche de tristeza, pois no passado eu teria entrado às pressas para compartilhar com ela os acontecimentos do dia.

Não. No passado, Sonia teria me acompanhado para todo e qualquer lugar. Não haveria necessidade de informá-la de nada, pois ela era minha companheira e amiga em todas as coisas. A perda disso tudo subitamente é inimaginável, e caminho até a porta de seu quarto, batendo suavemente antes de ter a chance de mudar de ideia.

Ela abre logo depois, a curiosidade em seu rosto transforma-se em surpresa assim que se conscientiza da minha presença.

– Lia! O que você...? Entre!

Seu choque óbvio ao me ver na entrada de seu quarto me enche de culpa. Não consigo me lembrar da última vez em que busquei sua companhia.

Entro no quarto, e Sonia fecha a porta atrás de mim.

– Venha sentar-se. Sarah acaba de atiçar o fogo.

Ao caminhar em direção à sua cama, ignoro o espaço onde as pessoas normalmente se sentam perto da lareira. Foi o único lugar no qual me sentei nas raras ocasiões em que me encontrei no quarto de Sonia desde que ela voltou de Altus. Mas, desta vez, apoio-me no suntuoso colchão, estudando o tapete sob meus pés ao mesmo tempo que me lembro de quando sentávamos na cama uma da outra, trocando confidências, rindo e contemplando o futuro. Neste momento, só desejo que as coisas fossem como eram antes.

Sonia se senta com cuidado ao meu lado, como se temesse que eu mudasse de ideia e saísse a qualquer momento.

– Está tudo bem?

Respiro fundo, olhando para cima para encontrar seus olhos.

– Suponho que as coisas não andam bem há algum tempo.

Ela concorda:

– Sim, mas estamos trabalhando para acertá-las outra vez.

– Só gostaria de dizer que... Bem, que sinto muito. – Dizer essas palavras é mais difícil do que eu imaginava.

Ela pega minha mão.

– Eu sei.

Sua voz não é indelicada, mas sua falta de negação causa uma onda de indignação a correr em minhas veias. Procuro dominar a amargura. É algo evidente que ameaça me devorar viva.

Sorrio, apesar de sentir o sorriso como uma máscara em meu rosto.

– Estou tentando, assim como você, fazer com que as coisas voltem a ser como eram.

Seu sorriso para mim é triste.

– Sim, mas há uma diferença.

– E qual é?

Ela vira as palmas das mãos para cima em um gesto de rendição.

– Você procura respostas para a profecia e se esforça para me perdoar, enquanto eu simplesmente antecipo meu destino.

– Ela dá de ombros. – Você controla tudo. É só o que posso fazer para esperar.

Quero contestar suas palavras, negar sua veracidade. Mas Sonia tem razão. Agarrei com força todo o poder desde que saí de Altus. E, quando me levanto para sair do quarto, não consigo não imaginar que detenho esse poder porque temo uma traição – ou porque passei a desfrutar a sensação dele em minhas mãos.

🝔

O jantar a princípio é complicado. Tia Virginia tenta manter o diálogo compartilhando as fofocas de Elspeth sobre a noite do baile de máscaras, mas a tensão subjacente é sentida por todos.

Sinto-me estranhamente paralisada. Minha preocupação com o local da Pedra, as palavras trocadas com Sonia e minha conversa iminente com James, tudo conspira para me fazer calar. Minhas palavras são incapazes de competir com os pensamentos em minha cabeça.

Finalmente, junto coragem, tentando me lembrar de como uma anfitriã fina se comporta.

— Seu quarto está confortável? — pergunto a Helene enquanto levo a taça de vinho à boca.

Descansando o garfo na mesa, ela confirma:

— Sim, obrigada.

— E conseguiu descansar de sua viagem?

— Sim.

Seu semblante é carrancudo, e me pergunto se está dificultando as coisas de propósito ou se, simplesmente, é incapaz de manter um diálogo.

— Deve ser doloroso deixar seu lar para trás. — As palavras de Sonia são suaves. Fazem lembrar a garota que ela era em Nova York.

— É... necessário — comenta ela. — Mas concordo, não é fácil abandonar tudo o que lhe é familiar.

Penso ver uma ruptura em seu semblante impassível, só um pouco.

— Sei exatamente como se sente — diz Sonia. — Fui enviada para longe de minha família para viver com um estranho em Nova York. Eu era muito jovem, mas ainda me lembro do quanto foi confuso estar em um novo ambiente. — Ela sorri para Helene. — No entanto, me acostumei com isso, e espero que você também.

Helene endireita-se, colocando uma barreira em seu semblante mais uma vez.

— Creio que entendeu errado. Não pretendo me acostumar com Londres. Quero voltar para a Espanha o mais rápido possível.

Luisa balança a cabeça com os olhos anuviados de perguntas.

— Então por que veio?

Helene recoloca o copo na mesa, sua garganta elegante ondula ao engolir o vinho.

— Porque quero que essa loucura acabe. Estou cansada de ser caçada em meus sonhos, de ter pensamentos sombrios mesmo na mais clara luz do sol. Só piorou conforme fiquei mais velha, e, se vir para Londres para juntar-me a vocês significa que finalmente poderei ficar livre, então que seja.

O gesto de tia Virginia concordando é cheio de compreensão. Imagino se está pensando em minha mãe e em sua luta fracassada para combater as Almas.

— Ficou surpresa quando Philip a encontrou? — pergunta ela. — Quando explicou seu lugar na profecia?

Helene estuda seu prato, esquecendo a comida. Quando fala, ouço as lembranças em sua voz:

— Sempre fui diferente. Era mais do que a marca. Desde que me lembro, ouço as vozes daqueles que estão do outro lado. Falavam comigo até mesmo quando eu implorava para que parassem. E isso não era tudo. Mesmo quando era criança, com frequência eu sonhava que estava voando. Sabia que não era normal trazer as coisas de volta para meu repouso, mas eu sempre trazia. Uma pedra, uma pena, uma folha de grama. — Ela dá de ombros. — Elas achavam seu caminho até a minha cama à noite, e eu sabia que meus sonhos eram reais.

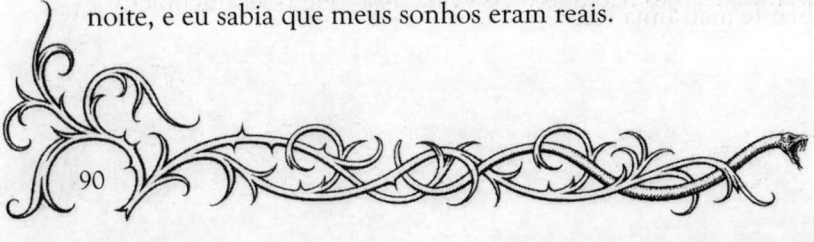

Tranquilizo-me ao entrar em um estado de relaxamento com as velas tremeluzindo sobre a mesa e o sotaque de cadência animada da voz de Helene enquanto ela continua:

– Mas logo eles se tornaram desagradáveis. Logo passei a ser perseguida através da paisagem daqueles sonhos e deixei de trazer recordações de prazer. Em vez disso, eram pés sangrando ou hematomas adquiridos quando tentava escapar de coisas sombrias e assustadoras. – Ela pausa. – Não sabia como contar para ninguém, a não ser meus pais, e eles já suspeitavam que algo estava errado, com base nas marcas e todas as outras coisas estranhas que aconteciam desde que eu era criança.

– Eles foram compreensivos com suas habilidades? – Ouço a dor na pergunta de Sonia, pois ela se lembra da relutância dos próprios pais em aceitar seus dons sobrenaturais.

Helene concorda com a cabeça.

– Tanto quanto podiam compreender tal coisa. Mas não é o suficiente. – Ela olha para cada uma de nós. – Tenho quase dezoito anos. Mesmo assim, não posso me dar o luxo de me apaixonar, rir na companhia de outras jovens sem ter de tomar cuidado com o que falo, pois quem aceitaria uma coisa dessas? E como eu poderia começar a explicar?

Penso em James e compreendo.

– Há pessoas aqui – diz Luisa com delicadeza. – Pessoas em Londres, como nós, com habilidades incomuns. Não precisa ser tão solitário.

A voz de Helene não é mais distante:

– Gentileza sua tentar me deixar confortável, oferecendo sua amizade, mas não quero essa vida. Não quero ser um objeto raro. Viver marginalizada da sociedade. Só quero acabar com isso para poder voltar à Espanha e viver uma vida normal.

Lembro-me quando minhas aspirações eram tão simples. Antes de Dimitri. Antes do papel da Lady de Altus me ser transmitido por tia Abigail e pelas leis da ilha.

No entanto, não importa se nossos sonhos são simples ou elaborados. Se desejamos viver sossegadas como esposas ou de forma visível como soberanas de muitos. No final, todas queremos a mesma coisa: viver. Viver de acordo com nossas próprias regras, sem a profecia como uma responsabilidade muito grande da qual não podemos escapar.

10

Eu me vesti meticulosamente, apesar de ter vergonha de admitir, até para mim mesma.

Somente tia Virginia e Edmund sabem o que pretendo fazer. Não suporto contar a Dimitri e ver a preocupação cuidadosamente escondida por trás de uma máscara de confiança.

– Gostaria que eu a acompanhasse? – pergunta Edmund quando saio da carruagem em frente ao hotel Savoy.

Nego com a cabeça. Ele não me daria uma escolha se estivesse se referindo a qualquer outra pessoa, mas até mesmo Edmund sabe que não tenho nada a temer de James.

Contemplo a fachada majestosa do hotel.

– Pode esperar lá dentro, se quiser.

Sinto, em vez de ver, quando ele balança a cabeça.

– Estarei aqui na carruagem quando estiver pronta.

Desvio o olhar do hotel e viro-me para sorrir para ele.

– Obrigada, Edmund. Não vou demorar.

As ruas estão agitadas com o trânsito da manhã, carruagens e cavalos brigando por um espaço entre os homens e mulheres que abarrotam as ruas de Londres. Mas tudo isso está na periferia de minha mente. Meu estômago parece redobrar-se à medida que me aproximo da entrada do grande hotel. Que me aproximo de James.

Não tenho o número de seu quarto, e de qualquer forma seria inadequado encontrá-lo lá, por mais que fôssemos tão próximos no passado. Em vez disso, caminho em direção à recepção, atravessando o saguão ricamente decorado, parando diante de um cavalheiro distinto e garboso que me recebe com um sorriso.

– Posso ajudá-la, senhorita?

Engulo o nervosismo.

– Sim, vim fazer uma visita a James Douglas, por favor.

Ele levanta as sobrancelhas.

– E a quem devo anunciar?

– Amalia Milthorpe. – É estranho dizer meu nome de batismo em voz alta. Não sou chamada de Amalia desde que saí de Nova York e da Escola Wycliffe para Meninas.

Ele concorda:

– Está bem.

Viro-me para esperar, apreensiva, procurando no saguão algum sinal de Alice. É provável que ela saiba que pretendo falar com James, mas será muito mais difícil, caso se intrometa em nossa conversa. Mesmo assim, não sei ao certo o que mais me enerva, a possibilidade de ver Alice ou de ver James. Que estranho, penso, os dois estarem aqui em Londres.

Estarem tão perto e juntos neste hotel, preparando-se para se casar.

— Lia?

Sobressalto-me com o som da voz atrás de mim. Preparo-me para vê-lo com minha irmã, mas, quando me viro, James está sozinho.

Sorrio.

— Bom dia, James.

Seu rosto está diferente do que me lembro, e percebo com surpresa que ele envelheceu. Não é desagradável, e uma emoção espontânea toma conta de mim ao saber que ele não é mais um jovem, mas um completo cavalheiro. Seus olhos, azuis como o céu sob o qual caminhamos em Birchwood, faz todas as perguntas que temo responder.

— Fico feliz que veio. — Ele fala, mas não sorri.

Eu assinto, olhando ao redor para o saguão cheio.

— Podemos...? Importa-se de sair para dar uma caminhada? Será difícil manter um diálogo adequado aqui.

Ele não hesita. Em um momento estamos parados no saguão do hotel Savoy, e no outro ele está apoiando minha mão em seu braço e indo em direção à porta. Depois estamos do lado de fora nas ruas de Londres, tão sós quanto estávamos naquele ano em que parti de Nova York.

Não falamos nada enquanto caminhamos pelas ruas tumultuadas. Os músculos de seu braço estão rígidos sob minha mão, e ele me conduz com segurança, como se soubesse exatamente aonde está me levando. Não sinto o frio, apesar de ver o ar saindo de meu corpo em uma nuvem de vapor.

Pouco depois chegamos a um parque, escondido atrás dos galhos das várias árvores e arbustos. Os sons da cidade desaparecem quando atravessamos uma cerca de ferro, entrando no vasto refúgio, e sinto o nervosismo deixando meu corpo. Sinto falta da tranquilidade de Altus, de Birchwood Manor. Se bem que, na maior parte do tempo, estou ocupada demais, preocupada demais, para perceber a tensão que sobe em meus ombros quando fico em Londres por muito tempo sem descanso.

Vamos em direção a um caminho de pedras, isolado do resto do parque, com várias árvores de cada lado. Os sons da cidade somem rapidamente. Sem a multidão, o ruído das carruagens e o tropel dos cavalos pelas ruas, fico mais consciente da presença de James. Engulo em seco com dificuldade, tentando deter as lembranças que voltam com a sensação de seu corpo junto ao meu.

– Você não me escreveu. – Sua voz rompe o silêncio tão de repente que levo um tempo para perceber que ele, de fato, está falando comigo.

– Não. – Não é o bastante, mas não há mais nada que eu possa dizer. Continuamos andando, contornando uma curva no caminho, até vermos uma extensão de água logo adiante.

– Você não... Você não me amava? – pergunta ele enfim.

Eu paro, puxando seu braço até que pare também. Até poder olhar em seus olhos.

– Não foi isso, James. Eu juro.

Ele dá de ombros.

– Então foi o quê? Como pôde me deixar sem dizer quase nada? Por que não escreveu no momento em que estava perfeitamente bem e morando em Londres?

Não é assim, penso. *Você está distorcendo as coisas.*

No entanto, com a informação limitada que tem, é exatamente o que deve parecer.

Não posso olhar em seus olhos por muito tempo, então puxo seu braço até voltarmos a caminhar.

– Estou muito longe de estar "perfeitamente bem", James, apesar de saber como deve parecer para você.

Chegamos à beira de um pequeno lago que reflete o céu cinza e marulha com rebeldia contra a margem. Está mais frio perto da água, mas noto a friagem com indiferença, mesmo com meu corpo começando a tremer.

James se vira para me olhar, retirando seu sobretudo e colocando-o sobre meus ombros, debaixo do meu manto.

– Não devia ter trazido você aqui – diz ele. – Está frio demais.

A familiaridade de seu toque faz parecer que o tempo não passou de forma alguma. É como se estivéssemos, neste exato momento, às margens do rio que fica atrás de Birchwood Manor, ouvindo Henry rindo com Edmund aos fundos.

– Estou bem. Obrigado pelo casaco. – Dirijo-me para o banco de ferro que está de guarda à beira do lago. – Vamos nos sentar?

Sua coxa roça a minha quando se abaixa para sentar no banco. Fico imaginando se devo me afastar, se devo ficar distante dele em consideração ao meu relacionamento com Dimitri e seu noivado com Alice. Por fim, vejo que não consigo. Aprecio a sensação sólida dele perto de mim. Não vejo mal algum em permitir que eu sinta um conforto mínimo.

Respirando fundo, começo como deve ser – desde o início.

– Você se lembra do livro? Do que encontrou na biblioteca de papai após a morte dele?
Sua testa enruga-se, em sinal de concentração.
– Encontrei tantos livros na biblioteca de seu pai enquanto os catalogava depois de sua morte, Lia.
Não me ocorreu que James possa não se lembrar. Para ele, o Livro do Caos era simplesmente uma das várias descobertas interessantes, mesmo tendo mudado a minha vida – e a dele – completamente.
– O que encontrou logo após o funeral? O Livro do Caos? O que estava escrito em latim? – Espero despertar sua memória. Já será difícil para James acreditar na profecia com o livro o orientando. Sem ele, imagino que será quase impossível.
Ele concorda, gesticulando devagar com a cabeça.
– Acho que me lembro. Era apenas uma página?
Dou um suspiro de alívio:
– Isso mesmo. Você o traduziu para mim, lembra-se?
– Vagamente – responde ele. – Mas, Lia, o que isso tem a ver com...
Ergo a mão para detê-lo.
– É muito difícil de explicar, James. Poderia apenas ouvir? Ouvir e tentar abrir sua mente?
Ele diz que sim.
– A história no livro? Sobre as irmãs e as sete pragas? – Continuo sem esperar por uma resposta, lutando para encontrar palavras que não serão fantásticas demais para acreditar. – Não é apenas uma história, como pensamos no início. É... é mais uma lenda. Só que é real.
Ele me estuda com o rosto inexpressivo.

– Continue.

Falo um pouco mais rápido:

– Há milhares de anos, houve uma legião de anjos enviada para tomar conta da humanidade, mas eles... eles se apaixonaram por mulheres mortais e foram banidos do paraíso. – Não consigo ler a expressão em seu rosto e continuo antes de perder a paciência: – Desde então, as descendentes dessas mulheres, todas irmãs gêmeas, fazem parte de uma profecia. Uma profecia que as intitula: uma, a Guardiã; a outra, o Portal. Exatamente como diz no livro.

– Uma, a Guardiã; a outra, o Portal. – Sua voz é um murmúrio, e fico pensando se ele realmente se lembra das palavras no Livro do Caos ou se está apenas repetindo as minhas.

– Sim. Minha mãe e tia Virginia são descendentes dessas mulheres, James, bem como Alice e eu. Minha mãe foi designada como Portal, marcada para conduzir os seguidores de Satã, as Almas Perdidas, para o nosso mundo, onde esperam a volta dele. Como Guardiã, era dever de tia Virginia manter minha mãe sob controle. Para assegurar que ela não permitisse a passagem das Almas ou pelo menos que minimizasse a quantidade que conseguia entrar por meio dela. Mas Virginia não foi capaz de impedir que minha mãe cumprisse seu papel.

"Não era o que mamãe queria, mas ela não conseguiu combater, James. Isso a corroeu, até que acreditasse que não tinha escolha a não ser sacrificar a própria vida. No entanto, só significou que a profecia passou para Alice e eu."

– O que isso tem a ver com a sua partida, Lia? – Sua voz é gentil, mas com traços de algo que já temo ser ceticismo.

– Alice é a Guardiã, James, e eu sou o Portal – falo rapidamente. – Só que não sou apenas um Portal qualquer. Eu sou o Anjo do Portal, aquele Portal com o poder de permitir a passagem de Samael em pessoa. Estou... Estou tentando combater isso, James. Para encontrar um jeito de acabar com tudo, mas Alice rejeita seu papel de Guardiã e em vez disso cobiça o meu. Ela tem trabalhado em acordo com as Almas desde que era criança, e até mesmo agora trabalha para levar a cabo o fim do mundo que conhecemos. – Pego sua mão. – Não pode se casar com ela, James. Você não pode. Estará ao lado dela quando o mundo cair, e, apesar de ficar a salvo devido a sua lealdade a ela, todos os que ama, tudo que estima, será transformado em pó.

Prendo seu olhar atento, fixando no fundo de seus olhos. Quero que acredite que falo a verdade. Quero que ele sinta. Que veja tudo em meus olhos.

Ele corresponde por um instante antes de levantar-se e caminhar para perto da água. O silêncio se estende entre nós, longo e frágil, mas não me atrevo a falar.

– Não precisava ter feito isso. – Sua voz, arremessada sobre a água, é tão serena que tenho de inclinar-me para a frente para entender as palavras.

– O quê? – pergunto. – Eu não precisava ter feito o quê?

– Inventado essa... essa... história. – Ele se vira para me olhar, e sinto vontade de chorar com a angústia em seu rosto. – Eu ainda a amo, Lia. Eu sempre amei você. Sempre amarei você. – Ele atravessa o espaço entre nós, ajoelhando-se diante de mim e tomando minhas mãos. – Está dizendo que ainda me ama também? É disso que se trata?

Estudo seu rosto, seus olhos, procurando alguma coisa que possa não ter percebido. Algum fragmento de crença na profecia. Em mim. Mas há somente adoração, o amor que certa vez teria sido o suficiente.

— Não acredita em mim.

Ele pisca confuso.

— Lia, isso não importa, você não entende? Você não precisa dessa história. Eu sempre quis você.

Procuro ansiosamente alguma coisa — qualquer coisa — que o faça ver. Que o faça acreditar.

— Sei que é difícil de acreditar. — Abaixo-me, levantando as mangas enquanto falo, olhando dentro de seus olhos com cada pingo de verdade dentro de mim. Estendo minha mão diante dele. — Mas olhe para isto, James. Eu carrego a marca da profecia. Já havia visto isto na minha mão antes?

Ele olha com relutância para a marca em meu pulso, como se não quisesse ver nada que desse crédito à minha história. Seu olhar permanece ali somente por um segundo, antes de voltar a me olhar.

— Nunca notei essa marca, Lia. Mas não importa. Isso não muda nada.

Deixo minha mão cair em meu colo e me afasto da febre em seus olhos. Não é a febre do amor, mas da negação.

— Foi por isso que não lhe contei nada. — Minha voz é pesada de amargura. — Eu sabia que não iria acreditar em mim. Carrego a culpa de tê-lo abandonado todos esses meses, mas estava certa o tempo todo.

Ele balança a cabeça, parecendo magoado enquanto procura as palavras:

– Vou acreditar em você, Lia. Se for isso o que preciso fazer para tê-la de volta, para provar meu amor, vou acreditar em qualquer coisa.

Minha garganta dói quando engulo, compreendendo que Alice tinha razão. James não vai acreditar em mim. Apesar de suas palavras, não há um pingo de dúvida em seu rosto. Nem o vislumbre de uma possibilidade. Somente a boa vontade desesperada de dizer o que quero ouvir.

– Não é tão simples assim, James. Não mais.

Ele balança a cabeça.

– Eu não entendo.

Retiro minha mão da dele, passando por ele para ficar perto da água à medida que uma estranha sensação cresce dentro de mim. Não é nada do que espero. Não é tristeza por tudo o que perdemos ou medo pela segurança de James.

É ódio do arrependimento que me consome desde que parti de Nova York. Desde que abandonei James. Ódio das horas que passei agonizando por causa da minha incapacidade de dizer-lhe a verdade há tantos meses.

Viro-me, retirando seu casaco dos ombros enquanto volto para onde ele está parado.

– Sinto muito, James. Foi um engano. – Entrego-lhe seu casaco, minha voz presa na garganta. – Foi maravilhoso revê-lo. Desejo-lhe tudo de bom.

Afasto-me e ando rápido pelo caminho, com sua voz me seguindo a cada passo:

– Lia! Lia?

Tento ignorar, andando com pressa sem olhar para trás. Mas ele me alcança rapidamente, detendo-me, colocando a mão em meu braço.

– Eu não entendo. Eu amo você. Certa vez, era só isso o que importava. Se acreditar em você significa a diferença entre estarmos juntos ou não, vou acreditar.

Seu semblante é determinado, e fico imaginando como ele pode parecer tão sincero ao propor que fundamentemos em uma mentira nosso relacionamento renovado. Penso em Dimitri, em sua total disposição a aceitar todas as minhas partes mais sombrias e perigosas.

– Seria uma mentira – digo.

Ele contrai o queixo ao desviar o olhar, deliberando. Logo depois volta a me olhar.

– Eu não me importo.

Suas palavras me libertam, e de repente não é tão difícil soltar-me.

– Mas aí é que está, James. – Toco sua face fria. – Eu me importo.

Viro-me para ir embora. E, desta vez, ele não me persegue.

A carta me aguarda quando volto para Milthorpe Manor. Ao ver o nome do remetente, rasgo o envelope com ansiedade, nem me incomodando de retirar minha capa. Meu coração palpita ao ler as palavras escritas no grosso pergaminho, e logo depois saio pela porta, chamando Edmund.

Olho pela janela enquanto passamos pelas ruas de Londres, atrevendo-me a esperar que finalmente estejamos indo em direção ao final da profecia. Quando o prédio da Sociedade finalmente fica à vista, saio da carruagem antes que Edmund tenha tempo de descer e abrir a porta.

– Voltarei em um instante! – digo, e subo depressa os degraus para tocar a campainha.

O mordomo sorri quando me vê parada na entrada.

– Bom dia, senhorita. Ele está na biblioteca.

– Obrigada. – Retribuo o sorriso, passando por ele como já fiz mais vezes do que consigo lembrar-me.

Mas desta vez é diferente. Desta vez venho trazendo respostas.

Dimitri ergue o olhar quando entro na biblioteca.

– Lia! O que foi? Alguma coisa errada?

Não fico surpresa ao encontrá-lo à mesa de leitura perto da janela, com os livros espalhados para todo lado. Atravesso a sala até ficar parada logo acima dele.

– Não. Não há nada errado. – Sacudo o pergaminho. – Na verdade, diria que, finalmente, alguma coisa está certa.

Ele o arranca de minha mão, seus olhos registrando as palavras, até que seu olhar encontra o meu.

– Mas isto significa...

Afirmo, sorrindo:

– Que nós vamos para a Irlanda?

Ele começa a sorrir junto comigo. E, de repente, nada é impossível.

11

Como não disse a ninguém sobre o traje que planejei usar, estou preparada para a reação de todos. Mesmo assim, minhas bochechas ficam vermelhas quando desço os degraus em direção aos cavalos que aguardam.

Tia Virginia observa chocada quando me aproximo, recuperando-se somente depois que paro diante dela.

– Você está usando calças?

Ela não menciona o chapéu masculino, sob o qual meus cabelos estão escondidos, ou o fato de eu ter feito de tudo para disfarçar que sou uma mulher de todas as formas. Aparentemente, essas infrações são mínimas comparadas com o choque de me ver de calças.

Olho para baixo e sorrio antes de olhar em seus olhos.

– Deve ser estranho me ver vestida desta maneira. Mas eu me visto assim há séculos para cavalgar, e é difícil mover-me com rapidez usando saia cobrindo as pernas. – Não lhe digo que *preciso* me mover rapidamente. Que a pedra da serpente esfria a cada dia mais e que nossas vidas dependem de minha habilidade para encontrar a Pedra e fechar o Portal o mais rápido possível. Ela sabe muito bem de tudo.

Minha tia hesita antes de concordar suavemente com a cabeça.

— O destino do mundo foi confiado a você, querida sobrinha. — Ela inclina-se para a frente, envolvendo-me em um abraço. — Acredito que é capaz de escolher sua própria roupa em qualquer situação e mais ainda nesta.

Inspirando fundo, permito entregar-me ao seu abraço só por um momento. Na ausência de minha mãe, tia Virginia tem me oferecido sabedoria e apoio infindáveis. Sentirei sua falta agora mais do que nunca, mas alguém precisa ficar e cuidar das outras meninas enquanto Dimitri e eu vamos às antigas cavernas de pedras em Loughcrew, Irlanda. Victor descobriu uma referência antiga a Loughcrew ligada com uma forma de falar incomum, o que pode ser apenas uma coincidência, mas na falta de outras possibilidades seria tolice nossa ignorá-la.

Eu me afasto, olhando nos olhos de tia Virginia.

— Voltarei logo. — Baixo a voz, lançando um olhar em Sonia, Luisa e Helene, que esperam perto dos cavalos. — Por favor, cuidem de todos, e fiquem atentas a qualquer coisa desagradável.

Ela assente, e sei que nós duas estamos pensando na traição de Sonia. Inclino-me para beijar sua face antes de ir em direção às outras.

Sonia e Luisa estão juntinhas, e Helene está bem perto delas. Não consigo deixar de hesitar quando me lembro da conversa que tive com Luisa no dia em que procurei Madame Berrier e Alistair Wigan. O ressentimento ainda vagueia em meus olhos e, por um breve momento, questiono minha decisão de deixar as chaves em Londres.

Mas isso não dura muito. Cavalgar com um grupo seria muito inconveniente. O tempo é um luxo que não temos, e seria tolice permitir que Helene tivesse acesso ao possível local da Pedra, pois acabamos de nos conhecer. Já foi difícil o bastante descobrir a conexão entre os marcos de pedra em Loughcrew e a profecia. Não vou colocar esse conhecimento em risco.

E não é só isso. Há ainda o pensamento que evito, proibindo-o de enraizar-se no solo fértil da minha desconfiança prolongada.

Da mesma forma que acho sábio ocultar informações importantes de Helene até que a conheçamos melhor, também não quero divulgar nada crucial para Luisa ou Sonia. Mesmo ciente de que isso pode ser um engano, sei, sem sombra de dúvidas, que não posso correr o risco.

Paro diante delas, olhando para minhas botas de cavalgada. Amarradas em minhas pernas cobertas pelas calças, nem parecem me pertencer.

Quando finalmente olho para cima, escolho a saída mais covarde e dirijo-me primeiro a Helene:

– Lamento que não tenhamos tido tempo de nos conhecer melhor, mas você está em boas mãos aqui. Espero que fique à vontade. Se tudo correr bem, estaremos mais próximas de pôr um fim nisso tudo quando eu voltar.

Ela concorda, com o semblante apático, como sempre parece estar.

– Creio que está fazendo o que deve ser feito. Não se preocupe comigo.

Sorrio para ela antes de dirigir-me a Luisa:

– Eu... Eu sinto muito viajar sem você. Sentirei falta de sua companhia. Ficará bem enquanto eu estiver ausente?

Sua boca, antes formando uma linha fina, relaxa. Ela olha para o lado antes de voltar os olhos para mim.

– Tudo está sob controle aqui, Lia. Faça o que deve fazer.

Nada me fere mais do que a defesa em sua voz. Luisa sempre foi uma fonte infinita de otimismo e humor. Parece que a profecia acabou até com isso. Ou talvez tenham sido meus próprios atos.

Concordo, obrigando-me a engolir o nó que aperta minha garganta. Ficamos paradas, sem jeito, diante uma da outra, e estendo o braço para pegar sua mão, apertando-a antes de falar com Sonia.

Não sei quanto tempo ficamos em silêncio antes de Sonia enfim falar. Quando fala, fico chocada com o ódio em sua voz:

– Faça o que precisa ser feito, Lia. Vá e acabe com isso.

Ela se vira, afastando-se de mim com os braços cruzados, protegendo o corpo do frio.

Fico parada, imóvel e atordoada, até que Dimitri me toca.

Ele pega minha mão e me leva até os cavalos.

– Ela está magoada e com raiva, Lia. Vai passar quando tudo tiver acabado.

Suas palavras não alteram em nada minha tristeza, mas eu o sigo apesar de tudo.

Edmund me entrega as rédeas de Sargent, e estendo a mão para tocar no focinho do cavalo.

– Ainda não gosto da ideia de vocês dois viajarem sozinhos – diz Edmund.

Eu sorrio.

– Por mais que me agrade sua presença, precisam mais de você aqui. Não posso deixar tia Virginia sozinha, tomando conta das outras meninas e levando-as de um lado para o outro. E com Alice tão perto...

Ele aponta para a mochila presa em meu ombro.

– Está com seu arco e flecha e a adaga?

Eu confirmo, e ele vira-se para Dimitri.

– Tome conta dela.

O rosto de Dimitri está sério ao colocar a mão no ombro de Edmund.

– Com a minha vida, Edmund, como sempre.

Edmund olha para o chão, e seus ombros erguem-se com um suspiro de derrota.

– Tudo bem, então. É melhor vocês irem.

Dimitri sobe em seu cavalo enquanto ergo a mochila e a passo sobre minha cabeça para que fique presa, cruzada em meu corpo. Passando a mão no focinho de Sargent mais uma vez, vou para seu lado e coloco um pé no estribo, erguendo e passando uma de minhas pernas por cima dele, subindo tranquilamente.

Dimitri vira seu cavalo, seus olhos encontram os meus.

– Preparada?

Digo que sim, e colocamos os cavalos em ação, tocando neles com as esporas. Não olho para trás enquanto descemos pela rua. Estou muito ocupada tentando ignorar a pergunta de

Dimitri, apesar de ter sido simples e, com minha preocupação prolongada, vejo que não estou preparada de forma alguma. Nem para a viagem até a Irlanda, nem para nada que está por vir.

Fico mais animada enquanto atravessamos a cidade. A alegria corre em minhas veias onde antes havia apenas preocupação com a jornada pela frente. Levo um momento para reconhecer essa sensação, mas, quando isso acontece, não consigo evitar um sorriso.

Liberdade, eu penso. *Sinto-me livre.*

Sem o aperto de minhas saias e anáguas, sinto-me mais perto da liberdade do que já senti desde que saí de Altus. As calças não são tão bem aceitas quanto os vestidos da ilha, mas também já não são tão rejeitadas. O verão já terminou há dois meses, e, apesar de ainda haver um pouco de calor perceptível no ar, é mais revigorante do que desagradável. É quase certo de que ficará mais frio assim que chegarmos à floresta, mas nem mesmo isso pode me desanimar à medida que Dimitri e eu atravessamos a cidade – primeiro passando pelas vias públicas mais tumultuadas e depois pelas menores e menos povoadas.

Foi muito mais fácil preparar-me para a viagem à Irlanda do que para Altus. Dimitri e eu discutimos detalhadamente nossos planos com Edmund, conseguindo suprimentos e mapas em poucos dias. Viajamos com pouca bagagem, carregando tudo que precisávamos nos flancos de nossos cavalos.

Passo a manhã em um estado agradável de abstração. Dimitri e eu fazemos comentários sobre as pessoas nas ruas, as carruagens e cavalos, os prédios. O sol está alto sobre nossas cabeças quando percebo que a cidade está bem atrás de nós. As ruas que antes estavam empoeiradas e cheias se transformaram em estradas curvas entre as aldeias afastadas, o ar pesado com a fumaça e o odor, limpo e agradável.

— Está com fome? — pergunta Dimitri do meu lado esquerdo.

Não percebi que estava com fome antes de ele perguntar, mas agora meu estômago ronca. Digo que sim.

Ele aponta com a cabeça para a estrada a nossa frente.

— Há uma fazenda logo ali. Vamos parar e ver se podemos comprar alguma coisa para comer.

Não tenho que perguntar por que não deveríamos usar os suprimentos em nossas malas. A viagem até os marcos de pedra de Loughcrew demorará quase duas semanas, e sem dúvida chegará uma hora em que a comida e lugares para comprá-la serão escassos. É sábio poupar o que estamos levando o máximo de tempo possível.

Conduzimos os cavalos até a casa da fazenda de telhado de sapé, onde Dimitri consegue pão e queijo de uma esposa jovem e bonita em troca de algumas moedas. Ela nos acompanha até o celeiro atrás da casa, recomendando que usemos os baldes de água, e lavamos nossos rostos e mãos antes de dar a água aos cavalos.

Eles fazem barulho para beber a água enquanto Dimitri caminha pelo celeiro, procurando um lugar para sentarmos e almoçarmos.

— Aqui. — Ele aponta para os fundos do celeiro. — Tem um estábulo vazio com um pouco de feno. Irá nos servir bem para sentarmos, penso eu.

Sorrio, feliz e animada, pois até mesmo aqui Dimitri se preocupa com meu conforto.

O estábulo está pouco iluminado e sento-me no chão, optando por encostar-me nos fardos de feno do que usá-los para me sentar. Depois de horas em cima de um cavalo, é bom poder se soltar na palha, por mais que ela pinique. Nem me sinto constrangida com minha falta de etiqueta perto de Dimitri.

Ele suspira, esticando o corpo de lado e apoiando-se sobre o cotovelo.

— Isto é o paraíso. Poderia ficar dias aqui sem ninguém além de você e os cavalos como companhia.

Mordo um pedaço do queijo, impressionada com seu sabor penetrante em minha boca.

— Eu e os cavalos, é isso? Então suponho que não ficaria feliz somente comigo?

Ele joga um pedaço de pão para cima e o pega com a boca antes de me responder:

— Você é maravilhosa, é claro, mas às vezes... Bem, não há nada como um bom cavalo para fazer companhia a um homem.

— Verdade? — Um sorriso se esboça nos cantos de minha boca. Jogo um pedacinho de pão nele. — Vou me lembrar disso esta noite, quando acamparmos. Quem sabe Blackjack possa lhe fazer companhia na tenda.

Ele pega o pão que caiu no feno perto de sua coxa e o joga na boca.

– Talvez. E fico feliz em lhe dar meu cobertor, se achar que sentirá frio dormindo sozinha.

Solto uma gargalhada.

– Vou me lembrar disso.

Seus olhos faíscam com travessura por um momento, antes de se tornarem sérios.

– Não faz ideia do quanto adoro ouvi-la rir.

Engolindo o pão que está em minha boca, olho em seus olhos. O sol atravessa o teto em alguns lugares, focando as partículas de poeira que brilham enquanto dançam no ar entre nós.

– Devo me esforçar para rir mais, então, se isso o agrada.

Ele me chama, gesticulando com o dedo:

– Vem cá.

Permaneço onde estou, ainda provocando.

– Ora, senhor, estou deveras ocupada com meu pão e meu queijo.

Ele não responde, mas o desejo em seus olhos diz as únicas palavras das quais preciso, e corro para ficar ao seu lado logo depois.

– Lia... Lia... – Ele acaricia minha testa com a ponta do dedo.

Dimitri fica parado, mas seu olhar me atrai para ele, até que sou eu quem me inclino para a frente, tocando meus lábios nos seus. Deixo minha boca tocando a dele de leve por um momento, a respiração movendo-se entre nós como em um sussurro.

Um gemido escapa de meus lábios, e inclino-me para a frente, beijando-o com toda a vontade contida durante os dias e semanas passados.

Dias e semanas nos quais ficamos escondidos dentro de salões e bibliotecas, observados pelos membros da Sociedade e de Milthorpe Manor.

Ele me pressiona contra o feno. Mal consigo respirar quando suas mãos vagueiam por meu corpo, sem me tocar, mas perto o suficiente para que eu possa jurar que sinto seus dedos em minha pele.

Estico os braços e abraço seu pescoço, puxando-o para perto de mim até que seu corpo fique esticado e bem juntinho ao meu.

– Você planejou isso, Dimitri Markov? Para que finalmente pudéssemos ficar totalmente a sós? – Minha voz é um murmúrio em seu ouvido, e sinto o arrepio que surge em sua nuca.

Seu beijo vai descendo até onde minha pele nua desaparece debaixo de minha camisa de algodão.

– Eu faria isso e muito mais – diz ele – para ter você somente para mim por um momento.

Seus lábios voltam-se para o meu pescoço, até que penso que vou morrer de prazer. Sei que deveríamos partir, mas procuro me esquecer de tudo, menos deste momento. Este momento em que não há nada mais no mundo. Nem profecia. Nem Pedra. Nem Almas.

Somente nós dois. Dimitri e eu, sozinhos em um mundo que construímos. Entrego-me a ele, ignorando a voz dentro de mim que sussurra: *Aproveite este momento. Seu tempo com ele é curto.*

12

– O que a faz pensar com tanta concentração? – Dou um pulo com a voz de Dimitri atrás de mim. Ele fala suavemente, mas suas palavras ecoam na noite escura ao nosso redor.

Olho para cima, colocando a mão em meu peito para sentir o coração acelerado debaixo de meus dedos.

– Por que você *faz* isso?
– O quê? – Ele se senta ao meu lado sobre a lenha caída perto do fogo.
– Isto – respondo. – Pegar-me de surpresa tão sorrateiramente.

Ele dá de ombros.

– Não tive intenção de assustá-la. E *você* está mudando de assunto.

Sorrio de leve, minha voz é uma intrusa na noite escura:

– Não estou mudando de assunto. Só estava pensando nos marcos de pedra e imaginando se a Pedra realmente estará lá.

Ele suspira:
— Sim, bom, creio que só saberemos com certeza quando chegarmos e procurarmos, mas a descoberta de Victor é o mais próximo que chegamos de uma ligação entre qualquer um dos locais de nossa lista e a profecia.

— Loughcrew — murmuro a palavra, soltando-a na escuridão como uma oração. — Portal dos Mundos Paralelos.

— Sim. — A voz de Dimitri é gentil. Vejo esperança nela.

A hábil pesquisa de Victor, juntamente com a lista de nove possíveis locais, revelou o que Dimitri e eu, em nossa busca desorganizada e esperançosa que durou semanas, não conseguimos descobrir: Loughcrew no passado era chamado de "o Portal dos Mundos Paralelos". Não podemos ter certeza se ele aponta para os nossos Mundos Paralelos ou para uma ideia abstrata e mítica, mas não podemos ignorar o lugar.

No entanto, hesito em expressar meu medo em voz alta. Parece que dizer essas palavras só dará mais crédito a elas. Rapidamente paro de pensar. As possibilidades estão todas diante de nós, não importa se elas têm nome ou não.

— E se não for o lugar certo? — pergunto.

Ele não responde nada de imediato, e sei que está pensando em uma resposta que manterá um traço de esperança.

Por fim, ele escolhe a honestidade:

— Eu não sei. Creio que teremos que descobrir a resposta se e quando isso acontecer. Mas uma coisa é certa.

Viro-me para olhá-lo.

— O que é?

— Cada passo que demos teve um propósito. Mesmo aqueles que pareceram ser só obstáculos naquela época levaram-nos a alguma outra coisa. – Ele vira-se, falando para o fogo: – Independentemente de acharmos a Pedra em Loughcrew, será mais um passo em nossa jornada para terminar a profecia. E, a cada passo que damos, estamos muito mais perto do final.

O acampamento está silencioso quando arrumo os cobertores. A sombra de Dimitri, distorcida pela tenda e a luz do fogo adiante, é um conforto, apesar de eu preferir sua presença ao meu lado. Conversamos sobre o assunto durante um tempo – Dimitri insistiu em ficar em vigília enquanto eu contestava sua capacidade de fazer a viagem sem, pelo menos, descansar um pouco –, até que entramos em um acordo para solucionar o dilema: ele ficará acordado, vigiando o acampamento até o amanhecer, depois disso dormirá um pouco antes de desacamparmos. Significa um recomeço tardio a cada manhã. Mas, no final das contas, até mesmo Dimitri precisa descansar, e convencê-lo a dormir ao meu lado tem sido inútil.

Meu corpo já está paralisado de tanto ficar sobre Sargent, e sei que levarão dias antes de eu me acostumar, mais uma vez, à aflição de cavalgar longas distâncias. Já se passaram semanas desde nossa viagem até Altus, e, apesar de eu ter cavalgado sozinha em Whitney Grove, foi apenas com a intenção de treinar com meu arco e flecha.

Toco a pedra da serpente presa em meu pescoço e examino seu calor. Tentar medir a força remanescente da pedra, para calcular o tempo que me resta para manter as Almas inativas com a ajuda do poder de tia Abigail, passou a ser um passatempo cruel. Faço isso, mesmo tornando-se cada vez mais difícil de dizer se ela está, de fato, mais fria ontem ou anteontem. Certamente está mais fria do que estava quando acordei em Altus, sentindo-a fervendo em meu peito, mas a mudança do dia a dia é praticamente impossível de discernir. Porém, isso não me impede de tentar, como se receber a confirmação de seu poder descendente fosse, de alguma forma, preparar-me para o momento em que ela esfriará para sempre.

Largando a pedra em meu pescoço, corro os dedos de minha mão direita em volta do medalhão na mão esquerda. A pedra da serpente é um lembrete de que sou uma Irmã. Que a luz das Irmãs de Altus e das várias que vieram antes delas corre em minhas veias.

Mas não posso ignorar o medalhão, pois ele faz parte de mim também. Ele sussurra para as partes de mim que mantenho escondidas, trancadas, com medo de que se alguém as vir como realmente são – me vir como realmente sou – o destino do mundo nunca mais será confiado às minhas mãos.

Estou ciente de que estou sonhando até mesmo quando durmo. Fico parada em um círculo, o calor das mãos dos outros em cada uma de minhas mãos. Os vultos de ambos os lados usam um manto, seus capuzes jogados sobre a cabeça escondendo tudo, menos a expressão sombria de seus rostos.

Palavras estranhas surgem em minha garganta. O medo e a liberdade correm em meu corpo, e meu próprio manto ondula em minhas pernas quando um vento quente sopra, vindo do

centro do círculo. Sou obrigada a parar o canto quando sinto o núcleo de meu corpo sendo puxado por alguma coisa que luta para se libertar como se estivesse escondida, quieta e adormecida há muito tempo. Gritando, solto as mãos dos que estão ao meu lado mesmo quando alguém fala comigo ao longe:
– Não rompa o círculo.
Mas eu o rompo. Sujeita ao meu próprio medo e dor, rompo o círculo. Tropeço, indo para o seu centro, e vejo as mãos se juntando atrás de mim, fundindo os vultos em um.
Como se eu nunca tivesse estado lá de forma alguma. Continuo sendo puxada, até sentir que serei dividida em duas partes – como se estivesse sendo separada de dentro para fora. Caio no chão, e o céu negro, cintilante de estrelas eternas, abre-se sobre mim pouco antes de algo agarrar meu pulso. Virando-me para o lado, levanto a mão para ver a marca.
A serpente.
Ela se torce e contorce, queimando cada vez mais profundamente em minha pele, até que parece derreter por completo a carne de meu pulso.
Grito para que pare, mas não para. Ela queima, queima e queima.

– Lia! Acorde, Lia.
Abro os olhos ao ouvir a voz e vejo Dimitri revelar-se sobre mim na tenda.
– Você estava gritando enquanto dormia. – Ele afasta o cabelo em minha testa.

Os dedos de minha mão direita apertam meu pulso esquerdo como um tornilho, e ergo-o tentando discernir a marca na pouca iluminação que a lua fornece dentro da tenda. Não está mais profunda, nem mais escura. Imagino sentir a queimadura restante de meu sonho, mas não confio em mim o suficiente para dar crédito a essa ideia.

Respirando fundo, tento acalmar meu coração palpitante antes de responder a Dimitri:

– Eu... Eu sinto muito.

– Sente muito? – Ele faz cara feia. – Lia, não precisa se desculpar. Jamais.

Tenho um lampejo do círculo em meu sonho, os vultos com mantos, minha própria voz dizendo palavras desconhecidas.

– Tive um pesadelo.

Seu semblante se abranda, e ele se abaixa até o chão, estendendo o corpo ao lado do meu e tomando-me em seus braços até a minha cabeça encostar em seu peito.

– Conte-me – pede ele. – Conte-me seus pesadelos.

O silêncio entre nós é um peso em meu coração, e sou lembrada de outra ocorrência, outra época, quando tinha necessidade de contar meus medos. Das coisas ficando incontroláveis e escuras na fortaleza de minha consciência. Alice tem razão; nós duas tomamos decisões que caracterizaram os lugares nos quais nos encontramos agora. James uma vez me deu a oportunidade – mais de uma vez, na verdade – de dizer-lhe o que estava acontecendo comigo.

Mas não confiei nele. Não confiei em seu amor.

Dimitri, sua voz, um murmúrio em meus ouvidos, me faz titubear:

– Eu amo você, Lia. Não falamos disso com frequência, mas saiba agora. Saiba disso e conte-me seus medos para que eu possa livrá-la deles.

Respiro fundo, inalando seu cheiro. É o cheiro de Altus. Do mais belo de todos os Mundos Paralelos. Do meu passado e futuro. Ele me dá forças para olhar em seus olhos e contar tudo.

Conto todos os meus pesadelos. De sua frequência crescente. Da minha incapacidade de perdoar Sonia – de encontrar uma partícula de amor por ela depois de sua traição. Do calor e força decrescentes da pedra da serpente de tia Abigail. Conto-lhe sobre a visita de Alice a Milthorpe Manor. Da insistência dela em dizer que não somos tão diferentes.

Depois falo de meu maior medo de todos: acreditar que Alice tem razão e é só uma questão de tempo até a profecia me colocar contra tudo que amo.

13

– Você dormiu bem?

A voz de Dimitri está tomada pelo cansaço enquanto ele beija o topo de minha cabeça.

– O melhor possível – respondo, refugiando-me debaixo dos cobertores e aproveitando o momento de silêncio antes de termos que desarmar o acampamento e passar o dia caminhando outra vez.

Ele fica calado, mas me puxa para perto dele, indicando compreensão.

Ainda estou surpresa com a reação de Dimitri diante de minha confissão. Não sei bem o que eu esperava. Que ele fosse me desprezar? Que não fosse me olhar com a mesma admiração?

Não sei, mas nos quatro dias que se passaram desde a noite em que lhe contei tudo tenho procurado em seu rosto sinais de suspeita e repulsa. Mesmo nos momentos em que os pensamentos dele estavam em outro lugar, não encontrei nada além de devoção em seus olhos.

Sinto libertação e tristeza quando percebo que não teria sido a mesma coisa com James. Finalmente, não há espaço para arrependimento. James não teria acreditado em mim no passado, da mesma forma que não acredita em mim agora.

Tudo o que posso fazer agora é salvá-lo.

E para salvá-lo – e o mundo da forma que conheço – devo deter Alice e as Almas.

Dimitri e eu não nos falamos enquanto desarmávamos o acampamento e tomávamos um rápido café da manhã antes de retomar nossa viagem. Nossas refeições nesta jornada são consideravelmente mais simples do que foram a caminho de Altus. Com somente nós dois para levar em conta e a necessidade de viajarmos com pouca bagagem, nos alimentamos mais com queijo, pão, maçãs trazidas de Londres e uma pequena caça eventual que um de nós consiga capturar com meu arco e flecha.

Em cinco dias de viagem, estamos a mais da metade do caminho até o oceano que nos levará para a Irlanda. A paisagem muda a cada dia enquanto nos afastamos do Sul da Inglaterra. As colinas ondulantes e as fazendas deram lugar a brejos infecundos de vegetação mirrada. São um reflexo exato de meu mau humor crescente, e encontro-me olhando para a paisagem desolada, pensando em minha irmã. É verdade que nosso relacionamento sempre foi tecido por um fio complexo – bordado com amor, medo, admiração e, sim, até mesmo ódio. Mas quando penso em Alice agora fico repleta de uma ansiedade perturbadora. Quando acampamos e terminamos o jantar, não tenho dúvida de que alguma coisa está errada.

Não devo me preocupar com o bem-estar de Alice. No entanto, parece que tudo que acontece com ela de alguma forma acontece comigo também. Estamos mais interligadas do que nunca, mesmo eu desejando o contrário. Nossos destinos têm um envolvimento conclusivo para a profecia e para todos os que são mantidos reféns dela. As preocupações me importunam enquanto me preparo para deitar e dar um beijo de boa-noite em Dimitri. Adormeço rápido e não me surpreendo quando meu espírito se eleva sob o céu noturno do Plano.

Mal consigo me lembrar da época em que viajar não era familiar. Mesmo assim, sinto um fio de augúrio quando noto que estou sendo convocada por minha irmã. A parte mais sábia de mim percebe que devo negar o chamado e voltar para o meu corpo inativo rapidamente. Mas mesmo pensando nisso, sei que não voltarei. Meu desconforto inicial não vai permitir que eu me esconda de uma explicação importante, e voo sobre o solo, os campos escuros vão passando abaixo de mim como um borrão no meu caminho de volta, percorrendo o centro até o Sul da Inglaterra.

Vejo Londres bem antes de alcançá-la. A fumaça, visível até mesmo no céu noturno, paira como um grande monstro sobre a cidade. Contudo, localizar Alice é instintivo. Até mesmo agora, minha alma é atraída para a dela, até que me encontro chegando ao hotel onde conheci James há dois anos. Sua fachada é imponente no céu noturno, mas flutuo através dela sem esforço, tocando meus pés, aliviada, no piso com tapete grosso. Sinto a presença de Alice como se ela tivesse sido arrancada de minha memória ausente e flutuo pela entrada até o dormitório principal adiante.

O fogo queima na lareira, lançando uma luz laranja cintilante no cômodo. Não consigo sentir o calor das chamas em meu corpo espiritual, mas sinto sua energia e sei que ali deve estar quente. Explorando as sombras, levo um tempo para localizar minha irmã, mas por fim localizo seu pequeno vulto nas sombras espalhadas ao lado do dossel de uma cama coberta com uma colcha grossa. Mesmo em minha posição vantajosa perto da porta, vejo seus ombros sacudirem, seu corpo caído aos prantos.

A cena me alarma, pois não consigo me lembrar de alguma vez ter visto Alice chorar. Nem quando mamãe morreu, depois de se jogar do despenhadeiro do lago em Birchwood. Nem quando o corpo de papai foi encontrado com o rosto congelado em um grito silencioso. Nem quando colocamos o corpo pequeno e fraturado de Henry para repousar no solo frio nos arredores de Birchwood Manor.

Sou atraída até ela – esta Alice arrasada, esta versão mais humana de minha irmã – mesmo estando chocada ao descobrir que estou no mundo físico. É possível, é claro, atravessar o véu entre os mundos para que alguém possa ser visto quando viaja. Alice provou que isso pode ser feito, mesmo violando o Grigori e suas regras eternas. Eu poderia fazê-lo também, se assim o desejasse. Tornei-me poderosa o suficiente.

Mas é um fardo que não quero. Se estivesse viva, minha mãe teria que prestar contas ao conselho do Grigori por ter usado a magia proibida. Alice, instruída pelas Almas a usar os poderes das trevas, só fez crescer a nuvem de suspeitas que cerca o nome de nossa família. Se eu sobreviver para assumir meu lugar como Lady de Altus, será difícil o bastante ganhar a confiança das Irmãs. Seria tolice minha violar as leis do Grigori agora. E ao admitir minha curiosidade, não desejo forçar um confronto com Alice. Não tenho nada a ganhar. Só quero descobrir a causa de minha inquietação e suas lágrimas, e sou grata por ter sido convocada a vir aqui sem intenção própria.

Eu me aproximo com cuidado, parando a alguns passos da cama. Ela está encolhida de lado, o rosto escondido pelo braço jogado sobre a cabeça. Aquela posição traz consigo um lampejo de memória, e vejo Alice aos seis anos, depois do funeral de nossa mãe, deitada na cama, o braço cobrindo o rosto da mesma maneira, mas sem as lágrimas.

Abaixando, observo-a mais de perto, afinando os ouvidos para procurar entender as palavras escondidas em seu pranto. Primeiro penso que estou imaginando, mas logo depois eu as ouço novamente e tenho que me conter para não gritar para que ela as repita.

Seus cabelos, castanhos e brilhantes sob a luz do fogo, caíram em seu rosto. Minhas mãos se erguem sem que eu pense, a necessidade de tirá-los de sua testa quase me domina.

Então, de repente, suas palavras tornam-se mais claras e entendo o que está dizendo:

– Ele não me ama. Nunca irá me amar.

Paro com a mão esticada a poucos centímetros de seu rosto enquanto ela continua, seu corpo arrasado com lágrimas caindo ao som de suas próprias palavras:

– Eu nunca serei... suficiente. – Sua voz está falhando. O desespero escoa em cada palavra. – Sempre será você.

Fico surpresa ao sentir meus olhos lacrimejando. Pisco para deter as lágrimas, sentindo-me desleal a Henry. Se devo assumir a responsabilidade por participar da situação na qual nos encontramos agora, Alice também deve.

Seu choro diminui pouco antes de ela mexer o braço, deixando que eu veja todo o seu rosto, úmido de lágrimas. Ela parece olhar diretamente para mim, apesar de não haver luz suficiente para refletir o verde de seus olhos. Eles estão negros como o ébano no brilho turvo do fogo.

Observo-a mais de perto, vendo seus lábios se moverem com palavras sussurradas. Eu me aproximo um pouco mais, procurando entendê-las. Quando entendo, quando enfim as ouço, dou um pulo para trás.

– A culpa é toda sua. Ele nunca amará outra, muito menos eu.

Engulo meu medo, pois mesmo agora, quando ela está diante de mim, aparentemente arrasada, eu a temo. Digo a mim mesma que ela não pode me ver, mas ela fala outra vez, seus olhos encontrando os meus. De repente, sinto-me presa em um sonho muito estranho e perigoso.

– Estou vendo você. – Sua voz é uma canção distorcida quebrando o silêncio ao redor, e lembro-me da garotinha que me deu o medalhão pela primeira vez.

– Sei que se alegra com meu sofrimento, Lia, mas lembre-se: se James não for meu, então eu realmente não tenho nada a perder.

14

O litoral não é como imaginei, mas estou muito cansada para me importar com isso. Nove dias nas costas de um cavalo juntamente com oito noites frias e sonhos enigmáticos deixaram-me no limite da exaustão. Quando entregamos os cavalos para os homens contratados para o final da jornada, sinto-me ansiosa para ter uma mudança de cenário e fico ávida para embarcar no navio que nos levará para a Irlanda. Beijo o focinho de Sargent, dando um tapinha em seu flanco macio uma última vez, e pego a mão de Dimitri.

– Devemos encontrar nosso guia perto do cais – diz ele, orientando-me ao passar pelo lixo, pelos peixes mortos e pelos moleques que habitam as ruas perto da água.

O fedor é opressor, mas faço o possível para parecer inabalável. Nem todo mundo tem a vida luxuosa de Milthorpe Manor. Porém os homens de aspecto tosco olham para mim com certo desejo, e não consigo não ficar preocupada com nossa segurança. Agarro a correia de minha mochila com mais força, encontrando conforto com a proximidade de meu arco e flecha e minha adaga.

Olho para Dimitri enquanto conversamos.

– Mas como vamos reconhecer nosso guia? – falo mais baixo. – Como podemos ter certeza de que ele não é uma das Almas? Seria muito simples se esconder por trás da aparência de qualquer um desses homens.

O sorriso de Dimitri é furtivo.

– Confie em mim.

Suspiro quando um garotinho de não mais que seis anos se aproxima e estende a mão.

– Tem alguma esmola, senhorita?

Suas bochechas são encovadas e suas roupas estão aos farrapos, mas os olhos brilham. Alcanço meu bolso e lhe dou um pedaço de carne seca que sobrou do almoço. Imagino que sua mão seja encardida, mas é macia e seca.

– Muito obrigado, senhorita!

Observo-o indo apressadamente e penso em Henry. Apesar de todos os privilégios que teve, o destino aplicou-lhe um golpe ao fazê-lo meu irmão. Não fico surpresa ao sentir o pesar em meu coração. A morte de Henry é uma perda que nunca se ameniza.

– Sente falta dele. – A voz de Dimitri tira meus pensamentos de Henry.

Olho em seus olhos.

– Como você sabe?

Ele aperta a minha mão e fala baixinho:

– Simplesmente sei.

Desvio o olhar da ternura em seus olhos e aproveito a oportunidade para examinar o píer sobre o qual estamos agora. É velho e usado, a madeira está desbotada e lascada pelas várias tempestades. Caminhamos por ele, indo em direção ao local onde ele se aproxima da água.

— Tem certeza de que vamos...

Ele suspira:

— Vamos reconhecer nosso guia, Lia. Eu prometo.

Contenho minha preocupação, apesar de não saber ao certo se por sua interrupção ou pelo fato de ele ter previsto minha pergunta.

Paramos na descida perto do fim do píer e inclino-me sobre a água. Um pequeno barco a vela está amarrado, seu dono está agachado na proa, totalmente concentrado. Ele levanta quando nos ouve atrás dele e, de repente, eu entendo.

— Gareth! — Abro um sorriso. Parece esquisito e fora do comum, pois não houve muitos motivos para eu sorrir durante a longa jornada de Londres até o litoral. — O que está fazendo aqui?

Seus cabelos cintilam em dourado mesmo em um dia tão cinzento, e ele está mais bronzeado agora do que estava em nossa viagem para Chartres. Pergunto-me outra vez como ele pode estar tão bronzeado se o sol luta para penetrar nas nuvens que parecem não querer mais sair da Inglaterra.

Seu sorriso é muito maior do que o meu.

— O Irmão Markov avisou que precisavam de um guia de confiança para escoltar uma Irmã através do oceano. Nenhuma Irmã é tão importante quanto você, minha lady, e nenhum Irmão é mais confiável do que eu. – Dou uma risada quando ele pontua o que diz com uma piscada.

Dimitri cruza os braços sobre o peito.

– Aham.

Gareth estende a mão.

– Com exceção da companhia presente, é claro.

O rosto de Dimitri permanece sério, e imagino se a centelha da rivalidade em nossa viagem para Chartres foi acesa outra vez. Mas logo depois ele sorri e estende a mão para cumprimentar Gareth.

– É bom vê-lo, Irmão. Obrigado por vir.

– Eu não faltaria. – Com as duas mãos, Gareth estabiliza o barco, segurando no píer. – Agora subam. A viagem é longa pela água. Vamos aproveitar a luz do dia.

Olho para sua mão estendida sem me mexer. O barco não é grande, tem somente o cordame e algumas tábuas para se sentar, e a água abaixo é turva e escura. A água sempre me faz hesitar, mas esta é perto demais da lembrança de nossa viagem de barco para Altus. É impossível pensar nela sem me lembrar do embuste do cão pastor australiano naquela viagem e meu mergulho sombrio na água depois que consegui tocar sua pele de brilho tênue.

Gareth abranda o olhar.

– Venha agora, minha lady. Você é muito corajosa para curvar-se à intimidação das Almas e seus monstros. Além disso – diz ele –, a Lady de Altus sempre deve superar seus medos.

Pego sua mão e entro no barco com cuidado.

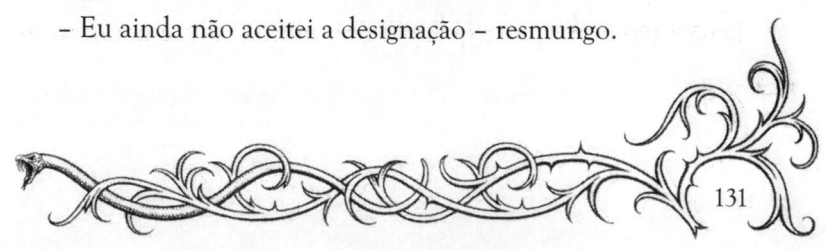

– Eu ainda não aceitei a designação – resmungo.

– Sim, sim – diz Gareth, guiando-me para sentar dentro do barco. – Creio que já mencionou isso.

Dimitri entra atrás de nós, e em pouco tempo Gareth nos desprende do píer. Navegamos. Gareth e Dimitri se ocupam com as velas, e imagino se existe algo que Dimitri não consiga fazer.

Observo a água enquanto permaneço o mais longe possível da lateral do barco. Penso no mar cristalino, suave como um espelho, que embala Altus. Este é um oceano totalmente diferente. Não consigo ver além da superfície coberta de fragmentos de naufrágios e do lixo flutuando e batendo contra as laterais do barco ao mesmo tempo que a água se move debaixo de nós. Não estou curiosa para saber o que tem dentro dela.

Já passa do meio-dia quando nos afastamos do porto. Dimitri e Gareth finalmente se sentam, e nos deleitamos com um almoço tranquilo enquanto eles comparam os recados recebidos de Altus. Gareth soube que Ursula está fazendo campanha para conseguir apoio na esperança de eu fracassar. Como parente distante, ela seria a próxima na fila, caso eu não fosse capaz de assumir o papel desocupado com a morte de tia Abigail. Não é segredo que Ursula deseja reclamar a cadeira de autoridade que por direito é minha, nem que deseja ver sua jovem filha, Astrid, sucedendo-a.

Mordo o lábio inferior com preocupação, recebendo as notícias da ilha que passei a amar. Causa-me grande inquietação pensar em Ursula disputando uma posição mesmo enquanto arrisco minha vida e as vidas de outros para dar um fim à profecia que une todos nós.

Mas é só disso, só da lembrança, que preciso.

Não posso me dar o luxo de ceder ao meu medo – medo dos monstros de Samael, das Almas ou de minha própria natureza sombria. Há muita coisa em jogo, e, apesar de questionar a decisão do destino de me dar essa responsabilidade, ela é minha. De um jeito ou de outro, irei aceitá-la.

꩜

Passo o resto do dia observando Dimitri e Gareth cuidando das velas. Com interesse, ouço-os explicarem como funcionam os vários instrumentos. Acho que gostaria de tentar velejar sozinha um dia, e imagino Dimitri e eu velejando nas águas cristalinas de Altus.

Quando terminamos nosso escasso jantar, o curso do barco já está determinado e somos levados por um vento firme. Está mais frio ainda na água, e encosto-me em Dimitri para me aquecer, observando o céu que escurece aos poucos. As novidades do barco acabaram, e começo a desejar o conforto de casa.

Estendo o pescoço para olhar para Dimitri.

– Sabe o que seria adorável?

– Hum? – Sua voz é de preguiça.

– Galinha-d'angola. Uma galinha-d'angola gigante e assada, com a pele crocante e a carne tão macia que se solta do osso.

Sinto a gargalhada em seu peito e viro-me para olhá-lo.

– Qual é a graça? Não está com vontade de comer outra coisa que não seja carne seca e pão?

– Sim, sim, estou. – Sua voz ainda está cheia de humor. – É que nunca ouvi você falando assim de comida.

Bato em seu braço, brincando.

– Estou com fome!
– Ela tem razão – diz Gareth do outro lado do barco. – Gostaria de comer o pudim de maçã de Altus, direto do forno e quente o suficiente para queimar minha boca.
Olho para Dimitri.
– E você? Do que gostaria?
Sua voz fica séria:
– Não preciso de mais nada. Tenho tudo o que quero bem aqui.
Olho para ele com um sorriso. Algo silencioso, mas profundo, move-se entre nós um momento antes de ele abrir a boca para falar novamente:
– Se bem que uma galinha-d'angola assada e um pudim de maçã quente seriam bem-vindos.
É minha vez de rir, e encosto outra vez, deleitando-me com a sensação de seu corpo contra o meu. Enquanto velejamos em direção à Irlanda debaixo do céu que escurece, não tomo consciência do meu cansaço. Simplesmente estou contente e, pouco antes de o sono bater, não tenho tempo de pensar na estranheza de encontrar a paz no meio do Atlântico com nada mais do que dois homens hábeis – um já é amigo e o outro é bem mais que isso.

Eu supunha que iríamos trocar de guia ao chegarmos à Irlanda e fiquei feliz ao saber que Gareth ficará conosco até alcançarmos os marcos de pedra de Loughcrew. Ele manobra o barco com habilidade, passando por uma faixa estreita na doca, e vamos para a zona portuária lotada, onde Sargent, Blackjack e um cavalo que reconheço ser de Gareth nos são entregues por um jovem cavalheiro de cabelos ruivos. Seus lábios abrem um sorriso tímido e respeitoso quando olha para mim, e me questiono se ele também é um Irmão de Altus. Não me incomodo em perguntar como os cavalos fizeram a travessia. Acostumei-me com os vários mistérios da Irmandade e do Grigori, e estou satisfeita em deixar isso como está, por enquanto.

Depois de montarmos nossos cavalos, passamos pela multidão da zona portuária e continuamos, entrando em Dublin propriamente dita. Depois a cidade fica para trás, e a infindável zona rural irlandesa parece um tapete verde exuberante em todas as direções.

Dimitri e Gareth determinam que é mais seguro evitar as estradas principais, e passamos o dia atravessando prados verdes e colinas ondulantes. Apesar de estar frio, é uma cavalgada agradável durante o dia, a beleza selvagem e livre da paisagem ilumina alguns cantos escuros e ocultos de meu coração.

Dirijo-me a Gareth.

– Quanto tempo vai demorar para chegarmos nos marcos de pedra?

– Um dia ou mais, desde que não encontremos qualquer problema.

Concordo, e a decepção deprime minha serenidade.

– Você acha que decidirá em breve? – pergunta Gareth pouco depois. – Sobre sua posição como Lady de Altus?

Eu o examino, tomando cuidado com os detalhes da profecia que ele desconhece.

— Parece imprudente pensar nisso quando ainda há muita coisa indefinida.

Sinto o peso do silêncio de Dimitri e evito seus olhos. Nós dois sabemos que minha decisão envolve mais do que simplesmente meu lugar na Ilha. Eu ainda não aceitei formalmente a proposta de Dimitri de ficarmos juntos caso eu sobreviva à profecia. Primeiro foi por causa de James e minha incerteza sobre meus sentimentos por ele. Agora é a incerteza sobre meu próprio futuro e um medo supersticioso de tomar muita coisa como garantida.

Gareth franze a testa.

— As atividades da Irmandade e do Grigori continuam sendo um mistério, até mesmo para mim. Apesar de frequentemente ser confiado a executar tarefas importantes, ninguém sabe de tudo. Porém...

Ele hesita, e eu o instigo:

— Porém?

— Parece que, assim que esse negócio estiver concluído, você terá que tomar uma decisão bem rápido, não terá?

Afirmo devagar:

— Suponho que sim.

— Bem, então, com todo o respeito, é claro, não deveria decidir logo para que possa aceitar ou recusar o papel quando chegar a hora?

Tento sorrir.

— Você é muito sábio, Gareth. Pensarei nisso mais adiante.

E durante todo o dia eu pensei. Lá se foi minha sensação de paz, pois Gareth tem razão: é tolice me esconder da verdade. Fiz isso várias vezes no passado — escondendo-me da realidade sobre Alice, Sonia e minha própria família. Não me causou nada além de danos, e não vai demorar muito para eu chegar, no mínimo, a uma conclusão.

Quando tudo estiver decidido, só haverá dois resultados possíveis: o fim da profecia e tomar a decisão que mudará o rumo de minha vida para sempre ou morrer tentando.

15

Sinto que estamos nos aproximando dos marcos de pedra antes de vê-los. É uma tração que se origina no centro de meu corpo, que me puxa para a frente com tanta força que tenho certeza absoluta de que poderia encontrar o caminho sem a ajuda de Gareth. Estou mais certa do que nunca de que a Pedra está lá; afinal, por que mais eu teria uma reação tão vigorosa a um lugar que nunca vi? Tento encontrar conforto na crença quando deparamos com um caminho que surge no meio de uma pequena floresta.

– Este é o caminho que leva até a casa. Não sei de vocês, mas mal posso esperar para me deitar confortavelmente em uma cama – diz Gareth, guiando-nos por dentro da floresta escassa de árvores.

Tento sorrir apesar do cansaço.

– Estou ansiosa para tomar um banho.

– Prefiro as duas coisas acompanhadas de uma boa refeição – acrescenta Dimitri.

O caminho é muito estreito para ficarmos lado a lado, então formamos uma fila ao passarmos pelas árvores. Por um instante, perco a noção de tempo e espaço. Estou quase alarmada quando, finalmente, chegamos a uma clareira, a casa visível ao centro, suas pedras cinzas quase se misturando com o céu frio de inverno mais adiante. Não consigo deixar de sorrir com a nuvem de fumaça que sai da chaminé.

– Calor! – exclamo, olhando para Gareth e Dimitri.

Eles sorriem de volta para mim, e levamos os cavalos para a cerca na frente da casa.

– Amarraremos eles aqui por enquanto – diz Gareth. – Vamos nos encontrar com os anfitriões.

Desmontando, prendo Sargent na estaca da cerca, parando um pouco para colocar as rédeas em seu pescoço.

– Obrigada – digo baixinho, dando um tapinha em seu flanco antes de me juntar aos homens no caminho que leva até a casa. – Qual é o nome do caseiro? – sussurro para Dimitri ao pararmos na varanda, esperando que alguém atenda depois de batermos à porta.

– Fergus. Fergus O'Leary.

Assinto, repetindo o nome. Suspiro quando um nó repentino de nervosismo aperta meu estômago. Eu me acostumei a guardar minhas opiniões para mim mesma, para Milthorpe Manor, em Londres, para Dimitri e para aqueles com os quais tenho familiaridade. Será estranho ficar na casa de outra pessoa enquanto procuramos a Pedra.

Gareth está levantando a mão para bater novamente quando a porta se abre. Estou esperando ver um homem mais velho e preciso piscar algumas vezes ao olhar para uma garota parada na porta, diante de nós. Então me lembro. Dimitri disse que o caseiro tinha uma filha.

– Boa tarde. – Ela nos saúda com a cabeça, e um leve sotaque irlandês é perceptível em suas palavras. – Vocês devem ser o sr. Markov e seus companheiros.

Dimitri concorda, olhando em meus olhos com um lembrete silencioso para que eu use somente meu primeiro nome. Todas as acomodações foram providenciadas por ele, e concordamos que é melhor manter segredo o máximo possível sobre o propósito de nossa viagem – e minha identidade.

– Estes são meus amigos, Lia e Gareth. – Dimitri aponta com a cabeça para nós dois. – Gareth ficará apenas esta noite.

Olho para ele com um susto. Não deveria estar surpresa por Gareth não ter sido informado do propósito de nossa estadia em Loughcrew. Como antes, quando procuramos a página perdida, Gareth só teve permissão de ver de relance os trabalhos da profecia. Foi assim que tia Abigail quis, e assim permanecerá.

– Por favor, entrem. – A garota se afasta, dando-nos passagem para entrar na casa antes de fechar a porta atrás dela. – Sou Brigid O'Leary. Meu pai está esperando na sala de visitas.

Ela vira-se e a seguimos pelo corredor. As velas tremeluzem ao longo das paredes, lançando sua luz sobre os cabelos de Brigid. A princípio, achei que fossem loiros como os de Sonia, mas agora vejo que possuem fios cor de cobre polido.

O corredor é estreito e mal iluminado. Não consigo evitar olhar para os cômodos enquanto passamos. A mobília não chega nem perto da formosura daquela de Milthorpe Manor, mas noto seu conforto gasto pelo uso e decido que já gosto da casa.

– Chegamos. – Brigid nos acompanha por uma porta à direita e entramos em uma pequena sala. Um senhor de cabelos grisalhos está sentado à mesa de leitura com um livro grande diante dele e a cabeça baixa examinando um pedaço de pergaminho, sobre o qual a mão direita se move com uma pena de escrever.
– Com licença, papai. Nossos hóspedes chegaram.
Ele olha para cima, os olhos nebulosos. Reconheço a expressão. É o olhar que meu pai costumava exibir quando estava profundamente imerso em uma pesquisa na biblioteca. O olhar de alguém voltando, com relutância, de outro mundo.
– O que disse, filha? – Ele nos olha confuso, e imagino que Brigid, de alguma forma, esqueceu-se de avisá-lo de nossa chegada.
A voz dela é gentil:
– Nossos hóspedes, pai. Eles chegaram. Lembra, o sr. Markov nos avisou que precisaria de quartos durante seus estudos sobre os marcos de pedra?
Dimitri e eu inventamos uma história de que somos estudiosos preparando um relatório importante sobre o significado histórico dos marcos de pedra. Isso permitirá que fiquemos à vontade, fazendo perguntas que possam nos levar ao local da Pedra sem levantar muitas suspeitas.
– Sr. Markov? – Ele nos olha de forma inquisidora durante mais um momento, antes de compreender: – Ah, sim! Sr. Markov. Estávamos o aguardando. – Levantando e caminhando em nossa direção, ele fala como se há poucos minutos não estivesse nos olhando sem nos reconhecer.
Ele vai direto até Dimitri, braço estendido, e aperta sua mão com cuidado antes de virar-se para Gareth, repetindo o gesto.

Mas quando olha para mim é como se uma máscara caísse. Não consigo evitar pensar que seu olhar é de suspeita.

— Veja só, Brigid. É uma jovem! Parece que a amiga do sr. Markov será uma boa companhia para você.

Duas manchas vermelhas e ardentes surgem nas bochechas brancas como nata de Brigid, e ela abaixa a cabeça.

— Deixe disso, papai! Tenho certeza de que o sr. Markov e seus amigos têm um trabalho importante para fazer e terão pouco tempo para lazer.

Dimitri concorda:

— Estamos com um prazo curto. Precisamos completar nossa pesquisa e voltar o mais rápido possível. Mas — diz ele, piscando para Brigid — estou certo de que haverá bastante tempo para uma conversa amigável.

Ela aprova com entusiasmo.

O sr. O'Leary cruza as mãos nas costas.

— Então, está vendo? Será bom para você ter a companhia de outra jovem, Brigid.

Porém, ao dizer isso, ele não parece achar que será bom, e de repente sinto como se tivesse caído no buraco do coelho e pousado em outro mundo, tudo ao mesmo tempo. Deve ser a exaustão total, mas parece haver um significado escondido por trás de cada palavra que o sr. O'Leary diz, cada entreolhada deles quando pensam que não estamos prestando atenção. Censuro-me intimamente por estar cansada além da conta e sendo melodramática, mas fico aliviada, apesar de tudo, quando o sr. O'Leary junta as mãos e fala:

— Agora, deixe-me ver seus cavalos enquanto Brigid os acompanha até seus quartos. Vieram a cavalo, não é mesmo?

Gareth afirma:

– Os cavalos estão lá na frente, amarrados na cerca. Vou acompanhá-lo e ajudar a acomodá-los.

– Não precisa. Tome um banho e descanse da viagem. Está tudo sob controle.

Ele vira-se para ir, mas a voz de Dimitri o impede de prosseguir:

– Sr. O'Leary?

– Sim?

– Fui informado de que tem cinco quartos para alugar – Dimitri enfia a mão no bolso.

O sr. O'Leary assente:

– Sim, mas vocês são apenas três, não são? Até amanhã, quando este partir? – Ele aponta para Gareth. – Se bem que podemos preparar alguns quartos adicionais, se houver necessidade.

Dimitri estende a mão em direção ao velho.

– Não preciso de mais quartos, sr. O'Leary, mas meu trabalho é muito importante e deve ser feito em silêncio. Gostaria que fôssemos os únicos hóspedes enquanto estivermos aqui. Claro que irei pagar pelos quartos vagos.

O sr. O'Leary hesita, olhando para a mão de Dimitri com um certo desagrado, apesar de certamente não receber muitos visitantes nos marcos de pedra durante o início da primavera. Fico imaginando se o ofendemos, mas logo depois ele pega o dinheiro da mão de Dimitri. Não diz mais nada antes de partir.

Dimitri e eu nos entreolhamos sob a luz fraca da sala, e sei que estamos pensando a mesma coisa: ninguém está acima de qualquer suspeita de trabalhar para as Almas. Nem mesmo o sr. O'Leary e sua filha.

☯

– Posso ajudá-la em mais alguma coisa? – Brigid encheu uma grande banheira de cobre no centro de meu quarto. O vapor vai surgindo em forma de espiral acima dela e depois desaparecendo como éter dentro do quarto mal iluminado.
– Não, obrigada. O banho já está ótimo.
Brigid concorda.
– Servimos o jantar às seis, se não se importar.
Noto que suas mangas, demasiado longas, estão molhadas nos punhos por ter preparado meu banho. Sinto uma pontada de culpa por minhas suspeitas iniciais, mesmo com justificativa.
Sorrio.
– Está perfeito. Obrigada por tudo.
Permanecemos paradas em um silêncio que pesa ao se prolongar entre nós, e isso me faz sentir que tem algo mais que ela deseja dizer. Espero, e logo depois ela fala:
– Então vieram de Londres?
– Isso mesmo. – Evito dar detalhes, de propósito. A imprecisão é amiga daqueles que têm algo a esconder.
Ela olha para baixo, mordendo o lábio inferior como se contemplasse as próximas palavras.
– E ficarão aqui por muito tempo?
É somente uma curiosidade sem fundamento, digo a mim mesma. Ela está sozinha no meio do nada com ninguém além do pai idoso para fazer-lhe companhia.

Mesmo assim, falo com rigidez, na esperança de impedir outras perguntas:
– O tempo necessário para completar nosso trabalho.
Ela assente mais uma vez antes de se retirar.
– Aproveite seu banho.
Fico de pé, estática, tentando conter a onda de suspeita que se ergue como consequência de nossa chegada a Loughcrew. Alguma coisa tange em meu subconsciente até eu ter certeza de que uma pista importante está escondida ali.
Percebo o que é um pouco mais tarde, quando encosto a cabeça na banheira de cobre e sinto a água esfriando minha pele.
Dimitri e eu não somos de Londres. Não mesmo. Na verdade, nenhum de nós ficou em Londres tempo suficiente para ter um sotaque londrino. Ainda falo como uma americana e sempre recebo olhares estranhos daqueles que vêm da cidade. Gareth, por outro lado, é um andarilho, viajando livremente em nome dos Irmãos e Irmãs de Altus. Ele tem menos sotaque ainda do que eu. Estamos com roupas simples; propositalmente evitamos algo mais refinado para não chamar a atenção dos outros.
E se esse for o caso... se esse for o caso e Dimitri teve o cuidado de não comentar sobre nossas origens, não há motivos para Brigid supor que viemos de Londres. Significa que ela acertou ao dar um palpite ou que sabe mais sobre nós do que deveria.

16

O jantar é estranho. Talvez devido a uma suspeita comum ou à falta de familiaridade com nossos anfitriões, comemos a maior parte do tempo em silêncio, apenas com as tentativas ocasionais de Gareth de manter um diálogo amigável. Brigid trocou de roupa e colocou um vestido muito grande, e suas mangas quase se arrastam nos vários pratos e molhos na mesa diante de nós. Sinto uma tristeza momentânea por sua solidão e óbvia falta de orientação feminina.

Apesar da estranheza da companhia, comemos com entusiasmo. Brigid, com a ajuda de uma senhora idosa de uma cidade ali perto, preparou para nós uma refeição maravilhosa. Simples na preparação, mas extravagante na quantidade, e eu como bastante, em porções que fariam qualquer jovem de respeito parar para pensar. Estamos bebendo refresco após a sobremesa, quando o sr. O'Leary finalmente se refere à nossa intenção de irmos aos marcos de pedra:

– Creio que vão precisar de um guia. – Tenho quase certeza de notar uma pontinha de esperança em sua voz.

Não tive oportunidade de informar Dimitri sobre minha conversa com Brigid, e falo antes que ele tenha chance de responder:

– Na verdade, preferimos trabalhar sozinhos, apesar de apreciarmos a oferta.

Dimitri lança-me um olhar, e tento lhe responder com um olhar que significa *explicarei tudo mais tarde*.

O sr. O'Leary concorda vagarosamente com a cabeça.

– Espero que tenham o mapa do local, então.

– Temos sim, para falar a verdade – responde Dimitri. – Mas com certeza vamos precisar de sua experiência quando estivermos mais adiante em nossa pesquisa.

Brigid fala, defendendo o pai:

– Papai sabe muito sobre os marcos de pedra. Se procuram algo específico, ele poderá ajudá-los a encontrar.

A risada do sr. O'Leary é um vento frio na sala de jantar iluminada por velas.

– Filha, você se esqueceu; o sr. Markov e sua parceira procuram apenas o conhecimento histórico dos marcos de pedra. E isso é muito fácil para qualquer homem versado nos caminhos da pesquisa. – O sarcasmo em sua voz é óbvio, e ele se volta para olhar Dimitri. – Não é isso, sr. Markov?

Dimitri olha com firmeza.

– Isso mesmo.

Há um momento de silêncio no qual os dois se encaram.

Quase imagino que vão chegar às vias de brigar de fato, devido à grande hostilidade entre eles, mas logo depois o sr. O'Leary afasta sua cadeira da mesa.

– Foi um dia longo e cansativo, para vocês mais ainda. Por favor, sintam-se à vontade. Brigid serve o desjejum às sete da manhã.

Ele desaparece no corredor, e Brigid se levanta com um sorriso estranho.

– Meu pai não está acostumado a ter companhia. Raramente temos hóspedes, e é fácil esquecer como se comportar com os outros. Por favor, perdoem-no.

Dimitri encosta-se em sua cadeira, calmo, agora que o sr. O'Leary saiu.

– Não foi nada.

Brigid assente.

– Posso ajudar em mais alguma coisa antes de me deitar?

– Só posso falar por mim – diz Gareth –, mas tenho tudo de que preciso no colchão que me aguarda lá em cima.

– Estamos bem, obrigada. – Tento sorrir para ela, para diminuir meu desconforto com a lembrança de que estamos todos cansados e nervosos.

– Muito bem.

Damos boa-noite, mas permanecemos à mesa em silêncio mesmo ela já tendo saído há mais de um minuto.

Gareth inclina-se para a frente em sua cadeira, sua voz é um sussurro forte:

– O que foi *aquilo*?

Dimitri balança a cabeça.

– Aqui não. – Ele se levanta, fazendo um gesto para o seguirmos. – Temos que conversar em um de nossos quartos, e precisamos fazer isso discretamente.

Nós o seguimos, subindo as escadas, passando pelos quartos designados para ele e Gareth quando chegamos. Ele para na porta de meu quarto, abrindo-a. Levanta a sobrancelha indicando uma pergunta, e eu confirmo com a cabeça, dando-lhe permissão para entrar em meu quarto. Sei que ele está perguntando apenas por causa de Gareth. Dimitri é bem-vindo em meu quarto, e sabe disso.

Assim que todos nós entramos, Dimitri fecha a porta e caminhamos mais para dentro. O fogo está aceso na lareira, e atravessamos o quarto até chegarmos ao pequeno sofá e ao jogo de cadeiras que está diante dele. Gareth se senta em uma das cadeiras de espaldar alto, coberto com uma tapeçaria desgastada, enquanto me encolho na ponta do sofá. Dimitri se joga no tapete diante do fogo, esticando suas pernas e braços longos com um suspiro e se apoiando nos antebraços.

– Agora – diz ele suavemente. – Do que você suspeita?

Dou um suspiro fundo.

– Não tenho certeza. É que Brigid perguntou se viemos de Londres, mas não da forma que alguém pergunta quando precisa saber a resposta.

– Pelo visto, devo estar confuso com a natureza de uma indagação. – A voz de Gareth tem um toque de humor. – Não é essa a única maneira de fazer uma pergunta?

Elevo meu olhar para ele, tentando conter a irritação de minha voz:

– Não. Às vezes a pessoa faz uma pergunta para confirmar algo que já sabe.

– Você acha que Brigid já sabia que viemos de Londres? – pergunta Dimitri deitado no chão.

– Certamente foi o que pareceu. – Olho para um e depois para o outro. – Têm certeza de que nenhum de vocês deixou escapar de onde viemos?

– Positivo – responde Dimitri sem hesitar. – Tomei muito cuidado para proteger nossas identidades, nossas circunstâncias sociais, absolutamente tudo além da história que combinamos contar. Depois do que aconteceu a caminho de Chartres, não me arrisco com sua segurança, Lia. – Sua voz é cheia de algo profundo e significativo, e sinto minhas bochechas ruborizarem de calor.

– Gareth?

Ele dá de ombros.

– Eu não sei o suficiente sobre seus motivos de estar aqui para dizer alguma coisa e não tive tempo nem propensão para falar demasiado sobre Londres. Você e Dimitri são educados, e é provável que muitos estudiosos venham de Londres para estudar os marcos de pedra. Não seria possível ela ter somente deduzido?

– Talvez. – Olho para o fogo como se ele obtivesse a resposta para todas as nossas perguntas. – É possível, eu creio. Eu... – Olho para cima, encontrando os olhos de Gareth. – Eu simplesmente sinto que eles sabem mais do que transparecem.

– Concordo com Lia – fala Dimitri suavemente. – Pode não ser nada, mas não podemos nos arriscar. Temos que ficar de olho neles enquanto estivermos aqui e guardar com cuidado qualquer descoberta.

– Querem que eu fique? – pergunta Gareth. – Pelo menos posso ficar atento e cuidar de sua segurança.

Dimitri me olha, deixando que eu responda. Ele sabe bem do meu desejo de cuidar das coisas da maneira que tia Abigail teria cuidado, pelo menos até chegar a hora em que eu saiba o suficiente para fazê-las de forma diferente.

Mesmo assim, fico tentada. Desde a traição de Sonia, as pessoas nas quais confio diminuíram extremamente de número.

Mas tia Abigail não queria que Gareth soubesse. Quando o designou como um de nossos guias até Chartres, confiou-lhe apenas uma pequena parte da jornada, da mesma maneira que fez com os outros guias. É impossível acreditar que eu, com minha pouca experiência e conhecimento, saiba mais do que ela.

Sorrio para Gareth, estendendo o braço para pegar sua mão. Ele observa, surpreso, meu braço estendido, olhando para Dimitri como se pedisse permissão. Dimitri concorda com um pequeno gesto da cabeça e Gareth pega minha mão.

– Querido Gareth, se houvesse alguém mais com quem eu pudesse dividir meus segredos, seria você. É para a sua segurança e a minha que devo recusar. Mas desejo de todo coração que pudesse ser o contrário.

Ele assente.

– Estarei sempre às suas ordens, minha Lady. – Apertando minha mão, ele sorri antes que eu possa responder. – E não precisa se incomodar em lembrar-me de que ainda não aceitou a indicação. O povo de Altus, *seu* povo, precisa de você. Nenhuma lady de verdade pode negar o chamado de seu povo, e não existe uma lady mais verdadeira do que você.

Engulo a emoção que enche minha garganta, mas Gareth fica firme, poupando-me do constrangimento de tentar falar sobre o assunto.

– Vou deixá-los descansar. Boa noite.

– Boa noite, Irmão. – Há respeito e afeição na voz de Dimitri quando Gareth sai do quarto.

Dimitri e eu ficamos sentados no silêncio que permaneceu com a saída de Gareth. O chiado e a mudança de posição da lenha na lareira são os únicos sons no quarto. Quando percebo, Dimitri está me olhando com seus olhos escuros e impenetráveis. Apoiado nos braços, sua camisa branca aberta em seu peito, a gravata desamarrada no pescoço revela um pouco de sua pele. Se eu fosse desamarrar os laços que ainda restam, abaixaria a camisa de seus ombros e beijaria seu peito, sua barriga.

– Por que me olha assim? – Sou pega, atraída por seus olhos, incapaz de negar o desejo em minha voz.

A paixão em seu olhar é um reflexo do que sinto.

– Não posso olhá-la pelo simples prazer do ato, minha lady?

Desvio o olhar.

– Não me chame assim, Dimitri. Não aqui. Não agora. Não desejo ser a Lady de Altus. Ainda não.

Ele acaricia o tapete ao seu lado.

– Vem cá. – Sua voz é cheia de desejo.

Vou até ele, atravessando os poucos metros que nos separam, e me jogo ao seu lado no chão.

– Mais perto. – Ele fala com tanta suavidade que mal posso ouvi-lo.

Aproximando-me dele, paro quando meu rosto está a poucos centímetros do seu.

– Mais perto ainda – diz ele.

Eu sorrio e chego mais perto, até que nossos lábios fiquem bem próximos.

– Aqui?

Seu sorriso é malicioso e trigueiro.

– Assim está bom. – Ele me toca, levantando meu rosto um pouco para encontrar o seu. – Mesmo quando chegar a sua hora de reinar, você jamais será simplesmente a lady de Altus. Não para mim.

Ele toca a minha boca com a sua, pouco antes de seus lábios macios escorregarem pela pele sensível de meu pescoço. Minha cabeça cai para trás e me contenho para não deixar escapar um gemido.

– E depois? – sussurro. – O que será?

Ele responde bem perto de minha pele:

– É uma pergunta simples. Você será meu amor. Meu coração. – Seus lábios continuam sua jornada, chegando à parte macia bem no meio de minha clavícula. – Por mais que você deva ser forte quando enfrentar o mundo, comigo pode se entregar que nada lhe fará mal.

Meu corpo está fervendo, aceso em seu interior pela centelha de sua boca e das palavras suaves sussurradas. Escorregando para ficar com a metade de meu corpo sobre ele e metade no tapete, eu o pressiono contra o chão. Meus cabelos formam uma cortina escura sobre nós, a luz da lareira fica escassamente visível entre os fios cintilantes.

– Acho que gostaria de me entregar a você, Dimitri Markov. – Dessa vez é a minha boca que está na dele, e ali me perco, sentindo seus lábios nos meus.

Quando me afasto, ele toca em minha boca avermelhada pelo beijo com o dedo.

– Eu posso esperar, Lia. Nunca deixarei de esperar.

17

Eu durmo mal, assombrada por sonhos estranhos e contrastantes. Em um momento estou novamente dentro do círculo em chamas, a marca em meu punho queimando sem parar. No outro estou nos braços de Dimitri, minha pele nua e aquecida contra a dele. Quando saio de meu quarto na manhã seguinte, fico grata por não ter um espelho ali dentro para os hóspedes. Certamente não gostaria de ver meu reflexo olhando para mim.

Ouço o murmúrio de vozes embaixo e as sigo descendo a escada simples até o salão principal, confiante pelo peso da adaga de minha mãe dentro da bolsinha pendurada em meu pulso. A paranoia pode ter me feito trazê-la, mas preferiria tê-la e não precisar dela do que o contrário.

Indo em direção aos fundos da casa e da sala, lembro-me de nossa chegada. Fico surpresa de ver somente Dimitri lendo um livro. A cadeira na qual está sentado é pequena para seu corpo robusto, e sinto um momento de desejo ao me lembrar de ter estado presa em seus braços fortes apenas algumas horas atrás.

– Bom dia – digo suavemente, tentando não assustá-lo.

Ele olha para cima, alerta.

– Bom dia, meu amor. Você dormiu bem?

A ternura é novidade, e uma onda de prazer corre em meu corpo como se, de repente, eu percebesse que *eu sou* o amor dele. E ele é meu.

Atravesso a sala em sua direção, e caio em seus braços quando ele se levanta.

– Não. O sono não tem sido meu amigo durante esses dias, eu creio.

Ele ergue meu queixo, estudando meu rosto cuidadosamente como se fosse o livro que estava lendo.

– Ah, sim – diz ele, assentindo com a cabeça. – Eu deveria ter olhado antes de perguntar. Dá para ver que não teve uma noite tranquila.

Dou-lhe um pequeno empurrão.

– Ora, obrigada! Devo ficar lisonjeada com tal observação?

Ele beija a ponta do meu nariz.

– Não quis insultá-la. Você é linda para mim a qualquer hora do dia ou da noite, de todas as formas. Preocupo-me com você, só isso. Parece abatida e cansada, e ainda temos muito trabalho pela frente.

Sorrio, emocionada com sua preocupação.

– Não é nada que um ar fresco e uma boa refeição não resolvam. – Afasto-me, olhando para a sala. – Onde está todo mundo?

– O sr. O'Leary e a filha estão cuidando das tarefas domésticas. – Dimitri hesita, esfregando a barbicha. – Creio que Gareth foi embora.

– Embora? – Balanço a cabeça. – O que quer dizer com isso?

Ele se inclina sobre a mesa de chá, pegando um pedaço de pergaminho dobrado.

– Ele disse que não gosta de despedidas. Partiu cedo esta manhã, e deixou isto para você.

Ele me entrega o pergaminho e viro-me para o fogo, desdobrando o papel grosso e ajustando meus olhos à escrita de letra cursiva.

Minha querida lady,

Lamento partir sem me despedir, mas nunca gostei de despedidas, muito menos agora. Gostaria que pudesse confiar sua tarefa a mim, pois é óbvio que ela pesa em seu coração. Por favor, saiba que se, em qualquer momento no futuro, precisar de assistência ou simplesmente de um amigo confiável, estou às suas ordens e garanto-lhe minha devoção.

Independente do caminho que escolher, sempre será por direito a Lady de Altus para mim.

Seu fiel criado,
Gareth

Dobro o pergaminho devagar, sentindo a perda de Gareth como uma surpresa desagradável, apesar de saber que ele iria embora um dia. Muitas das perdas que sofri foram repentinas, impostas a mim sem que eu tivesse tempo para dizer as muitas coisas que gostaria.

Acho que eu queria, só dessa vez, dizer adeus.

– Tenho certeza de que ele quis apenas poupar a tristeza dos dois. – A voz de Dimitri surge em minhas costas. – É claro que você significa muito para ele.

– E ele para mim. – Falo baixinho, olhando para o fogo, e respiro fundo antes de virar o rosto para Dimitri. – Vamos tomar o café na sala de jantar e começarmos nosso dia, então? Estou certa de que temos muito a fazer.

– O café da manhã cai bem. – Ele sorri, pegando minha mão. – Mas não na sala de jantar. Venha. Tenho uma surpresa.

Os campos estão magníficos diante de nós ao galoparmos pela região, as montanhas cercando em todas as direções. O céu é de um azul incomum, e, quando olho para cima, maravilhada com sua claridade, sinto o mundo pender, até achar que irei me afogar em seu mar.

Os marcos de pedra nos observam a distância com as estranhas montanhas e formações rochosas salpicando a planície exuberante. Conduzimos os cavalos em sua direção, e a cada passo sinto a mesma familiaridade estranha que senti em Chartres. Quando paramos na base da caverna maior, meus nervos estão zunindo de advertência. Sinto-me ligada a esta paisagem desolada e suas cavernas subterrâneas, mas ela preenche meu coração com uma melancolia que não sei explicar.

Desmontando de Sargent, examino as formações rochosas e campos ao redor antes de voltar-me para Dimitri com um sorriso.

– Ao mesmo tempo que isso é uma adorável surpresa, dificilmente acho que você pode levar o crédito pelos marcos de pedra. Afinal, eles estão aqui há séculos.

Ele tira um pacote de seu alforje e caminha em direção a um local ao sol, bem perto da ladeira coberta de grama onde fica uma das cavernas.

– Você é engraçada, Lia. – Ele afirma com a cabeça. – Gosto muito disso. Mas os marcos de pedra não são nenhuma surpresa, sua bobinha.

Estendo um braço o máximo que posso para incorporar toda a paisagem ao nosso redor.

– Bem, isto *será* difícil de superar, mas certamente estou disposta a lhe dar o benefício da dúvida.

Ele sacode um tecido grande e vejo que é um cobertor de lã listrado de bege e verde-claro.

– Agora tenho medo de lhe dizer o que é, porque você tem razão: perderá a importância em comparação com uma manhã tão adorável em um lugar tão adorável.

Caminho em sua direção, ficando na ponta dos pés para beijá-lo.

– Besteira. Você me trouxe até aqui. E sem o café da manhã! Eu exijo minha surpresa.

Ele suspira, simulando cansaço:

– Muito bem, então. Farei o possível para suprir suas expectativas.

Pegando uma bolsa de pele de ovelha, ele começa a retirar pacotes embrulhados em tecido. Logo depois, fico ao seu lado no cobertor, enquanto ele desembrulha ovos cozidos, pão fresco, queijo, maçãs e um pequeno pote de cerâmica de mel.

Ele inspeciona a disposição dos alimentos, colocando o pote de mel um pouco à esquerda e os ovos mais à direita antes de falar:

– Agora, vamos comer.

Deito-me ao seu lado no cobertor, tomando seu rosto em minhas mãos. Toco seus lábios com os meus antes de falar:

– É maravilhoso, Dimitri. De verdade. – Olho em seus olhos. – Obrigada.

Ele devolve o olhar antes de se sentar e pegar o pão.

– Não estava interessado em repetir o desastre do jantar de ontem à noite, principalmente em nossa primeira manhã nos marcos de pedra.

Suspiro, pegando um pedaço de pão que ele me entrega e alcançando o pote de mel.

– Uma decisão muito sábia, de fato. – Espalhando o mel sobre o pão, tampo o pote e dou uma mordida. É diferente de qualquer pão que já tenha comido, seco, esfarelado e cheio de manteiga. – Então, onde devemos começar?

– Creio que devemos passar o dia estudando a topografia. É difícil compreender o local somente com o mapa do pergaminho.

Concordo, pegando o queijo.

– Sim, e ajudaria se pudéssemos descobrir o significado de qualquer uma das cavernas. Se a Pedra está aqui, é provável que esteja escondida em algum lugar importante, não é mesmo? Como foi com a última página em Chartres.

– É o que suponho, mas não encontrei nada específico na pequena pesquisa que consegui fazer antes de partirmos. Até perguntei a Victor, mas ele disse que este local, como vários da Inglaterra e Irlanda, ficou deteriorado com o abandono durante algum tempo. – Ele morde uma das maçãs. – Parece que ninguém na história atual fez um estudo significativo daqui.

Suspiro, procurando reprimir a frustração que já cresce dentro de mim. É cedo demais para isso.

– Bom, se não há uma resposta fácil, suponho que devemos começar.

Dimitri concorda, pondo-se de pé.

– Agora mesmo.

Arrumamos as coisas e colocamos de volta dentro do alforje de Dimitri antes de montarmos nos cavalos. A região é vasta, e levamos a manhã inteira e parte da tarde para percorrê-la. Não entramos em nenhum dos marcos de pedra. Ainda não. Este é simplesmente um dia para nos posicionarmos e passamos o tempo cavalgando pelos campos. Paramos de vez em quando, e relato para Dimitri a estrutura física básica das montanhas e cavernas para que ele possa anotar mais tarde. Não podemos ter certeza de que a aparência externa é importante, mas qualquer coisa que possa distinguir uma caverna da outra poderá ser útil.

Quando voltamos para a casa, a luz do dia já está azul-acinzentada com o pôr do sol. Apesar de não termos feito nenhuma descoberta hoje, demos o primeiro passo importante para localizar a Pedra.

E ela está aqui, em algum lugar. Posso senti-la.

18

Naquela noite recebemos enxurradas de perguntas durante outro jantar com o sr. O'Leary e Brigid. Seguro o punho de minha adaga sobre o pano de minha bolsa enquanto eles repetidamente perguntam sobre os marcos de pedra, embora Dimitri já tenha declarado que não fizemos nada, a não ser cavalgar e explorar a região. Somente depois da sobremesa é que o sr. O'Leary parece aceitar a história que contamos, e não sei dizer se vejo alívio ou decepção em seus olhos.

Estou ansiosa para sair da mesa e fico aliviada quando já passou tempo suficiente para Dimitri e eu darmos boa-noite aos O'Leary sem parecermos rudes. Subimos as escadas juntos, parando na porta de meu quarto para um beijo de boa-noite rápido, mas apaixonado, antes de Dimitri se dirigir ao seu aposento no fim do corredor.

É um alívio tirar minhas calças e camisa. São mais confortáveis que vestidos e anáguas, mas mesmo assim é um paraíso sentir a camisola deslizando em minha pele nua.

Ao me deitar, puxo os cobertores de lã até meu queixo, grata pelo fogo na lareira. Pergunto-me se foi Brigid que acendeu, pois não vi nenhuma ajudante nos afazeres domésticos além da mulher que vem preparar o jantar. Não me incomodo de verificar a pedra da serpente. Desisti do hábito de testar seu calor nesses últimos dias. Tornou-se muito difícil negar sua força decrescente. Em vez disso, permito-me um momento de negação e deslizo para dentro do abismo do sono.

Tenho certeza de que estou dentro de uma das cavernas de Loughcrew, apesar de não haver nada indicando que é um dos marcos de pedra. Sei disso da maneira inexplicável que alguém sabe das coisas nos sonhos.

A princípio estou sozinha, entrando no interior frio e úmido somente com a luz de uma tocha para me guiar. Estou procurando alguma coisa – ou alguém –, não sei dizer o quê. Não passa de um palpite, então sigo em frente, meus olhos procurando pelas paredes e solo rochosos enquanto penetro cada vez mais em seu interior.

Ouço o sussurro primeiro. Não é o murmúrio estranho que costumava ouvir antes de acordar, quando Alice estava lançando feitiços no Quarto Escuro, mas o simples sussurro de uma conversa. Ele aumenta a cada passo que dou, e, quando viro a curva da caverna, eu as vejo.

As garotas caminham lado a lado, de mãos dadas. São quase idênticas, mesmo de costas. Uma delas logo me é familiar.

Vejo em um relance a garota em Nova York, entregando-me o medalhão pela primeira vez.

Eu a vejo no caminho perto de Birchwood, entregando-me o objeto de novo, encharcado, momentos depois de eu o jogar no rio.

Finalmente, eu a vejo em um sonho, seu rosto angelical transformando-se em Alice logo depois que saí de Altus. Passei a ver essa criança como a Alice de meu sonho, apesar de os cabelos dourados serem diferentes dos seus verdadeiros, que são castanhos ondulados.

A garota da direita é exatamente do mesmo tamanho, mas seus cabelos castanho-avermelhados caem aos cachos. Ela vira-se para olhar para mim, nos entreolhamos. Mesmo com a luz fraca da tocha, posso ver que são verdes como os meus. Tirando os cabelos castanhos, ela é fisicamente idêntica à garotinha que exerceu um papel tão importante em meus momentos mais obscuros com a profecia. No entanto, o rosto dessa garota é de certa forma mais meigo e inocente.

– Quer vir conosco, por favor? – Sua voz treme, o medo é evidente em seu rosto pequeno e de feições delicadas.

Eu concordo, apesar de meu coração bater mais rápido. Sei que a outra garota é a criança de meus pesadelos, e não gosto de pensar em segui-la mais adentro da caverna.

Logo depois ela vira e confirma minha suspeita. Pouco antes de falar, seu sorriso é cheio de segredos.

– Sim, venha conosco, Lia. Vou mostrar-lhe as duas. – Sua voz tem o ritmo sinistro de que me lembro: a voz de uma criança, quase falsamente inocente.

Não tenho tempo de perguntar a que está se referindo, pois ela se afasta mais uma vez, puxando a outra garota pela mão. Eu as sigo, sentindo o ar ficando mais abafado enquanto um cheiro metálico é conduzido pela brisa úmida lá de cima.

A outra garota, puxada com violência, estende o pescoço para me olhar. O terror em seus olhos faz meu coração pesar como uma pedra. Ela tropeça, virando-se para a frente para se endireitar. Ela dá mais alguns passos antes de parar repentinamente, e eu entendo quando ouço o som vago de água adiante. É uma combinação de gotas, todas caindo em uma sucessão rápida contra a pedra da caverna.

A Alice garotinha não para de andar. Ela apenas puxa com mais força a mão da outra garota.

– Anda logo, não tenha medo. É só água.

Não quero segui-las. Quase morri duas vezes por causa de água. Só minha irmã me assusta mais.

Entretanto, continuo caminhando, observando a garota, aterrorizada, ser puxada cada vez mais para dentro da caverna. Seu medo não permitirá que eu saia, mesmo em meu sonho.

A caverna, de repente, escurece. Não vejo mais as garotas, pois minha tocha ilumina somente alguns metros à minha frente. Tudo além disso é escuridão, até virarmos outra curva, e o espaço logo se abre diante de nós.

Tudo parece ilusoriamente grande devido aos tetos que estão muito distantes de nosso campo de visão. Mas não é grande. Na verdade, é bem pequeno, com uma luz lúgubre e vermelha que ilumina uma piscina a alguns passos diante de nós. As gotas caem de um local invisível acima de nossas cabeças, batendo nas paredes da caverna até chegar à bacia de água. Elas têm um longo caminho a seguir, já que a superfície da água não está na camada de pedras onde estamos paradas. Não. A camada de pedras continua até dar em uma abertura rochosa que somente encontra a água, negra como piche, muito adiante.

Nem preciso pensar em me afastar dali. Meu corpo treme de medo, e me obrigo a continuar segurando a tocha. Tudo o que realmente quero fazer é me agarrar nas paredes da caverna e encontrar a saída de meu sonho o mais rápido possível.

Mas estou paralisada. Não consigo sair porque alguma coisa está para acontecer.

E estou aqui para ver. É a única coisa que alguém pode fazer em um sonho desses.

– Aproxime-se, Lia – diz a Alice de meu sonho. – Eu quero que veja.

Gostaria de recusar, mas os olhos da outra garota estão implorando, como se minha proximidade pudesse, de alguma forma, salvá-la, quando já sei que não pode. E não salvará.

Porém, preciso tentar, e avanço pouco a pouco para oferecer ajuda à garota aterrorizada. Para puxá-la do abismo aquático que se estende abaixo dela.

Só que não tenho a chance. Estou a centímetros dela, meu braço estendido em direção ao seu corpo pequeno e trêmulo, quando Alice solta sua mão. Por um momento, alegro-me, pensando que lhe foi oferecida a liberdade.

Então a Alice de meu sonho caminha em sua direção, estendendo as duas mãos. O empurrão é tão gentil, tão gracioso que levo um tempo para perceber que a garota de cabelos castanhos caiu no precipício.

Jogo-me para a frente, esquecendo o próprio medo. Ela ainda está caindo quando chego à beirada. Não há grito, nem som algum à medida que ela cai. Somente o leve movimento descontrolado de seus membros e a estranha calma em seu rosto. Mas não é somente seu rosto – é ele se transformando no meu enquanto ela cai.

O sr. O'Leary nos entrega um mapa novo após declarar que o de Dimitri estava irremediavelmente obsoleto. Parece que os deveres do sr. O'Leary como caseiro incluem atualizar o mapa a cada nova descoberta e repassá-lo para aqueles que vêm estudar o local. Ele tem feito isso durante anos, já que exploradores e estudiosos viajam até os montes de pedras, e, embora pareça não estar feliz em nos ajudar, obviamente se sente obrigado a nos fornecer a versão mais recente. Estamos hesitantes em aceitar sua assistência, mas parece sábio usar todas as ferramentas à nossa disposição.

Depois de debater o problema por algum tempo, começamos com um dos marcos de pedra maiores. Acredito que a Pedra possa estar escondida em um local menos grandioso a fim de evitar que um explorador qualquer a descubra, mas na opinião de Dimitri ela estará em um dos lugares mais importantes de Loughcrew, e provavelmente isso significa uma das cavernas maiores. Eu finalmente cedo à teoria de Dimitri. Teremos de procurar em todas elas, de qualquer forma, até encontrarmos a Pedra ou eliminarmos os marcos de pedra como seu possível esconderijo.

Aproximamo-nos a cavalo do primeiro grande marco de pedra, situado um pouco à esquerda do primeiro agrupamento. Ainda é inquietante ver os montes cobertos com grama surgindo acima na paisagem, com uma formação estranha mais adiante nas colinas. Parece impossível que um lugar assim pudesse esconder uma caverna labiríntica e elaborada, mas, quando Dimitri e eu prendemos os cavalos e entramos no interior frio, descobrimos que há, sim.

O fato de não sabermos, exatamente, o que procuramos é um empecilho e ao mesmo tempo ajuda em nosso progresso, pois, se, por um lado, começamos devagar, olhando em todos os cantos algo fora do comum, por outro lado nosso ritmo acelera ao penetrarmos mais ainda na primeira caverna. Simplesmente há muita coisa para assimilar, e, quanto mais caminhamos, pisando com cuidado nas pedras que bloqueiam o caminho e, às vezes, nos abaixando porque o teto é muito baixo, mais as coisas começam a parecer iguais.

As paredes rochosas da caverna, por vezes aumentadas com as grandes pedras localizadas na frente delas, são cobertas com estranhos entalhes. Espirais, buracos escavados na pedra, ziguezagues – a maior parte do interior é marcada de forma elaborada. Não consigo deixar de imaginar o que tudo significa. Ao mesmo tempo, rezo para que a localização da Pedra não esteja escondida em um dos enigmas ilustrados nas paredes da caverna. Eu nem falo bem latim. Estamos realmente condenados, se esperam que eu decifre esses entalhes antigos.

– O caminho termina aqui. – Dimitri para na minha frente, e eu quase esbarro nele. – É melhor voltarmos.

Eu suspiro, não sei se de alívio ou de desânimo.

– Tudo bem.

– Não desista ainda, Lia. Esta é só a primeira. Ainda há muitas outras para explorarmos.

– Exatamente. – Não consigo conter o descontentamento em minha voz ao voltar pela caverna em direção à entrada. – E se todas forem exatamente como esta? Como é que vamos encontrar seu significado?

– Eu não sei – diz ele com a voz ecoando nas paredes do marco de pedra. – Mas vamos dar um jeito.

Sua resposta não adianta em nada para apaziguar minha preocupação, mas não falo nada até estarmos novamente fora da caverna sob o céu cinza da primavera. Inspeciono a área em todas as direções, os montes menores à direita e à esquerda, e o maior mais adiante.

– Qual é o próximo?

Posso ver Dimitri pensando, como se pensar mais fosse aumentar nossa chance de descobrir a caverna certa, embora esteja ficando cada vez mais óbvio que toda a excursão pode ser um exercício sem propósito.

– Vamos em direção àquela grande, passando por aquela menor ali. – Ele aponta para a direita, e sigo seu olhar.

Acho que não veremos nada além do mesmo verde que a cerca em todas as direções, mas, enquanto observo o campo, vejo um salpicado de amarelo perto da caverna menor.

– Espere! Tem alguma coisa ali! – aponto.

Dimitri cerra os olhos para enxergar, seguindo a direção do meu dedo.

– Não estou vendo nada.

Eu olho com mais atenção, tentando encontrá-lo de novo para mostrar a Dimitri. Mas ele sumiu.

– Não está mais lá. Talvez eu estivesse imaginando.

Ele balança a cabeça.

– Tenho certeza de que não é verdade. Você é muito prática. Se disse que viu alguma coisa, deve ter visto. Vamos até lá dar uma olhada, está bem?

Não demoramos muito para chegarmos ao próximo marco de pedra. Poderíamos ter deixado os cavalos no último marco e caminhado, mas a paisagem estranha me faz sentir extremamente inquieta. E, apesar de não ter ninguém além de nós tão longe quanto os olhos possam ver, meus hábitos permanecem. Estou o tempo todo me preparando para minha fuga e planejando minha defesa.

É quase impossível explorar de forma adequada o marco de pedra menor. Os tetos são baixos, as passagens quase não existem. Tentamos penetrar mais um pouco, ao mesmo tempo que procuramos não tocar em nada, mas não demoramos para desistir por completo, optando por nos reorganizar durante o almoço.

– E agora? – Tento conter o desespero em minha voz.

Estamos sentados na grama do lado de fora do marco de pedra menor. Tento ficar entusiasmada para desfrutar da comida que Brigid nos preparou, mas minha frustração pela falta de progresso não ajuda meu apetite.

Dimitri suspira:

– Vamos parar mais cedo hoje e voltar para casa. Por mais que eu odeie admitir, estamos mal preparados. Não confio muito no sr. O'Leary, mas talvez precisemos de sua oferta para ser nosso guia.

Só de pensar em passar o dia com o sr. O'Leary no meio da escuridão das cavernas me dá um calafrio na espinha, mas Dimitri pode ter razão.

– Bom, suponho que não custa nada permitir que ele nos acompanhe no começo. Talvez possamos aprender alguma coisa com ele e depois continuamos nossa exploração sozinhos.

Dimitri concorda com a cabeça.

– É a mais sábia de todas as nossas opções, creio eu. Além do mais – diz ele, espreguiçando-se e bocejando –, não seria nada mal descansarmos antes do jantar. Não durmo bem neste lugar.

Viro-me desconfiada para ele, pois não me lembro de já ter visto Dimitri dormindo mal em qualquer uma das situações em que estivemos juntos.
– Por que não?
– Eu me sinto... incomodado, suponho. Não sei se é porque estamos perto da Pedra, se é porque este lugar tem uma ligação antiga com nosso povo ou se é por causa da estranheza do sr. O'Leary e da filha, mas não consigo descansar confortavelmente.
Eu concordo:
– Eu me sinto da mesma forma.
Ele pega minha mão.
– Tem tido pesadelos?
– Um pouco. – É mais do que um pouco, mas não quero alarmar Dimitri, nem lhe dar outro motivo para perder o sono.
Ele ergue minha mão até sua boca, beijando com suavidade meus dedos.
– Você pode me procurar sempre que estiver com medo.
Seu carinho me faz sorrir.
– Obrigada. É controlável por enquanto.
Ele se levanta, puxando-me para que eu me levante também.
– Venha. Vamos pedir ao sr. O'Leary que nos acompanhe amanhã.
Voltamos para casa sob um céu cinza cada vez mais familiar, e ao mesmo tempo me pergunto o que é pior: não encontrar a Pedra de forma alguma ou arriscar nossas vidas confiando em alguém como o sr. O'Leary?

— Que bracelete lindo — comentou Brigid enquanto eu pegava minha taça de vinho. — Simples, mas chama a atenção.

Olho para o medalhão, e puxo meu braço um pouco para dentro da manga do vestido. Tenho tomado cuidado até agora para escondê-lo, assim como a marca em meu outro pulso.

— Obrigada — tento falar com um tom desdenhoso, enfadonho. — Na verdade é uma simples fita.

— Uma fita? — Ela pega as batatas, e me pergunto se é impressão minha que seu tom soou forçado. — Que acessório interessante.

— Sim, bem, nunca fui apaixonada por joias. — Dou uma garfada na comida diante de mim, algum tipo de repolho frito com carne, e procuro mudar de assunto: — Hum! Isto está delicioso!

O olhar de Brigid fica severo.

— Obrigada. É um simples prato irlandês. Fico feliz que gostou.

— E como foi seu dia nos marcos de pedra? — O sr. O'Leary pergunta. Seu tédio parece exagerado. Como se estivesse se esforçando demais.

— Na verdade — responde Dimitri, tomando um gole do vinho —, gostaríamos de saber se o senhor se importaria de nos acompanhar amanhã. Parece que tinha razão, Loughcrew é uma região vasta. Precisamos de ajuda para nos orientarmos. Seria apenas um dia, se estiver disposto. Podemos continuar por conta própria depois disso.

O sr. O'Leary olha Dimitri nos olhos.

— Não encontraram o que estavam procurando, então?

Os olhos de Dimitri se enchem de suspeita.

— Não estamos procurando nada específico, mas gostaríamos de ter uma visão geral da região para colocarmos em nosso relatório, e é difícil determinar o que é importante e o que não é quando tudo parece tão igual. Imagino que um homem com seu conhecimento sobre os marcos de pedra poderia facilmente fazer essa determinação.

É uma tentativa descarada por parte de Dimitri de bajulá-lo. Fico meio surpresa quando o sr. O'Leary concorda, apesar de ser totalmente possível que só queira ficar de olho em nossas atividades.

— Seria um prazer acompanhá-los até os marcos de pedra amanhã — diz ele. — Esta é uma região enorme e será explorada melhor se ficarmos o dia inteiro. Partiremos ao nascer do sol.

꩜

O céu, laranja-claro e rosa-bebê, nos cobre ao atravessarmos os campos. O sr. O'Leary cavalga em um velho cavalo castrado de pelo cinza, liderando o caminho, e, apesar de desejar que Dimitri e eu tivéssemos a habilidade de explorarmos os marcos sozinhos, já estamos mais bem preparados. O sr. O'Leary levou três tochas, um almoço elaborado preparado por Brigid e uma duplicata do mapa que deu a Dimitri, na qual incluiu vários locais marcados com um círculo. Pelo menos veremos bem, comeremos bem e teremos uma ideia de onde estamos indo.

Começamos pelo mesmo marco de pedra grande de ontem. Dimitri protesta, mas o sr. O'Leary levanta a mão pedindo silêncio.

– Entraram na caverna pela frente? – Ainda em cima do cavalo, ele nos guia para o lado oposto da entrada.

– Bem... sim. – Dimitri franze as sobrancelhas intrigado. – Por onde mais entraríamos?

O sr. O'Leary para o cavalo atrás do monte, saltando no chão.

– Esta seria a entrada mais lógica, mas existe outra. – Ele olha para nós, que ainda estamos montados. – Vocês vêm?

Desmontando, Dimitri e eu prendemos nossos cavalos perto do cavalo do sr. O'Leary. Quando olhamos para cima, ele já está na metade do caminho do monte gramado.

– Sr. O'Leary? – Protejo meus olhos do sol ardente. – O que está fazendo?

Ele suspira, olhando para mim com grande exaustão:

– Seria bom para nós se poupassem as perguntas. Vocês me pediram para ser seu guia; então, por favor – diz ele, gesticulando para a montanha como se estendesse um convite formal para escalá-lo –, sigam-me.

Dimitri pisa primeiro a ladeira de lama, pedras e grama. Ao se equilibrar, estende a mão para mim oferecendo ajuda, mas eu já estou quase ao seu lado. Ele sorri, e a admiração em seus olhos me faz sentir de assalto um prazer secreto.

Consigo acompanhar os dois homens enquanto continuamos a subir o monte. Ele não é íngreme, mas as pedras, a lama e a grama irregular deixam a escalada perigosa, e piso com cuidado pelo caminho. O sr. O'Leary chega ao topo primeiro e fica parado, olhando para baixo como se houvesse algo fascinante aos seus pés. Quando Dimitri e eu o alcançamos, entendemos por quê.

Levamos um tempo para registrar o buraco enorme no monte. Ainda estou olhando para baixo quando falo:

– O que é isto?

– É um buraco grande, óbvio. – O sr. O'Leary parece entediado, como se fosse muito comum ficar parado no cume de uma caverna antiga com um buraco gigante em seu topo.

– É claro que é. – Procuro não demonstrar impaciência em minha voz, porém as palavras saem mais agudas do que eu pretendia: – Mas por que ele está aqui? De onde ele veio?

Ele balança a cabeça.

– É uma pena, realmente. Um dos cavalheiros que primeiro descobriu o local arrancou o topo deste aqui. Estava procurando um túmulo, ele disse.

– Ele encontrou? – pergunta Dimitri.

O sr. O'Leary faz que não.

– Não encontrou. E as pedras também nunca foram colocadas de volta como estavam. Se entrarmos na caverna daqui, vão notar uma parte dela que é invisível quando se entra pela frente.

Olho para baixo na entrada da caverna.

— Mas e o local? Não vamos comprometê-lo ao desarranjarmos as pedras deslocadas?

— Não existe ninguém mais cuidadoso do que eu quando se trata dos marcos de pedra. Vamos caminhar devagar, dar uma olhada e sair sem mexer em nada. Vou segurar as tochas enquanto vocês descem e as jogarei para vocês assim que chegarem ao fundo.

A descida até o fundo da caverna é rochosa, e não tenho tanta confiança na minha habilidade para saltar sem me machucar. E ainda tem o problema de descer na caverna sem as tochas e com o sr. O'Leary nos olhando lá de cima. Minha paranoia me consome, minha imaginação ficará distorcida até eu ter certeza de que o sr. O'Leary pretende nos abandonar dentro da caverna, talvez até jogar a terra e as pedras deslocadas sobre nós.

Todos esses pensamentos giram na minha cabeça, mas já sei que não vou exteriorizar meu medo.

— Eu vou primeiro. — Não olho para Dimitri ao falar isso, e já estou descendo a borda rochosa quando ele tenta me deter:

— O que está fazendo? Pelo menos me deixe ir na sua frente. Eu a pego quando você pular.

— Está tudo bem — aviso com meus olhos ainda nas pedras enquanto desço. — Já estou na metade do caminho.

— Tenha cuidado! — A preocupação em sua voz é óbvia, e sorrio enquanto dou os últimos passos para alcançar o fundo da caverna. Não consigo deixar de me sentir satisfeita, ainda mais porque eu estava com medo. A voz de meu pai ressoa em meus ouvidos, tão clara como se ele estivesse parado ao meu lado: *Nunca seja prisioneira do medo, Lia. Lembre-se disso.*

Dimitri começa a descer e logo está ao meu lado, fazendo com que a descida que parecia perigosa e lenta para mim se tornasse simples. Meu nervosismo sobre as intenções do sr. O'Leary termina quando ele joga as tochas e fica claro que pretende se juntar a nós na caverna. Esperamos ele fazer o mesmo caminho. Ele não é muito mais devagar que Dimitri, e admiro sua velocidade e agilidade quando pula no chão, para um homem de sua idade.

– Então, vamos.

Ele entrega uma tocha para cada um de nós e o seguimos caverna adentro. Explorar com o sr. O'Leary é um contraste total comparado à nossa excursão sem propósito de ontem. Ele segura a tocha contra as paredes enquanto caminhamos, iluminando as várias pinturas entalhadas e os símbolos, fornecendo-nos várias teorias sobre seus significados. Pelo caminho, aprendemos que algumas pessoas acreditam que as marcas eram para ser um tipo de calendário, ao passo que outras acreditam que elas têm a ver com o nascer do sol. Ninguém tem certeza, na verdade, e minha alma caminha silenciosa e tranquilamente em sinal de respeito a este lugar sagrado.

É interessante ouvir as explicações do sr. O'Leary ao adentrarmos a caverna, mas, quando encontramos o buraco no teto que marca o lugar de nossa chegada, não vemos nada que possa nos ajudar em nossa busca. É claro que não gostaríamos de encontrar a Pedra na presença do sr. O'Leary, mas ainda estou decepcionada que até mesmo esta jornada minuciosa pelo passado não nos levou a nenhuma nova descoberta sobre a profecia e a Pedra.

O resto do dia decorre sem ocorrências especiais. Enquanto o sr. O'Leary nos acompanha por outro grande marco de pedra e por três outros pequenos, não descobrimos nenhuma pista do paradeiro da Pedra. As marcas em espirais estão por todo lado, mas nada indica a presença da Pedra sagrada.

Estamos em silêncio quando passamos pelo último marco de pedra do dia. Fico imaginando o que fazer depois, já que por hoje decidimos voltar para casa, mas não consigo pensar em como proceder amanhã. Vagar de caverna em caverna obviamente não adiantará nada.

Dimitri dá uma última olhada no mapa antes de colocá-lo dentro do casaco. De repente ele para, olhando, concentrado, os campos.

– O que é aquilo?

Sigo seu olhar. A mancha amarela é a mesma que vi ontem, só que desta vez posso ver que é uma mulher, sua capa amarela ondulando com a brisa, perto de um dos maiores marcos de pedra.

– Por Deus – resmunga o sr. O'Leary, aproximando-se de seu cavalo –, eu disse a ela várias vezes que evitasse os marcos de pedra.

– O que está fazendo? – Corro para o lado do sr. O'Leary e seguro seu braço para segurar o rifle que ele tirou de seu alforje.

Ele franze a testa como se não entendesse por que eu me preocuparia com a ideia de ele apontar um rifle para uma mulher.

– É a maluca da Maeve McLoughlin. Ela fica rondando dia e noite, mesmo depois de eu ter lhe avisado que esta é uma propriedade particular.

– Não consigo pensar na necessidade de um rifle. – Dimitri eleva o olhar para o senhor mais velho. – Abaixe-o agora, por favor?

O sr. O'Leary faz cara feia, avaliando a seriedade no tom de voz de Dimitri.

Olhando para trás, em direção à silhueta, fico aliviada de ver que a mulher chamada Maeve desapareceu. No mínimo, atrasamos o sr. O'Leary tempo o suficiente para que ela pudesse ficar em segurança.

Seguindo meu olhar, ele nota sua ausência e volta para seu cavalo, enfiando o rifle raivosamente em sua sacola e resmungando:

– Não ia atirar nela. Só assustá-la. É minha função, afinal de contas.

Montamos nossos cavalos e voltamos para casa, agradecendo ao sr. O'Leary por sua orientação. Enquanto levamos os cavalos para o pequeno celeiro nos fundos da casa, Dimitri faz uma pergunta não para mim, mas para o sr. O'Leary:

– Há uma biblioteca em alguma cidade aqui perto?

Olho para ele, surpresa, imaginando o que está pensando.

O sr. O'Leary leva seu cavalo para um dos estábulos sem olhar para Dimitri.

– Oldcastle tem uma pequena coleção de livros, mais sobre histórias locais e tal. Não é grande o suficiente para ser chamada de biblioteca, mas suponho que é o mais próximo que vai encontrar a um dia de distância de cavalgada. – Ele se vira para sair do estábulo, examinando Dimitri com uma curiosidade quase direta. – Mas temos uma boa coleção de material aqui nos marcos de pedra, se é o que está procurando.

Dimitri leva Blackjack para o estábulo que tem sido dele desde que chegamos a Loughcrew.

– É mais uma dúvida geral sobre a história local. Se não se importar em nos mostrar o caminho, talvez Lia e eu possamos ir até Oldcastle amanhã. Além disso – fala ele, olhando-me com um sorriso –, creio que Lia gostaria de fazer umas compras.

Engulo meu protesto, sabendo que ele só está tentando encontrar uma desculpa sensata para irmos até a cidade com o mínimo de suspeita por parte do sr. O'Leary. Mesmo assim, isso aumenta a minha ira.

Forço um sorriso.

– Exatamente. Há algumas coisas que eu gostaria de comprar antes de viajarmos de volta.

O sr. O'Leary assente vagarosamente.

– E quando seria isso? Sua volta, quero dizer.

Dimitri segura a minha mão, apertando-a como se tentasse passar uma mensagem secreta.

– Não iremos demorar, eu imagino.

– É o mapa que me intriga – diz Dimitri enquanto estamos indo para Oldcastle no dia seguinte.
– Qual deles?
Estou praticamente morrendo de curiosidade depois de passar outra estranha noite com Brigid e o sr. O'Leary.
– Os dois. – Dimitri guia Blackjack para a direita, por uma estrada estreita que leva a um grupo de prédios ao longe. – Comparando um com o outro, para ser mais preciso.
Mordo o lábio inferior, tentando decifrar o significado de suas palavras.
– Não são a mesma coisa?
Ele concorda:
– São quase a mesma coisa, exceto por uma pequena diferença.
– E qual é?

– O mapa que trouxemos de Londres tem um marco de pedra a mais. Um grande, que não aparece no mapa que o sr. O'Leary nos deu.

Sem pressa para chegar a Oldcastle, entramos na cidade com os cavalos. O som leve dos cascos na estrada de solo duro seria tranquilizante, não fosse a semente do desconforto enraizando em minha mente.

Viro-me para Dimitri.

– É o que exploramos sem o sr. O'Leary?

Dimitri balança a cabeça.

– Usei o mapa dele no primeiro dia, supondo que seria mais exato, já que ele alega atualizá-lo a cada nova descoberta. Só comparei os dois depois de nossa primeira saída.

– Mas por que não disse nada? – Não consigo deixar de ficar aborrecida por ele ter escondido essa descoberta de mim.

– Achei que pudesse ser um simples erro, mas ontem, quando vimos aquela mulher perto do marco...

– Maeve.

Ele confirma:

– Maeve. Bem, ela estava no marco que não está no mapa do sr. O'Leary. A reação dele pareceu excepcionalmente enérgica para uma simples infração, você não acha?

A imagem fica mais clara, e começo a esperar que tenhamos uma pausa.

– O que isso tem a ver com a biblioteca de Oldcastle?

Um senhor idoso, com um jovem ao seu lado, vem em nossa direção a cavalo. Dimitri o cumprimenta com a cabeça, olhando atentamente enquanto passam. Ele espera até que estejam bem longe para continuar:

– Talvez nada, mas espero que os arquivos tenham alguma informação sobre aquele marco de pedra, o que não está registrado no mapa do sr. O'Leary. Não consigo deixar de pensar que ele tem algo a esconder e pretendo descobrir o que é.

❦

Embora eu sempre tenha considerado qualquer depósito de livros uma biblioteca, até mesmo aqueles que ficavam em todas as casas onde morei, é difícil considerar os arquivos de Oldcastle como tal. Na verdade, até acreditamos estar no prédio errado, depois que nos deparamos com o olhar atento e vazio do funcionário idoso. Só depois que Dimitri diz "Queremos ver os arquivos, por favor," é que somos levados a uma sala nos fundos do prédio.

Pelo caminho, passamos por vários homens de aspecto tosco no corredor externo, um deles com uma cabra amarrada em uma corda. Todos parecem estar esperando alguma coisa, apesar de nenhum deles nos seguir enquanto somos levados até os arquivos. Abaixo a cabeça enquanto passamos, imaginando se me veem como mulher com meus cabelos presos dentro do chapéu, pois me acostumei a usá-lo quando cavalgo.

Somos deixados, sem comentários, em uma sala cheia de gente, inundada de livros e todos os tipos de papéis soltos. Nada ali parece ter ordem, mas, após uma inspeção cuidadosa, conseguimos separar três categorias distintas: nascimento, morte e certidões de casamento; processos judiciais e levantamentos topográficos.

Começamos com os levantamentos topográficos, dividindo-os pela metade, com Dimitri trabalhando em uma pilha e eu na outra. A datação dos arquivos é de centenas de anos ou mais, e passamos os olhos pelas páginas procurando anotações sobre a terra de Loughcrew. A área externa de Oldcastle é claramente rudimentar, e ainda estávamos no início da tarde quando terminamos com as duas pilhas.

– Provavelmente não há necessidade de procurarmos nas certidões de casamento – diz Dimitri, encostando-se em sua cadeira para espreguiçar. – Vamos passar direto para as disputas legais, pode ser?

As horas passadas examinando manuscritos com letras pequenas e extremamente ilegíveis fizeram efeito, e resisto em dar um bocejo.

– Mas por que encontraríamos informações sobre o marco de pedra misterioso nas disputas legais?

Ele endireita a cadeira que mal faz barulho no piso de madeira.

– Podemos não encontrar, mas talvez houvesse uma disputa da terra, permissão para estudá-la ou algo dessa natureza. É uma das poucas opções que nos restam. Acho que devemos eliminá-la como uma possibilidade antes de apelarmos para uma busca meticulosa nos estudos do sr. O'Leary, não acha?

Eu suspiro:

– Suponho que sim. Vamos. – Aponto para as pilhas de papel à direita de Dimitri. – Dê-me a metade.

Não digo o que estou pensando: que uma busca meticulosa na biblioteca do sr. O'Leary soa cada vez mais promissora. Embora eu tenha certeza de que ele e Brigid estão escondendo alguma coisa, preferiria evitar um confronto até sabermos mais. Se estão trabalhando em favor das Almas, como estou começando a acreditar, prefiro encontrar o que precisamos e voltar para Londres imediatamente.

Ler de forma laboriosa as disputas legais é muito mais difícil do que encontrar uma coerência nos levantamentos topográficos. Enquanto os levantamentos geralmente eram feitos por homens com alguma instrução, as disputas legais eram executadas com uma caligrafia restrita e vinham cheias de erros ortográficos tão grosseiros que, às vezes, não consigo decifrar as palavras de forma alguma. Mas, pelo que entendi, há várias discórdias perto de Oldcastle relacionadas a animais roubados, furtos na frente das pequenas lojas que se estendem pelas ruas da cidade, brigas de bêbados nos bares e dívidas não pagas.

Porém, não há menção de Loughcrew, e, quando Dimitri e eu chegamos ao fim de nossas respectivas pilhas, o senhor idoso que no início nos levou até os arquivos já tentara duas vezes fechar o recinto.

A decepção é evidente no rosto de Dimitri, e tento parecer alegre ao conter meu próprio descontentamento.

– Bem, ainda acho que valeu a pena o esforço.

– Não posso dizer que concordo – resmunga ele, estendendo o braço para que eu o segure. – Mas eu *diria* que lhe devo uma refeição decente depois de obrigá-la a passar a tarde com tantos aborrecimentos. Também podemos ver se há uma pousada na qual possamos jantar enquanto estamos aqui.

Sei que está escondendo seus próprios ressentimentos em consideração a mim e aperto seu braço quando pisamos na rua em frente ao prédio dos arquivos.

– Vejamos... – Dimitri observa a rua, tentando avaliar a melhor possibilidade para uma boa refeição ao descermos a pequena rua que vai dar nas lojas e bares de Oldcastle.

Ele está olhando para a direita enquanto olho para a esquerda, tentando fazer minha parte à procura do jantar, quando vejo uma pessoa desaparecer na esquina adiante. O vulto não chamaria atenção, salvo um detalhe: a capa amarela que sacode com a brisa, planando na esquina logo que a pessoa desaparece. Ela se destaca com um raio de sol no meio das roupas marrons e cinza dos cidadãos. Sem pensar, largo o braço de Dimitri.

Depois corro.

O chão está escorregadio sob meus pés, mas nem tento conter meus passos. Os primeiros traços de desespero infiltraram-se em minha consciência. A profecia não nos concede um tempo ilimitado. A pedra da serpente está ficando mais fria a cada dia, e minha irmã, mais poderosa. Se houver até mesmo a mais ínfima chance de Maeve McLoughlin ter as respostas que precisamos, é uma chance pela qual vale a pena arriscar.

– Espere! Pare! Você, de capa amarela! – grito enquanto corro, sacudindo os braços na multidão quando possível e empurrando quando necessário.

Não deve ser incomum ver uma pessoa perseguindo outra nas ruas de Oldcastle, pois ninguém presta atenção em mim, a não ser um trabalhador, que grita: "Precisa ter maneiras melhores!" quando passo abrindo caminho.

Tentando manter o equilíbrio perto de um prédio ao virar bruscamente a esquina, espero e torço para que a mulher chamada Maeve ainda esteja à vista. Consigo controlar o corpo e fico aliviada ao ver sua capa sacudindo no meio da multidão à frente.

— Maeve McLoughlin! — grito, lançando a voz no meio das pessoas como se elas fossem carregá-la. — Espere! Não vou machucá-la!

Ela olha para trás ao ouvir seu nome, e percebo de relance o rosto sujo e os olhos assustados. Ouço fragmentos de conversas enquanto corro:

— ... *Maeve maluca...*
— *Você sabe como ela...*
— *... são aqueles McLoughlin!*

Então ouço a voz de Dimitri atrás de mim:

— Lia! O que está fazendo?

Corro mais rápido. Mais forte. Não tenho tempo para as perguntas que ele fará, se me alcançar. Elas terão de esperar até que eu alcance Maeve McLoughlin.

A distância entre nós diminui quando ela se aproxima de uma intersecção de terra mais adiante, e obrigo minhas pernas a irem mais rápido, mesmo com os pulmões queimando pelo esforço de correr tanto e tão rápido. Quando ela chega à rua, estamos somente a alguns metros de distância, e eu me arremesso, agarrando a capa amarela assim que ela pisa a rua.

Nós duas caímos, e o chapéu voa de minha cabeça, meus cabelos caem sobre meus ombros com seus cachos espessos quando chegamos ao chão. Eu a puxo alguns metros para trás, pouco antes de uma carroça passar assustadoramente perto.

Ela está de lado e eu a viro de costas, meu fôlego curto e rápido quando Dimitri surge atrás de mim.

– Mas o que é que você pensa que está... – Ele para de súbito quando dá a volta para ficar ao meu lado e vê minha mão segurando o braço de Maeve para tentar impedir que ela fuja outra vez.

Ela não fala. Não a princípio. Apenas olha em meus olhos, os seus brilhando de medo e com uma série de perguntas não ditas que eu, de alguma forma, sei que ela guardou durante muitos e muitos anos.

– Por favor, não fuja – falo da maneira mais suave e gentil possível, apesar de ainda estar sem fôlego. – Nós não vamos machucá-la. Só queremos fazer algumas perguntas. Posso soltá-la agora? Vai falar conosco?

Ela me fita durante um bom tempo, enquanto as pessoas na rua começam a se mover mais uma vez, passando por cima e ao redor de nós, seguindo com suas vidas.

Por fim, Maeve olha para meu pulso, e uma pequena parte da marca está visível na abertura da manga de minha camisa, que agora está levemente virada. Tenho a intenção de puxá-la para baixo para esconder a marca, mas, quando vejo seu olhar, eu a entendo pouco antes de ela afirmar que está de acordo, falando as únicas palavras que preciso ouvir:

– Eu vou ajudá-la.

21

A caminho de uma pequena taberna nos arredores da cidade, pedimos comida para nós e Maeve, que parece estar com fome. Sentamos em silêncio enquanto ela devora, decidida e concentrada, duas tigelas de sopa quente. Só depois de trazerem um bule de chá fresco é que ela começa a falar:

– Não sou maluca. – Seus olhos são inocentes, e não consigo parar de pensar que talvez o sr. O'Leary tenha dado uma impressão falsa da inteligência de Maeve somente para tirá-la de nosso caminho.

Dimitri não comenta de imediato sobre o que ela disse. Em vez disso, aponta para a tigela vazia diante dela.

– Gostaria de outra tigela de sopa?

Maeve olha para a tig\ela como se considerasse a oferta antes de fazer não com a cabeça.

– Já estou satisfeita – afirma ela, olhando para ele. – Obrigada.

Dimitri assente de volta, sorrindo.

– Por nada.

Ficamos sentados em silêncio por um momento, antes de eu ter coragem de perguntar, por mais rude que pareça, o que me vem à cabeça primeiro:

– Por que as pessoas *dizem* que você é maluca? Já que não é, quero dizer.

Fico aliviada por ela não parecer ofendida.

– Porque caminho durante todas as horas do dia e da noite. Porque amo os marcos de pedra. E porque... – Ela se cala, olhando para sua capa suja e calças rasgadas, não muito diferente das minhas, embora as dela estejam um pouco mais usadas. – Bom, porque não me visto adequadamente como uma dama, eu suponho.

Eu sorrio, com um fio de semelhança aparecendo entre nós.

– Sei exatamente o que quer dizer.

O sorriso que me devolve não é sincero, mas acho que vejo uma pontinha de camaradagem em seus olhos.

– Por que você ultrapassa os limites dos marcos de pedra se o sr. O'Leary disse para que fique fora da área? – pergunto, moderando a voz antes de continuar para que não pense que minhas palavras são uma acusação ou ameaça: – Você pode se machucar.

Seu rosto se contrai de desgosto.

– Ah! O velho Fergus não acharia correto atirar. – Ela franze a testa como se contemplasse as próprias palavras. – Pelo menos eu espero que não.

– Mesmo assim – diz Dimitri. – O que seria tão importante para você se arriscar?

Ela envolve com sua mão surpreendentemente pequena na xícara de chá a sua frente.

– Não é tão importante quanto especial – murmura ela.

– O que é especial? – pergunto com cuidado, não querendo assustá-la com a insistência. – Os marcos de pedra?

Ela afirma como se fosse para si mesma.

– Os marcos de pedra, com certeza, mas não são eles simplesmente. – Suas palavras são suaves, com uma cadência estranha que as fazem parecer repetitivas mesmo quando não são. Entendo por que os cidadãos ignorantes a rotulam de maluca, mas não penso que seja uma avaliação precisa. – É um dos marcos. O que é especial.

Dimitri e eu nos entreolhamos, e sei que estamos pensando no marco de pedra que falta no mapa do sr. O'Leary.

Volto a olhá-la.

– E por que isso, Maeve? Por que ele é especial?

Ela manuseia a colher torta que está perto de sua xícara em cima da mesa. É difícil não pressionar. Sinto que estamos perto de alguma coisa, algo que deixará, de certa forma, tudo em ordem, mas tenho medo de que, se eu ficar excessivamente ávida, perderemos a pouca chance que temos de obter uma possível resposta.

Enfim ela fala, apesar de não tirar os olhos da colher:

– Não é possível falar dele. Não exatamente.

– Por quê? – A voz de Dimitri é inquisitiva, mas gentil. – É um segredo?

Uma risada curta e irônica escapa de sua boca, e várias pessoas nas mesas próximas olham, com os olhos baixos e suspeitos.

– Um tipo de segredo, isso é verdade mesmo.
Respiro fundo.
– Pode nos contar?
A respiração fica presa em minha garganta quando levanta a cabeça, estreitando o olhar para mim. Há muita sabedoria ali.
– Por que não pergunta para Fergus O'Leary?
Dimitri continua olhando-a.
– Estamos perguntando a você.
Ela olha para meu pulso antes de voltar a olhar para meu rosto.
– Eles já vieram aqui antes, procurando por ela. – Algo mais sinistro do que o medo penetra em sua expressão. – Você é um deles?
Não sei quem ela quer dizer. Não exatamente. Nem mesmo sei se está pensando com lucidez. Mas sei o que vejo. Sei que teme quem quer que tenha vindo antes de nós.
Balanço a cabeça.
– Não. Não sou um deles.
Ela volta a se sentar na cadeira, examinando Dimitri e a mim antes de falar:
– Temos que ir esta noite. Tenho esperado, mas não aconteceu ainda. Deve ser a qualquer dia agora.

☙

– Está congelando! Diga outra vez por que temos que esperar a noite toda?
A insistência de Maeve para que esperemos dentro do marco de pedra até amanhecer a princípio foi intrigante, mas as ho-

ras que passamos agachados na escuridão no fundo da caverna com somente uma pequena tocha para nos manter aquecidos esfriaram meu entusiasmo.

– Por causa da aurora. Não é uma coisa exata. E, se você perder, terá que esperar outro ano.

– E você faz isso todo ano? Senta-se no marco de pedra esperando o sol nascer? – O ceticismo é evidente na pergunta de Dimitri.

Maeve balança a cabeça. Os cabelos negros embaraçados até os ombros dão algum crédito à aparência, pelo menos, de que ela é maluca.

– Só em março.

Ergo as sobrancelhas.

– Só em março? Mas por quê?

Ela suspira, falando como se fosse para uma criancinha:

– Porque é quando acontece. Pelo amor de Deus, você faz perguntas demais! Se simplesmente espiar, verá o que quero dizer.

Consigo ficar em silêncio só por um momento.

– Perdoe-me, mas...

– Que coisa! – Ela joga as mãos para cima. – O que é agora?

Endireito a coluna, tentando manter minha dignidade, mesmo começando a me sentir uma tola por causa de minha impaciência.

– Só estava pensando em como você pode ter certeza de que esse... evento ou... seja lá o que for, vai acontecer nesse nascer do sol?

Ela se encosta na pedra fria da caverna.

– Nada nunca é certo, mas tenho tanta certeza quanto se pode ter.

– Sim – diz Dimitri, ocultando a hesitação em sua voz, mesmo tendo vontade de incitar a ira de Maeve. – Mas por quê? Por que tem tanta certeza quanto se pode ter?

Os olhos de Maeve permanecem fechados enquanto ela fala:

– Porque hoje é 22 de março, e não aconteceu ontem ou antes de ontem, então tem que acontecer hoje ou amanhã.

Eu desenho distraidamente na terra com meu dedo.

– E sempre acontece em um desses dias?

É cada vez mais difícil não ficar zangada aguardando um evento do qual Maeve tem tanta certeza, mas que parece cada vez mais absurdo à medida que esperamos sentados, congelando, dentro da caverna.

– Bem, não exatamente. Há dois anos, aconteceu no décimo nono dia do mês, mas foi bastante incomum. Agora venho antes, só para garantir.

– Entendi. E conte-me outra vez sobre os outros. Os que vieram antes de nós. – Estava com medo de perguntar, mas parece que temos tempo de sobra. Mais vale passá-lo aprendendo o máximo que pudermos.

Maeve desencosta a cabeça da parede de pedra da caverna. Seus olhos, cheios de entusiasmo e mistério, encontram os meus na pouca luz oferecida pela tocha.

– Não gostaria de falar sobre eles.

Concordo, suspirando:

– É lógico, Maeve.

Ficamos em silêncio e vou para perto de Dimitri, tentando absorver um pouco do calor de seu corpo. Após um tempo sua respiração fica mais lenta, e pouco depois caio no sono também.

– Acordem! Está acontecendo!

Sou acordada com uma sacudida forte e abro os olhos para ver o rosto sujo de Maeve bem na frente do meu. Não tenho que perguntar ao que ela se refere. Mesmo durante o pouco tempo de sono que tive, minha mente estava alerta, esperando pelo evento que a mulher nos levou ali para testemunhar.

Dimitri fica de pé imediatamente, estendendo a mão para me ajudar a levantar.

– Onde está? – pergunta ele a Maeve, olhando ao redor.

– Bem aqui! Bem aqui! – Ela não consegue conter o entusiasmo, e olho ao redor no interior da caverna, querendo saber o que estou perdendo. – Venham! Por aqui!

Ela me puxa para o lado, virando meu corpo para que eu veja o fundo da caverna e a parede de pedra que se ergue do solo.

– Apenas esperem. – Suas palavras saem junto com um suspiro esbaforido, e sei que, seja lá o que ela estiver esperando, virá.

Começa com o sol enquanto Dimitri está atrás de mim, nós dois na lateral do caminho estreito que atravessa a caverna até o local onde estamos agora. O marco de pedra, antes escuro, com exceção da mínima luz oferecida pela tocha, começa a ficar levemente brilhante com o amanhecer.

O sol nascente, subindo no céu em algum lugar fora do marco de pedra, lança seus raios diretamente através da caverna, um retângulo de luz dourada que vai se tornando visível no canto posterior da parede mais distante da entrada. Parece algo pequeno, mas não consigo compreender como a luz, enviada de milhares de quilômetros de distância, pode encontrar seu caminho por entre as reviravoltas da caverna de tal maneira que ilumina a parede dos fundos.

E isso não é tudo.

Enquanto observamos, a luz se move da esquerda para a direita, ficando maior no instante em que desliza em direção ao fundo do marco de pedra. Quando alcança o centro, toda a pedra parece estar acesa com fogo, os complexos entalhes ficam visíveis em toda a sua misteriosa e sagrada glória. É impossível imaginar como as pessoas que criaram os marcos de pedra, há milhares de anos, conseguiram alinhar tudo exatamente assim. O fato de ser projetado para ressaltar a pedra de trás somente uma vez ao ano é um mistério ainda maior, mas logo depois as palavras me vêm como aconteceu no nevoeiro de Altus: *o Equinócio da Primavera*.

O marco de pedra é projetado para que o sol ilumine a pedra de trás somente durante o equinócio da primavera.

Naquele momento, sinto tudo mais intensamente. Dimitri atrás de mim, nossos corpos se tocando só o suficiente para eu registrar o ritmo acelerado de sua respiração enquanto ele observa o sol fazer sua jornada pelos entalhes nas paredes da caverna. Sinto o chão do marco de pedra, frio e sólido, com centenas de anos, sob minhas botas; o cheiro úmido e metálico da pedra dentro da caverna; e a terra acima, na qual ela repousa.

A luz demora alguns minutos para fazer seu caminho do centro da pedra de trás para a direita, diminuindo à medida que continua sua jornada. Ficamos de pé, sem nos mover ou falar, vendo a luz caminhar, até o marco de pedras ficar escuro outra vez, o retângulo de iluminação ficando cada vez menor, até não passar de uma cabeça de alfinete, brilhante como uma estrela, pouco antes de desaparecer por completo.

Ficamos estáticos por um momento. Quando finalmente olho para cima, girando a cabeça para olhar para Dimitri atrás de mim, seus olhos encontram os meus. Neles está o elo de nossa história compartilhada, a história do nosso povo, e, sim, o futuro que nós dois imaginamos juntos. Seu sorriso é um segredo, e eu, de alguma forma, tenho certeza de que deste momento em diante estamos unidos através do tempo e do espaço.

22

Recuperando aos poucos minha sanidade mental, viro-me para Maeve, que ainda está olhando com profunda atenção para o local onde o último ponto de luz desapareceu. Ela deve sentir meu olhar porque se vira para mim, seus olhos mais claros do que os vi nas poucas horas desde que nos conhecemos.

– Obrigada. – Minhas palavras são um sussurro. Quero lhe dizer que reconheço o mistério do momento, mesmo que ele não tenha nos trazido as respostas que procuramos.

Seu rosto se ilumina com um sorriso.

– Não deveria me agradecer por enquanto. Ainda preciso mostrar o que você está procurando.

Achei que ela ia tentar decifrar as marcas na pedra dos fundos, mas, em vez disso, ela me puxa para o lado da pedra e se agacha para olhar algo bem perto do chão.

– Não é a pedra dos fundos em si, sabe, apesar de eu me perguntar se talvez ela diz a mesma coisa usando símbolos que há muito tempo sumiram.

Ela acena para Dimitri se aproximar, apontando para a tocha dele, e ele se abaixa, segurando a chama bem perto da parede.

Não vejo nada fora do comum. Somente uma borda plana e pequena entalhada no meio, abaixo de um trecho longo de pedra que vai até o teto da caverna.

– Espere... – Dimitri toca a parede com a mão que está livre, esfregando um pouco da sujeira até que ela se levanta como partículas de poeira sob a luz da tocha. Quando fala novamente, é com um murmúrio de surpresa: – Tem alguma coisa aqui.

Observo mais de perto, imaginando se está bem da cabeça, já que não vejo nenhuma marca. Mas, então, a mão de Dimitri se move com mais leveza, a luz ilumina um torrão na parede, e começo a ver.

Estendendo o braço, segurando a bainha de minha camisa, limpo a parede da caverna com mais cuidado perto do local onde estou começando a perceber algum tipo de marca. Não levo muito tempo para ver que Dimitri tinha razão.

Tem algo ali, no fim das contas.

– Segure a tocha. – Dimitri a entrega para mim, e aponto a chama na direção da parede enquanto ele se inclina para a frente.

Ele não fala durante um bom tempo, e começo a imaginar se talvez tenhamos nos precipitado, se talvez as marcas não tenham nada a ver com a Pedra.

Mas, quando ele se vira para olhar em meus olhos, eu sei que elas têm a ver.

– É a profecia. Está escrita aqui, *entalhada*, em latim.

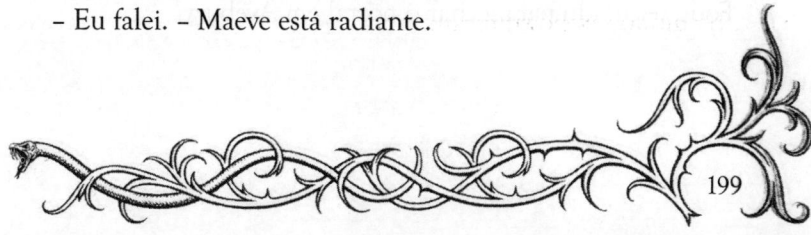

– Eu falei. – Maeve está radiante.

— Isto é tudo? — Chego mais perto, querendo ver com meus próprios olhos, apesar de minha infeliz incapacidade de falar latim. — E diz alguma coisa sobre a Pedra? Ela está escondida aqui? Ele examina com os dedos as letras entalhadas na parede.

— Não exatamente.

— "Não exatamente"? — Não me incomodo em esconder minha impaciência.

— Ela lista a profecia, tanto a página que você encontrou na biblioteca de seu pai quanto a que encontrou em Chartres. — Ele faz uma pausa, sua voz fica mais grave com a concentração: — E depois aqui diz, *grosso modo*, e em latim, "*Na primeira luz de Nos Galon-Mai liberte os que estão atados pelos Caídos em batalha com o poder desta Pedra e as palavras de seu Rito*".

Balanço a cabeça.

— Espere um pouco... "as palavras de seu Rito"? — Quer dizer que ela se refere ao Rito dos Caídos? Aí diz qual é o Rito?

Ele franze as sobrancelhas ao inclinar-se para mais perto da parede.

— É... é impossível. Aqui diz alguma coisa sobre... vejamos... um círculo que é traçado por anjos do passado, e... alguma coisa sobre reunir o poder das Irmãs para fechar o Portal da Guardiã, mantendo o mundo a salvo da Besta... das Eras. — Ele se volta para mim, seus olhos brilham, sua voz revela a exaltação que está tentando não denunciar. — É difícil decifrar a tradução exata aqui e agora. A parede está suja, as palavras foram entalhadas há muito tempo, mas parece mesmo ser algum tipo de encantamento.

— Um encantamento? — pergunto. — Então é um feitiço? Pode ser usado para fechar o portal em Avebury?

Dimitri responde devagar, e posso ver sua mente funcionando:

– Parece que sim. Na verdade, qualquer feitiço poderia ser chamado de Rito também, eu suponho. E aqui realmente diz "com o poder *desta* Pedra", o que pode significar que a Pedra estava aqui, escondida com as palavras do Rito o tempo todo.

– Só que não estava. Ou não está agora, em todo caso – digo, procurando ao redor. – A não ser que... – Olho para Maeve. – Você pegou alguma coisa, Maeve? Havia alguma coisa aqui antes que não está agora?

A raiva irradia em seus olhos.

– Eu não peguei nada! Só vim olhar. – Ela vira a cabeça, olhando, resoluta, para a parede do marco de pedra como se isso fosse me impedir de fazer a pergunta que parecia sentir que estava por vir. Quando ela fala novamente, é murmurando:

– Essa outra gente é que pegou. Eu só olho. Olhar é tudo o que faço.

Suas palavras me fazem pensar em algo, e me aproximo da saliência logo abaixo das palavras entalhadas do Rito. O chanfro na pedra é regular e redondo. Olho para cima, e os olhos de Dimitri encontram os meus através das sombras da caverna.

Volto-me para Maeve.

– Sinto muito, Maeve. Eu entendo agora. Você somente olha. São os outros que levam. Os outros que *levaram*, não é isso?

Ela me olha somente por um momento, antes de virar o rosto mais uma vez, mas é tudo de que preciso.

Falo com Dimitri:

– Vamos.

Acabamos de deixar os cavalos no estábulo e estamos nos preparando para ir para casa quando Dimitri segura meu braço.

– Eles não fazem parte da Guarda, disso podemos ter certeza.

Eu concordo:

– Sim, mas isso não significa que não estão trabalhando em nome da Guarda, e não significa que não são perigosos por mérito próprio.

Dimitri concorda.

– No entanto, estão envolvidos de alguma forma. Desde que chegamos, fizeram tudo o que estava ao alcance deles para garantir que não encontrássemos o marco de pedras.

– Ou a Pedra – acrescento. – Além disso, fazem perguntas demais, mostram muito interesse em nossas idas e vindas.

– Como se sente? – Ouço a hesitação em sua pergunta e sei que não tem prazer em perguntá-la.

Olhando para ele enquanto a luz clara da manhã flui dentro do celeiro, estou igualmente ofendida por achar que sou fraca e grata por ele sentir minha força definhando.

– Eu estou... lutando. Lutando para continuar forte.

Seu olhar abranda.

– Você está sempre lutando, Lia. Disso nunca duvidei. Preciso saber o quanto está forte agora. Neste momento. – Seus olhos incendeiam mais profundamente nos meus. – E você precisa ser honesta.

Engulo em seco, olhando para o lado e respirando fundo antes de falar:

– Não estou tão forte quanto gostaria de estar. A pedra da serpente está quase fria. Meu poder... – Viro-me para ele, desejando que veja convicção em minha dúvida. – Bem, ela certamente está mais fraca do que estava há três meses, quando eu podia contar com toda a força da autoridade de tia Abigail para aumentar a minha. Mas ainda sou mais do que capaz de aguentar uma briga, se esta for sua preocupação.

– Não sei o que enfrentamos, Lia. Gostaria de... – Ele esfrega a mão no rosto, um suspiro de frustração escapa de seu corpo: – Gostaria de ter um lugar seguro para mandá-la, mas temo que não haja nenhum lugar mais seguro para você do que ficar comigo.

Ergo o queixo.

– Eu não iria, de qualquer forma. Meu lugar é aqui, dando um fim à profecia.

Um sorriso de admiração surge em sua boca.

– E?

Fico na ponta dos pés, enroscando meus braços em seu pescoço e inclinando a cabeça para trás para olhar em seus olhos.

– E – digo – com você. Meu lugar é ao seu lado.

Um de seus braços desliza até minha cintura e ele puxa meu corpo para perto do seu.

– Então você vai ficar.

Sua boca, quando encontra a minha, é macia e carinhosa. Nosso beijo dura apenas um momento, mas de alguma forma me sinto mais forte quando nos separamos, e ao caminharmos para a casa digo a mim mesma que juntos podemos fazer qualquer coisa. Digo a mim mesma que não importa se o sr. O'Leary e Brigid trabalham a favor das Almas, da Guarda ou do próprio Samael.

Então digo a mim mesma que acredito nisso, apesar de a voz no fundo de minha mente me chamar de mentirosa.

🙞

Eu tinha a impressão de que estava preparada para qualquer coisa, mas, ao entrar na sala de visitas e ficar cara a cara com uma espingarda de caça, percebo que isso não é verdade.

– Por que não entram agora? – O sr. O'Leary está sentado em sua cadeira na sala, segurando a arma como alguém que está acostumado a fazer isso. – Acredito que precisamos ter uma conversa.

Brigid está parada atrás da cadeira do pai, e posso ver seus olhos escuros e indescritíveis à luz da lareira.

Dimitri pega minha mão, puxando-me para perto de si e passando na minha frente para que meu corpo fique protegido pelo seu.

– Não vejo nenhuma necessidade para a arma, sr. O'Leary. Certamente podemos ser sensatos um com o outro.

A risada do velho é irônica.

– Vi como sua gentileza significa "sensatez". Acredito que não concordamos com essa definição.

Não posso ver o rosto de Dimitri, mas sinto sua confusão.

– Não sei bem o que quer dizer por "minha gentileza", mas acredito que esteja com algo de que precisamos.

O sr. O'Leary estreita o olhar para Dimitri.

– Tenho certeza de que não tenho nada que é seu.

Dimitri assente devagar.

– É verdade que não é meu, mas também não é seu, não é? E prometo, nosso propósito é muito mais nobre do que esse ao qual você aderiu.

– Como se atreve? – interrompe Brigid, com os olhos flamejando. – Acha que somos tão ingênuos que vamos acreditar em suas mentiras? Que vamos confiar o mundo ao destino sombrio que está aguardando em suas mãos?

A confusão aparece nos olhos de Dimitri dentro do silêncio que se segue enquanto tento compreender a turbulência de minha própria mente. Vejo Brigid, seu olhar muito curioso sondando o meu. Suas várias perguntas. Seu conhecimento incomum.

Saindo detrás de Dimitri, procuro falar com calma:

– Seja lá o que for que acreditem, eu prometo, estamos do lado de vocês.

Dimitri vira para me olhar, com um semblante confuso e abalado.

– Lia? O que está fazendo?

Caminho até Brigid, tentando não olhar para a arma apontada em minha direção.

– Você a pegou, não foi? Pegou a Pedra do marco de pedra?

Confiante, ela não pisca com a minha aproximação. Seu pai, ao contrário, fica tenso:

– É melhor você se afastar de minha filha. Está na hora de saírem desta casa juntos, creio eu.

– Sinto muito, sr. O'Leary, mas não posso fazer isso. – Tenho que engolir o nó de medo que surge em minha garganta para conseguir falar.

Dimitri caminha em nossa direção.

– Lia, eu...

O som da arma sendo erguida faz com que Dimitri se afaste.

– Você não está só, Brigid. – Pego em meu pulso esquerdo, levantando a manga de minha camisa o suficiente para que a marca fique visível.

Ela olha para meu pulso, e noto seu peito erguer e descer com sua respiração, que acelera ao ver minha marca. Seguro seu braço.

– Posso?

Ela permite, mesmo quando seu pai grita:

– Você não fará isso! Agora! Tire suas mãos da minha filha!

Mas eu não posso. Ouço a voz distante de Philip: *Já me disseram, sabe, que a garota não mora mais na cidade. Ao que tudo indica, a mãe morreu no parto, e o pai a levou para longe alguns anos mais tarde.*

Eu de certa forma espero ouvir o barulho da arma, mas é a voz de Brigid, mais macia do que ouvi durante o tempo em que estamos em Loughcrew, que quebra a tensão:

– É ela, papai. Exatamente como Thomas disse.

Tremo com o choque que sinto ao ouvir o nome de meu pai e seguro sua mão. Agora entendo por que seus vestidos são tão largos, as mangas tão longas, pois quando suspendo a manga para revelar a pele macia de sua mão esquerda, posso ver a marca.

A marca de Sonia. A marca de Luisa. A marca de Helene.

A marca da última chave.

– Foi o que pensei. – A pele de Brigid está quente sob meus dedos, e esfrego o polegar sobre aquele símbolo familiar. O Jorgumand. A cobra comendo o próprio rabo. O círculo.

Virando meu pulso, cruzo meu braço sobre o dela, alinhando nossas marcas. Nosso olhar se cruza por um momento, antes de ela olhar para o pai, atrás de mim. Seu gesto de permissão é quase imperceptível, mas parece ser tudo de que o sr. O'Leary precisa.

Ele larga a arma, pausando por um longo tempo antes de falar:

– Parece que temos muito o que conversar, no fim das contas. E pouco tempo para fazer isso.

23

— Seu pai era bem mais inteligente do que pensei no início. E eu já o achava muito inteligente, de fato. — Dimitri me olha por cima do vapor que sobe de sua xícara de chá.

Passou-se menos de uma hora desde que sr. O'Leary baixou sua arma. Dimitri e eu passamos esse tempo informando-lhe os detalhes sobre a profecia, os Mundos Paralelos, as Almas, as outras chaves. Esperava que Brigid ficasse incrédula, negando as coisas que ainda soam fantásticas quando ditas em voz alta.

Mas ela não faz isso. Simplesmente fica sentada, absorta, como se soubesse que tudo era verdade o tempo todo.

Olho para ela.

— Você nasceu na Inglaterra como as outras, não foi? Como veio parar em Loughcrew, no mesmo lugar que se esconde o Rito?

Não é Brigid quem responde, mas seu pai:

— Minha esposa morreu no parto, entende? Estávamos na Inglaterra para que sua família, que mora perto de Newbury, pudesse ajudar com o nascimento, mas não adiantou nada.

Brigid estende o braço para acariciar a mão do pai.

— Ficamos na Inglaterra para que a família de minha mãe pudesse ajudar a cuidar de mim, mas, quando eu tinha dez anos, um visitante chegou e mudou tudo.

— Meu pai. — Penso nas várias viagens dele e imagino qual delas fez com que se tornasse possível para mim encontrar a última chave tantos anos depois. Imagino o que eu estava fazendo enquanto ele organizava os eventos que garantiriam meu possível futuro.

O sr. O'Leary confirma:

— Suponho que sim. No início eu não queria ser o encarregado de cuidar deste lugar desolado, mas Thomas me prometeu uma boa casa para morar e cuidar de Brigid, além de uma pensão para o resto da minha vida. Parecia uma chance de recomeçar, e agradeci a Deus por isso, mesmo temendo as coisas que ele me disse.

— E o que ele lhe disse? — pergunta Dimitri.

O sr. O'Leary olha para baixo, para a mesa do chá danificada.

— Que a marca que minha filha carrega no pulso significava que algo do mal viria atrás dela. Que nossa única esperança era desaparecer. — Cruzamos o olhar. — Desaparecer e esperar por você.

Balanço a cabeça.

— Por que não disse nada? Achamos que estavam... isto é, questionamos se poderiam estar trabalhando em favor do outro lado.

O sr. O'Leary ri.

– Pensamos o mesmo de vocês. Seu pai não nos deu seu nome. Ele achou que seria perigoso caso alguém, ou alguma coisa, tentasse... – Ele se contorce com desconforto em sua cadeira. – Caso fôssemos pressionados a revelar nossa identidade.

– Mas como soube que viríamos? – pergunta Dimitri.

Brigid responde, sentada na cadeira ao lado do pai:

– Simplesmente nos disseram que uma mulher viria. Que ela teria a marca no pulso e que estaria procurando pela Pedra. Mas nos avisaram que outros também poderiam vir atrás dessa pedra. E que deveríamos temê-los. – Ela olha para Dimitri. – Ele não mencionou que um cavalheiro estaria acompanhando a mulher, e tivemos vários "pesquisadores" duvidosos durante todos esses anos. Pesquisadores que rejeitamos para proteger a Pedra, já prevendo sua possível chegada. Aprendemos a ser cautelosos, e, quando não voltaram depois de sua viagem até Oldcastle, bem, deduzimos que haviam encontrado algo lá para ajudá-los na localização da Pedra, ainda mais que, por coincidência, era o equinócio.

Observo a marca exposta em meu pulso antes de olhar para Brigid.

– Tomei tanto cuidado para esconder minha marca de você.

Brigid sorri.

– Eu também.

Sinto uma emoção repentina ao perceber que agora temos a última chave e o Rito. Que estamos dois passos mais perto de acabar com a profecia para sempre.

Mas essa vitória é tanto agradável quanto dolorosa sem a Pedra.

Como se estivesse lendo minha mente, Dimitri fala:

– Mas com certeza estão cientes de que a Pedra não está no marco de pedra? Estivemos lá esta manhã com Maeve McLoughlin durante o equinócio. Era óbvio que a Pedra deveria estar lá, para ser iluminada pelo sol uma vez a cada ano, mas creio que não está.

O sr. O'Leary não parece surpreso.

– Maeve é bem inofensiva, mas tem o mau hábito de chamar a atenção para o marco de pedra a cada primavera quando espera pelo equinócio. Não podíamos arriscar que ela levasse a pessoa errada até a Pedra.

– E é por isso – diz Brigid, levando a mão até o corpete de seu vestido – que eu a tenho guardado com minha própria vida já há alguns anos.

Seus dedos seguram uma corrente prateada, a qual ela puxa até revelar um saquinho preto de cetim em sua ponta. Ela levanta a corrente presa em seu pescoço, segurando o saquinho e abrindo-o. Quando o vira de cabeça para baixo, uma pedra grande cai dele em sua outra mão.

Espero que ela seja linda, que brilhe e cintile com poder, mas parece ser uma simples pedra cinza, ainda que tenha uma forma oval perfeita.

– Você... Você tem certeza de que é a pedra certa? – Não quero ofender os O'Leary, mas é difícil acreditar que tal pedra, que é exatamente igual a todas as outras dentro dos marcos de pedra de Loughcrew, possui o poder de nos ajudar a fechar o Portal para Samael.

Brigid sorri e noto que os sorrisos que vimos em seus lábios até agora não passavam de fachada comparados ao brilho desse de agora.

— Confie em mim. Quando é iluminada pelo sol, brilha tanto que humilha as outras pedras. Foi assim que a encontramos, como soubemos que era a verdadeira. Mas não é o único motivo. — Ela me entrega a pedra. — Veja você mesma.

Sinto apenas indiferença ao estender meu braço, mas, quando minha mão se aproxima da Pedra, sou estranhamente atraída para ela. Quando a seguro, sinto seu poder. Não é tão forte quanto o poder que um dia esteve na pedra da serpente de tia Abigail, mas sinto o mesmo som, a mesma energia, zunindo debaixo da superfície macia e fria da pedra.

Levanto a cabeça e olho para Brigid, sorrindo.

Ela assente:

— É muito, muito mais forte, e quente também, quando é iluminada pelo sol. Eu... — Ela abaixa a cabeça, constrangida. — Eu me queimei, na verdade, na manhã em que a encontramos. Ela era tão linda. — Sua voz sai como se estivesse muito distante enquanto se lembra. — Não consegui me controlar para não segurá-la, mas, quando a peguei, quando finalmente a segurei na palma de minha mão, ela sacudiu até o centro de meu corpo com seu poder, queimando minha mão pouco antes de eu deixá-la cair no chão.

Ela vira sua mão para nos mostrar a cicatriz clara e saliente em sua palma.

Fecho meus dedos ao redor da pedra.

— E é... É seguro carregá-la?

Brigid afirma:

— Eu a carrego debaixo de meu vestido há anos. Ela só esquenta quando tocada pela luz do sol; mesmo assim, acontece somente durante o equinócio. Por quê?

– Porque temos que levá-la para Londres. – Olho para Dimitri antes de voltar a olhar para Brigid, respirando fundo. – E você precisa vir conosco.

❦

Pela primeira vez desde a rápida ida a Chartres, ando pela floresta sem Dimitri.

Estou a cavalo, correndo através das árvores com a Guarda atrás de mim. Sei que a floresta é na Inglaterra, apesar de ser noite e estar tão escuro que mal consigo ver o pescoço de Sargent.

A Guarda ainda está a alguma distância atrás de mim, porém ouço o galopar dos cavalos mesmo quando procuro aumentar essa distância entre nós. Os galhos baixos das árvores ricocheteiam em meu rosto e embaraçam meus cabelos, segurando-me como dedos gananciosos, tentando me atrasar e me entregar à Guarda de Samael. Inclinando-me para a frente, sobre o pescoço de Sargent, esporeio com desesperada insistência para que ele acelere, cravando meus calcanhares em seus flancos enquanto sussurro palavras de encorajamento em seu ouvido.

Não haverá uma segunda chance.

Estou começando a achar que não há esperança, pois a escuridão é infinita e os cavalos atrás de mim se aproximam mais a cada segundo, quando me livro das árvores, emergindo em uma clareira. Sinto os campos se estendendo diante de mim, mas é o fogo distante que me chama como um farol.

Suas chamas sobem, lambendo o céu, a única luz no meio da devastação fria dos campos ondulantes. Sem dúvida sei que é meu futuro destino. Apressada, vou em sua direção assim que a Guarda atravessa as árvores e entra na clareira atrás de mim.

Quando me aproximo do fogo, sombras se erguem ao seu redor, primeiro formando um pequeno anel bem perto da chama e depois mais longe, formando um círculo grande ao seu redor. Ao me aproximar do primeiro agrupamento, eu entendo. Avebury. Estou em Avebury.

Imensas pedras se posicionam como guardiãs ao redor do fogo, e, quando as atravesso, sei que estou na barriga da serpente. Como se respondesse à minha compreensão, o fogo rosna mais alto. Parece alcançar o céu quando um zunido distante surge ao vento, através dos campos, através da minha mente.

Uma estrutura se ergue ao redor do pequeno círculo de sombras, e estou quase acima delas, o zunido aumentando cada vez mais, até que compreendo quem elas são.

Os vultos se separam quando me aproximo, e Sargent vai para o centro do círculo de fogo antes que eu tenha a chance de instruí-lo do contrário. O pânico aperta minha garganta quando o círculo se torna completo outra vez, prendendo-me em seu interior, e o cântico dos que me cercam continua.

Mas não tenho tempo de me juntar à estranha cerimônia.

O tropel dos cavalos da Guarda é como um chicote trovejante no chão ao se espalhar, criando, assim, outro anel atrás dos vultos que me rodeiam.

Não noto que há relâmpagos no céu até que os vultos de túnicas diante de mim colocam suas mãos nos capuzes que deixam seus rostos à sombra. Quando o primeiro puxa o tecido para trás, fico estupefata e quase sem fôlego ao ver os olhos negros de Helene fitando os meus. As outras continuam em uma rápida sucessão – Brigid, Luisa, e, por fim, Sonia, seus olhos azuis e gélidos queimam até os meus com uma fúria incandescente.

É o suficiente para me fazer ofegar alto. No entanto, nem isso me prepara para o que vem a seguir. Ainda há mais uma. Uma pessoa que ainda não revelou sua identidade. Uma pessoa cuja face permanece um mistério, coberta.

Ela leva suas mãos delicadas até o tecido que cobre levemente seu rosto. Mal consigo suportar e olhar quando ela puxa o tecido, mostrando o belo contorno de seu rosto. Mas também não consigo virar o rosto. Estou paralisada quando o fogo e o céu que logo brilha iluminam suas feições.

É Alice. Ela está junto das chaves enquanto permaneço separada, rodeada não só pela detestável Guarda, mas pelas pessoas com as quais entrei em acordo para acabar com a profecia.

Só que isso não é tudo.

Sonia ergue os braços, pegando na mão de Alice à sua direita e a de Brigid à esquerda. As outras fazem o mesmo, dando as mãos e recriando o círculo. Suas marcas estão bem visíveis sob o sol nascente, e é isso o que me diz o quanto estive enganada, pois, quando Alice pega a mão de Sonia, seu pulso chama minha atenção.

Não é o pulso macio e imaculado de minha irmã.

Não.

Está estigmatizado com a marca. Não uma marca qualquer. A minha. Mesmo na etérea luz da manhã, vejo a serpente retorcida, enroscada no "C" em seu centro.

Desço das costas de Sargent quase sem pensar. Cambaleando em direção ao fogo, ergo minha manga, procurando desesperadamente a marca que sempre odiei, mas que agora quero ver, mais do que tudo, somente para provar que continuo sendo eu mesma. Mas ela não está lá. Meus olhos encontram apenas a pele sem marcas.

Logo depois o sol se ergue mais um milímetro no céu. Com isso, finalmente noto a Pedra suspensa em um tripé de madeira acima do fogo. É a mesma pedra cinza e simples que Brigid me mostrou.

Então, um pequeno raio de sol a toca com seus dedos gentis.

Logo, a Pedra emite um silvo agudo e um zunido que parecem combinar com aquele das silhuetas de túnicas, ainda cantando ao meu redor. A vibração da Pedra envia um solavanco em meu corpo e caio no chão, contorcendo-me de dor enquanto tudo tomba precariamente para os lados. Os cascos dos cavalos da Guarda parecem galopar em minha mente, mas não é isso o que congela meu coração de terror.

É meu entendimento inoportuno quando, finalmente, junto os fatos. A marca no pulso de minha irmã. O sorriso em seu rosto quando ela vê que entendi.

E minha própria compreensão de que Alice tomou meu lugar no meio do círculo, e eu tomei o dela. Desta vez, não sou uma salvadora para as Irmãs.

Sou inimiga delas.

Sento-me na cama, um grito preso em minha garganta, meu coração bate tão rápido e forte que tenho dificuldades para respirar. Não sei o significado do sonho. De jeito nenhum. Mas sei por que o tive mesmo antes de colocar a mão em meu peito.

O calor da pedra da serpente, mesmo ao esvanecer, sempre esteve presente desde o momento em que acordei em Altus há muitos meses. Agora fecho os dedos ao redor dela, tentando espremer cada pitada de calor que resta.

Ela está fria.

O poder de tia Abigail não passa de uma lembrança. As Almas sabem disso. Samael e sua Guarda sabem.

E agora virão atrás de mim em busca de vingança.

24

O sr. O'Leary não tenta dissuadir a filha a não ir conosco para Londres. Parece que Brigid também é assombrada por sonhos nos quais é perseguida pelas Almas, e a linha entre sua existência terrena e os Mundos Paralelos está cada vez mais fina. Ela sabe o que todas nós agora percebemos: não teremos vida própria até que o Portal seja fechado para sempre.

Depois de arrumar os preparativos para a viagem de volta a Londres, partimos de Loughcrew com suprimentos frescos e uma pessoa a mais. Brigid se adapta facilmente à rotina de levantar-se, desarmar o acampamento, cavalgar e dormir no chão duro usando apenas tendas como abrigo. Ela não reclama. No entanto, mesmo sentindo-me grata por sua atitude favorável, observo-a com uma suspeita oculta. Lembro-me de seu rosto no sonho de Avebury, suas mãos unidas às mãos das outras chaves, formando um círculo com minha irmã. Lembro-me disso e não consigo deixar de imaginar se Brigid se tornará minha inimiga.

Se o sonho for um presságio do que está por vir.

A possibilidade de eu estar enlouquecendo parece mais possível do que nunca. Tento me acalmar – dizer a mim mesma que não é possível que tudo e todos sejam meus inimigos. Até mesmo Sonia, por mais que nossa amizade tenha se deteriorado, não pode ser chamada de minha inimiga.

É somente a profecia, penso. As Almas. Samael. Minha própria fraqueza. Minha própria escuridão.

Meus sonhos só aumentaram em intensidade desde a noite em que sonhei com Avebury. Comecei a ter claustrofobia da escuridão, sentindo-a me pressionar de todos os lados, como se eu já estivesse no túmulo, tentando cavar para me libertar da terra com minhas próprias mãos.

Como se já fosse inútil.

Brigid ficou aliviada por se livrar do fardo de carregar a Pedra, e estou usando-a na bolsinha em volta de meu pescoço desde o dia em que descobri que estava com ela. Esperava que a Pedra pudesse me dar mais força, já que a pedra da serpente de tia Abigail perdeu a sua, mas não passa de uma pedra fria e pesada pendurada em meu pescoço.

Eu me acostumei a ficar rigidamente ereta, com uma expressão de calma afixada sobre a exaustão e o medo corroendo e abrindo caminho em minha pele. No entanto, uma parte de mim percebe que meu artifício é apenas uma questão de orgulho. Mesmo quando tento demonstrar força, é óbvio que Dimitri sabe do meu tormento. É ele quem corre até a tenda ao ouvir meus gritos. Ele quem me abraça até que eu volte ao meu sono intermitente.

Mesmo assim, não me atrevo a permitir que eu caia no sono profundo de que tanto necessito, e minha mente permanece alerta até na escuridão da noite. Meu arco e minha adaga não são nenhum conforto nessas horas sombrias, apesar de estarem sempre ao alcance. Cada vez mais tenho certeza de que acordarei uma manhã e encontrarei o veludo preto do medalhão entrelaçado em meu outro pulso, o Jorgumand em seu disco de metal aninhado defronte à marca em minha pele.

Na tarde de nosso quarto dia de cavalgada, saímos da floresta e encontramos uma estrada sinuosa através dos campos que gradualmente desaparecem, dando lugar a um bar ou pousada de vez em quando. O cheiro do mar está no ar e pouco tempo depois chegamos ao topo de uma colina, vendo Dublin e o litoral ao longe.

Viro-me para Dimitri.

– Gareth irá nos escoltar para cruzarmos o oceano outra vez?

– Se tudo correr bem. – Dimitri esporeia o cavalo para que ande.

Não preciso questionar a incerteza em sua voz. Nós dois aprendemos que tudo pode acontecer quando alguém é enviado em nome da profecia. Tento afastar meu medo de que algo possa ter acontecido a Gareth, mas não consigo respirar tranquilamente até chegarmos às docas e eu o vir parado perto de um barco familiar ao longe. Pela primeira vez em dias, sorrio facilmente.

– Gareth!

Ao levarmos os cavalos para a casa de Gareth nas docas, o sorriso de boas-vindas desaparece de sua boca. Em seu lugar, uma nítida preocupação.

– Minha lady... Você está bem? Aconteceu alguma coisa?
Sento-me mais ereta na sela, envergonhada por sua referência à minha aparência.
– Só estou cansada, isso é tudo. Não consigo dormir bem neste frio.
Ele concorda devagar:
– Sim, minha lady. Está adorável como sempre, é claro. Qualquer um ficaria cansado com uma viagem dessas pela frente. – Suas palavras tiveram a intenção de amenizar, mas vejo o olhar que lança na direção de Dimitri e sei que conversarão sobre a minha saúde mais tarde, quando eu não estiver por perto para me sentir ofendida.
Dou um jeito de mudar de assunto rapidamente, simplificando os detalhes da presença de Brigid.
– Com certeza se lembra da srta O'Leary. Ela vai nos acompanhar durante o restante da viagem. – Percebo que ela não faz ideia do papel que Gareth executa em nosso grupo, e então lhe explico: – Gareth é um amigo de infância de Dimitri e nos acompanhou em várias jornadas perigosas. Ele nos escoltará na travessia do mar.
Gareth assente com a cabeça para Brigid.
– É um prazer revê-la. Perdoe meu comentário, mas você parece mais amigável desta vez.
As bochechas de Brigid ruborizam.
– Peço desculpas por minha indelicadeza anterior. Houve uma confusão, sabe, sobre nossa capacidade de confiar uns nos outros.
Sorrio para ela, grata por sua discrição, e Gareth indica com a cabeça que entendeu.

– Não há ocasião mais confusa do que esta. – Ele volta-se para mim. – E, por falar em confusão, creio que devo corrigi-la.

– Eu? Por quê?

– Recebi autorização para acompanhá-los depois que chegarmos à Inglaterra. Na verdade, serei seu guia até chegarmos a Londres. – É óbvio, por seu sorriso, que está satisfeito com isso.

– Verdade? – Não espero que responda. – É a melhor notícia que você poderia ter me dado!

Dimitri assente.

– Tenho que concordar. Não existe guia, ou amigo, mais confiável. E precisamos de toda a assistência que pudermos conseguir.

Gareth faz um sinal para descermos.

– Venham. Fiquem à vontade no barco enquanto cuido dos cavalos.

Desmontamos, e Gareth gesticula para os dois homens encostados em um prédio sujo de fuligem não muito longe de onde estamos. Eles caminham vagarosamente, segurando as rédeas e tirando o chapéu para mim e Brigid antes de continuarem andando pelo caminho de terra.

– São homens de poucas palavras, não? – Dimitri ri.

Gareth caminha até a beirada da doca, estendendo a mão para ajudar Brigid.

– Os melhores homens para se ter em tais circunstâncias, não é mesmo?

– Disso não tenho dúvida – comenta Dimitri, segurando minhas mãos enquanto entro no barco atrás de Brigid.

Logo depois, Gareth e Dimitri desamarram o barco do píer. Observo a água com cautela enquanto nos afastamos dos prédios, do porto e do barulho que vai ficando distante atrás de nós.

Brigid se inclina sobre a beirada do barco, olhando para a água como se esperasse encontrar alguma coisa escondida em suas profundezas. Acho que deveria protegê-la. Avisá-la para ter cuidado. Que fique dentro do barco e que nunca, jamais coloque as mãos na água.

Mas fico quieta. Simplesmente viro-me, andando desengonçada para o fundo do barco sem ter uma explicação para o meu silêncio traidor.

O percurso pelo mar não é interrompido por nada além do balanço do barco e da eventual distribuição de comida e água. Nossa bagagem foi cuidadosamente racionada para nos sustentar até chegarmos a Londres, mas somos cautelosos com nossos suprimentos mesmo assim.

Sinto-me presa, como se as Almas estivessem acompanhando cada movimento meu, embora não haja outra embarcação à vista. Mesmo com o balanço suave do barco, o sono não vem facilmente. Fico bem junto de Dimitri para passar uma noite insuportável de tão fria, apesar de não dizer se é calor físico ou força mental o que procuro. Fico oscilando entre dormir e acordar, meio que esperando que uma besta monstruosa surja no mar e me arraste. Creio que não lutaria contra o destino se ela escolhesse acabar com a minha vida dentro da escuridão da água.

Quando o litoral da Inglaterra é avistado na manhã seguinte, eu nem mesmo me importo se chegaremos lá ou não. O barco, pelo menos, é um alívio do fardo que sinto pesar mais a cada minuto do nosso retorno para Londres.

Mal consigo manter meus pensamentos, minhas próprias motivações em ordem. Como, então, reunirei Sonia, Luisa, Helene e agora Brigid? E como farei isso se meu relacionamento com Sonia e Luisa está tão deteriorado? Como levarei todas para Avebury para realizar o Rito como a profecia diz que devo fazer?

E o mais impossível de tudo: como farei para que Alice fique do nosso lado, pois a profecia é clara quando diz que a Guardiã e o Portal devem trabalhar em união para que o Portal seja fechado para sempre?

Procuro uma resposta a essas perguntas em minha mente enquanto Dimitri e Gareth levam o barco para mais perto da praia. Gareth atraca a embarcação e logo saímos, caminhando sem equilíbrio, e pisamos na doca.

– Teremos cavalos? – Brigid não pergunta a ninguém em particular.

Gareth examina cuidadosamente o litoral.

– Certamente teremos.

Dimitri segura minha mão, e seguimos Gareth e Brigid pelo píer de madeira lascada até a estrada que passa diante da água.

– Ah, lá estão eles. – Gareth caminha em passos largos na direção de dois jovens, cada um segurando dois cavalos.

Reconheço Sargent de imediato, mas isso não me traz a mesma alegria do passado. Meu prazer ao ver o cavalo parece estarrecido e distante, e só consigo forçar um sorriso ao acariciar seu pescoço.

Gareth murmura gentilmente para os jovens, eles lhe entregam as rédeas dos cavalos e desaparecem nas ruas tumultuadas.

As pessoas se batem e se empurram ao nosso redor, e tenho um momento repentino de pânico ao tentar observar todas, procurando em seus pescoços a marca da Guarda.

– Está tudo bem, Lia. – Dimitri está ao meu lado, tomando as rédeas de Sargent de minha mão enquanto segura o pescoço do animal com firmeza. – Suba no cavalo e vou tirá-la do meio da multidão.

Não sei como ele nota meu pânico, mas meu coração acelerado se acalma um pouco. Meu alívio é muito maior que a vergonha que sinto, pois a presença dele me traz muito conforto, então seguro a sela e subo nas costas de Sargent. Estar acima da multidão me dá uma sensação imediata de segurança. Pego as rédeas das mãos de Dimitri e respiro profundamente, tentando não ser dominada pelo pânico momentâneo que senti um pouco antes.

Brigid monta em seu cavalo, um corcel branco e mesclado, sem dificuldade, e logo nos afastamos do litoral. Ao deixarmos para trás o fedor e o lixo, dando lugar aos campos abertos e as florestas afastadas que ficam no interior, meu pânico cessa.

Mas meu alívio é somente temporário. Em pouco mais de uma semana estarei de volta a Londres, rodeada de pessoas desconhecidas, as chaves – e minha irmã.

25

— O que acontecerá quando chegarmos a Londres?

É nossa terceira noite em solo inglês, e Brigid e eu estamos sentadas ao lado da lareira enquanto Dimitri e Gareth guardam os cavalos para descansarem à noite. Não senti vontade de conversar e não fui uma companheira de viagem muito interessante, mas me acostumei com a presença discreta de Brigid. Ela me lembra de Sonia nos dias antes de virmos para Londres, porém sua calma parece vir mais de uma serenidade interior do que de timidez ou medo.

— Vou apresentá-la às outras chaves. Luisa e Sonia eram... *são* duas de minhas amigas mais queridas. Helene chegou pouco antes de eu partir para Loughcrew, então não posso lhe dizer muito sobre ela, exceto que está tão ansiosa quanto nós para se libertar da profecia. E também tem tia Virginia e Edmund.

— Viro-me e sorrio para ela. Sinto como se essa expressão fosse desconhecida em meu rosto. – Eles são maravilhosos e gentis. Você vai gostar dos dois, tenho certeza.

Ela aprova com a cabeça.

– E depois?

Respiro fundo.

– Depois preciso falar com minha irmã, Alice, para ver se ela se juntará a nós em Avebury na véspera do Beltane.

Brigid encosta a cabeça nos joelhos, seus olhos castanhos brilham sob a luz da lareira.

– E você acha que pode convencê-la?

Desvio-me de seu olhar, observando as chamas do fogo.

– Alice é... Bem, eu já disse a você que ela trabalha a favor de Samael e das Almas. Sempre trabalhou a favor deles, para ser sincera. Nós somos, para todos os efeitos, inimigas.

Os olhos de Brigid ficam nublados de confusão.

– Então como você conseguirá que ela nos ajude a fechar o Portal?

– Ainda não pensei nessa parte, mas ela salvou minha vida uma vez. – Minha voz se transforma em um murmúrio quando começo a me lembrar. Vejo a chuva, o rio correndo em fúria nos fundos de Birchwood Manor, Alice empurrando Henry na correnteza veloz. Vejo-a estendendo o galho para eu pegar, inclinada sobre a beirada do rio, colocando a própria vida em perigo para me puxar e me salvar.

Volto-me para Brigid.

– Existem momentos inteiros nos quais ela parece uma estranha para mim, mas depois, de repente, acho que capto um relance de sua humanidade. Estou esperando para pedir a ajuda dela em um desses momentos, embora admita que seja improvável.

Não digo a ela que Alice e eu já conversamos sobre nossos papéis antagônicos. Que ela já se recusou a me ajudar repetidas vezes. Apelar para Alice é minha única esperança, e dizer para uma das chaves que essa esperança já está perdida não ajudará em nada em nosso objetivo.

— E o que faremos depois? Se ela não ficar do nosso lado?

— Não consigo deixar de admirar a calma na voz de Brigid. Apesar de os trabalhos da profecia serem novos para ela, ela sabe o que está em jogo. Porém, não há indícios de pânico em suas palavras.

Há uma parte de mim que gostaria de levar em conta sua inocência, mas o tempo para promessas vazias já passou. Cada vez mais parece que a verdade é tudo o que temos, e viro-me para olhá-la nos olhos.

— Eu não sei.

Dessa vez, não estou na floresta, mas no meio do gelo, na paisagem infecunda do Vácuo.

Estou sonhando, mas saber disso não adianta em nada para diminuir meu terror. Não me atrevo a olhar para trás enquanto esporeio meu cavalo para que siga adiante, mas sei que os Cérberos estão próximos, pois ouço seus uivos assustadoramente perto.

E eles não estão sós.

Atrás deles, as Almas trovejam em minha direção, o galope de seus cavalos emitindo um terrível trincado na grossa camada de gelo debaixo de nossos pés. Obrigo-me a olhar para a frente, para me concentrar na fuga. Se eu me atrever a baixar os olhos, verei os que foram presos, ainda meio vivos e debaixo do gelo, por Samael e suas Almas. Eu os verei e conhecerei meu destino.

O sonho é um daqueles que não têm fim. Não há um santuário adiante. Nenhum lugar no qual eu possa encontrar refúgio. O gelo se estende cada vez mais em todas as direções, sua uniformidade gélida só é quebrada pelo azul do céu. Mesmo sabendo que não é o acaso, não consigo deixar de achar irônico que o céu azul-celeste no Vácuo é sempre claro. Que crueldade obrigar aqueles que estão presos debaixo do gelo a ver, dia após dia, o lindo céu, o sol dourado dos Mundos Paralelos, e saber que nunca mais irão sentir seu calor.

A inutilidade de minha tentativa de escapar enfraquece minha decisão, e meu ritmo desacelera mesmo quando comando o cavalo a seguir em frente. Não adianta. Os Cérberos continuam chegando, seus latidos e uivos ficam mais nítidos e ameaçadores. As Almas estão logo atrás, seus cavalos ganhando terreno pouco a pouco.

E a verdade é que estou cansada. Estou cansada de lutar contra a vontade das Almas. Cansada de lutar contra o destino. Cansada de lutar contra minha irmã. Talvez Alice tenha razão, no final das contas. Talvez seja mais sábio salvar o que eu puder da minha própria vida e da vida daqueles que amo.

Então me lembro de Henry. Lembro-me de sua morte nas mãos de Alice, e sei que as Almas compartilham a responsabilidade por isso. Não foram elas que sussurraram, persuadiram e seduziram Alice para que ela executasse sua ordem? Não foram elas que manipularam minha irmã para que defendesse a causa delas desde que ela era um bebê no berço?

O pensamento desperta minha fúria, e me debruço sobre o cavalo.

Sonho ou não, uma coisa é certa: não posso permitir que as Almas me peguem. Não em meu mundo dos sonhos. Não no mundo físico. Não nos Mundos Paralelos.

Se me pegarem, sei que ficarei no Vácuo para sempre.

Dimitri fica comigo nos momentos após meu pesadelo. Fico preocupada por ele deixar seu posto fora da tenda, mas ele me garante que Gareth pode lidar com uma noite tão tranquila. Quando a luz da manhã gradualmente penetra a lona de minha tenda, Dimitri cai no sono. Não tenho coragem de acordá-lo, e ouço sua respiração, planejando deixá-lo dormir só um pouquinho mais.

Mas ele não pode se dar o luxo. Logo depois nós dois somos despertados por um grito vindo do lado de fora da tenda. Dimitri se levanta com um pulo, como se estivesse acordado o tempo todo, correndo para fora sem hesitar, com a roupa retorcida, ao passo que enfio meus pés nas botas de qualquer jeito. Não me incomodo em amarrá-las antes de seguir Dimitri sob a luz do sol matinal.

Meus olhos levam um tempo para se ajustarem à claridade e os protejo colocando a mão sobre a testa.

– O que foi? Qual o problema? – Dimitri e Gareth estão parados perto dos cavalos e bagagens quando grito do outro lado do acampamento. Mas somente quando examino o local, procurando o motivo da preocupação deles, é que noto os objetos coloridos espalhados estranhamente pelo chão.

Caminhando em direção a Dimitri e Gareth, passo pelos objetos e percebo que são nossos pertences.

Gareth se dirige a mim. A confusão em seu rosto me deixa preocupada mesmo antes que ele diga alguma coisa.

– É a nossa água. Alguém derramou nossa água.

Olho ao redor, sem ter certeza do que ele está se referindo.

– Nossa água? O que está querendo dizer?

Dimitri levanta um de nossos odres de água, virando-o de cabeça para baixo. Nenhuma gota cai do bico.

– Alguém veio até o nosso acampamento durante a noite e esvaziou todos os cantis e odres.

– Mas quem faria uma coisa dessas? – A voz de Brigid surge ao meu lado. Seus cabelos ainda estão soltos, os fios cor de cobre iluminados pelo pouco de luz que brilha no céu cinza. – E por quê?

Dimitri esfrega a mão no rosto em um gesto familiar de cansaço e frustração.

– Eu não sei, mas não é isso o que me preocupa mais.

Gareth está no chão, procurando entre os objetos que restaram, enquanto tento entender o significado das palavras de Dimitri.

– O que o preocupa mais?

– A pessoa veio até o acampamento mesmo com Gareth e eu vigiando. É verdade que fiquei com você durante o final da noite, mas antes disso nos revezamos para cuidar de assuntos pessoais e dormir. Gareth disse que não deixou o acampamento desprotegido nenhum segundo depois que saí.

– Alguém entrou furtivamente no acampamento? Eles se esquivaram ao seu redor mesmo com você vigiando? – Sinto uma nova admiração por Brigid quando ela faz as perguntas, pois só há curiosidade em sua voz, e um desejo óbvio de entender a situação.

Gareth se levanta.

– Os cavalos e bagagens estavam debaixo das árvores dentro do perímetro do acampamento. Não estávamos preocupados com nossos suprimentos, somente com nossa segurança física. Creio que é possível alguém sorrateiramente ter feito isso. – Ele faz uma pausa, olhando ao redor. – Mas não acho que essa seja a coisa mais preocupante sobre essa situação.

– O que poderia ser mais preocupante do que alguém violar a privacidade de nosso acampamento e jogar toda a nossa água fora, embora estejamos a poucos metros de distância? – pergunta Brigid.

Mesmo antes de Dimitri responder, tenho a sensação perturbadora de que sei o que irá dizer.

– Alguém violar a privacidade do nosso acampamento sem deixar rastros. – Ele olha para mim antes de voltar a falar com Brigid: – Gareth e eu não encontramos nenhuma pegada ou marca de patas. Seja lá quem foi, ou *o que* foi, veio e foi embora como um fantasma.

꩜

Conseguir água nova é mais incômodo do que difícil. Seria quase impossível morrer de sede na Inglaterra, mas tornar a encher os cantis demora, e todos estamos cientes do tempo que está correndo e das muitas coisas que restam para fazer antes de podermos executar o Rito em Avebury. O mistério do que aconteceu com a nossa água – e mais especificamente quem é o responsável – aumenta ainda mais a tensão de nosso pequeno grupo, e ficamos em silêncio, perdidos em nossos pensamentos enquanto pegamos água no rio, perto do acampamento, antes de partirmos.

– O que você acha que foi? – pergunta Brigid.

Com odres reabastecidos, catamos as roupas e itens pessoais espalhados pelo acampamento ao mesmo tempo que Dimitri e Gareth desmontam as tendas.

Balanço a cabeça.

– Eu diria que é alguém trabalhando a favor das Almas ou talvez a Guarda, só que...

Nós nos entreolhamos.

– Não deixaram vestígios.

Eu concordo.

– As Almas são proibidas de usar magia no mundo físico. A única exceção é a mutação, mas eu pensei bem, e qualquer animal que pudesse ter entrado no acampamento sem ser notado não conseguiria esvaziar os cantis.

Brigid dobra uma das camisas de Gareth, colocando-a na sacola dele.

– O intruso poderia ter se transformado outra vez depois que estivesse dentro dos limites do acampamento?

Eu faço que sim.

– Entendo o que quer dizer. Se uma das Almas pudesse entrar no acampamento, digamos, sob a forma de um falcão, não deixaria vestígios. E se pudesse voltar a ser homem depois de estar aqui, conseguiria esvaziar os nossos cantis. No entanto... Mesmo com os cavalos e a bagagem debaixo do abrigo das árvores, creio que Dimitri e Gareth teriam notado a presença de outro homem, nem que fosse por pouco tempo. – Hesito em dizer meu outro pensamento, mas Brigid sente as palavras que não disse.

– Tem mais alguma coisa, não tem?

Eu me reclino, amarrando minha sacola para fechá-la e olhando para Brigid enquanto falo. Agora estamos juntas nessa.

– Não consigo entender o porquê. Por que alguém se daria o trabalho de esvaziar os nossos cantis? É tão fácil reenchê-los. Não seria o mesmo se estivéssemos no deserto. Parece uma maneira impraticável de atrasar nosso retorno à Inglaterra. Quase... infantil. Fútil. Não concorda?

Brigid olha para o chão, ponderando minhas palavras. O silêncio entre nós confirma o que eu já imaginava: Brigid não tem mais respostas do que eu.

Não temos mais tempo para discutir a questão, pois logo depois Dimitri acena, avisando que as tendas estão guardadas e os cavalos, prontos. Brigid e eu nos levantamos sem dizer mais nada, mas ela passa o dia quieta, e sei que não se esqueceu de nossa conversa.

Ela não está só. Fico remoendo os fatos na cabeça, e, apesar de não entender totalmente o significado de tudo, não tenho como não acreditar que, no jogo da profecia, uma jogada importante foi feita.

E lá no fundo sei que isso é só o começo.

26

Viajamos no dia seguinte sem incidentes. Gareth e Dimitri retrocedem várias vezes à procura de pegadas, mas não encontram qualquer pista de alguém nos perseguindo. O sol, finalmente livre das nuvens dominantes, luta para abrir caminho através dos galhos e folhas das árvores, salpicando tudo de dourado. A área rural é bela e tranquila, o sol traz consigo um calor agradável. Mas isso não consegue me animar. Sou assombrada pela sensação de que alguém ou algo está me perseguindo.

Conheço muito bem as forças do mal. Eles vão voltar.

Gareth e Brigid vão juntos na frente, ao passo que Dimitri permanece um pouco atrás. Não sentimos necessidade de falar, e tento lembrar se James e eu alguma vez passamos tanto tempo juntos, sozinhos, mas em silêncio. Fico surpresa ao descobrir que não consigo me recordar, como se tudo que aconteceu desde que parti de Nova York tivesse deixado meu passado igual a uma aquarela desbotada. Posso me lembrar das formas, mas todos os detalhes sumiram.

Tudo menos Henry, que permanece tão vívido como se eu o tivesse visto ontem.

Eu me esforço para esquecer. Como Henry, James se foi, mas de uma maneira totalmente diferente. Pensar nele não me fará bem, exceto no contexto de salvá-lo das garras de Alice. Meu tempo com James chegou e se foi. Ele não voltará.

E apesar de eu amar Dimitri, ele também não pode ser um coeficiente em meus planos. Meu futuro não pode ser determinado somente pelo amor. Existe muito mais em jogo.

Para mim. Para as pessoas de Altus. Para o mundo todo.

༄

Quando o sono chega, volto para o Vácuo. Os Cérberos estão ainda mais próximos, as Almas estão perto, atrás deles, e cavalgo em meu cavalo através da paisagem insípida, vendo rostos de relance, congelados com expressões de terror e grito, debaixo do gelo. Pouco depois sou acordada por meus próprios gritos, surpresa ao encontrar Dimitri debruçado sobre meus cobertores e me sacudindo para que eu acordasse.

– Acorde, Lia! É só um sonho! – Seus olhos parecem piscinas negras na escuridão da tenda, e, por um momento assustador, ele se assemelha a um cadáver.

Sento-me, colocando uma das mãos no peito, tentando acalmar o batimento acelerado do meu coração e a respiração ofegante, com o ar entrando e saindo rápido de meus pulmões.

– Você está bem? – A voz de Dimitri é branda. – Já estou aqui há algum tempo. Ouvi você choramingando, mas só consegui acordá-la agora.

Passando as mãos por meus cabelos embaraçados, toco minhas têmporas com os dedos, sentindo a pulsação enfadonha debaixo de minha pele.

– Há quanto tempo está aqui?

– Uns cinco minutos, eu acho.

Encontro seus olhos.

– E eu... Não consegui acordar?

Ele confirma com a cabeça. Até mesmo na escuridão da tenda posso ver sua preocupação.

– Não acha que eu estava viajando, acha? – Não sei bem se quero saber a resposta, mas também não posso me dar o luxo de não saber.

Ele suspira fundo, desviando o olhar como se estivesse com medo de me encarar.

– Eu não sei. É contra as leis dos Mundos Paralelos, as leis do Grigori, obrigar alguém a ir ao Plano contra sua vontade...

– Eu não me obriguei a ir ao Plano, se é isso o que está insinuando!

Ele estende a mão, colocando uma mecha de meus cabelos atrás de minha orelha.

– É claro que não. Só estou tentando considerar todas as possibilidades.

Já me arrependo da mordacidade de minhas palavras, e me aproximo dele, descansando minha cabeça em seu ombro.

– Desculpe-me. É que estou tão cansada, Dimitri. Não sei dizer, de uma noite para a outra, se estou sonhando ou viajando. Não sei se as Almas estão tentando enfraquecer minha força de vontade, brincando com minha mente, ou... até mesmo agora, tenho medo de terminar o que estou pensando.

– Ou o quê? – pergunta ele com delicadeza.

Ergo a cabeça para olhar em seus olhos.

– Ou se simplesmente sou eu. Se, depois de todo esse tempo, finalmente estou enlouquecendo. Ou pior, se estou sendo atraída para o lado deles, pouco a pouco, sem ao menos perceber.

Há uma longa pausa antes que Dimitri me puxe para perto dele.

– Você não está enlouquecendo, Lia, e não está sendo atraída para o lado deles. Isso é...

Mas ele é interrompido por um grito que vem do lado de fora da tenda e levanta a cabeça, virando-se em direção ao barulho antes de pôr-se de pé e sair.

Sigo-o com o olhar.

– O que é?

– Eu não sei. – Ele sai da tenda, virando para trás e olhando para mim. – Mas fique aqui.

Não sei ao certo quanto tempo fico na tenda, mas não é tanto quanto Dimitri gostaria que eu ficasse. É impossível ignorar o som de vozes que vai aumentando, e enrolo um cobertor em volta dos ombros antes de sair para ver Dimitri e Gareth, no meio de uma confusão de lixo, nossos pertences mais uma vez abertos e esvaziados no chão.

– O que é isto? – Observo tudo ao redor, dando-me conta dos estragos, quando Brigid sai de sua tenda, esfregando os olhos.

– Falei para ficar na tenda. – A voz de Dimitri é rígida.

Eu o encaro.

– Nem sempre faço o que mandam, como certamente já deve ter notado.

Ele suspira.

— Só estou tentando protegê-la, Lia.

— O que está acontecendo? O que houve? — A voz de Brigid é uma invasão em minha guerra silenciosa com Dimitri, e viro-me para olhá-la.

Ela ainda está vestida com sua camisola, e seu rosto fica estarrecido de choque ao analisar a cena.

Tento deixar minha voz tremer quando respondo:

— Alguma coisa, ou alguém, mexeu em nossa bagagem outra vez.

Gareth caminha indignado pelo acampamento, finalmente jogando algo no meio das árvores, frustrado.

— É pior do que isso, eu creio. Desta vez, pegaram nossa comida.

Brigid sai apressada.

— Nossa comida? Está querendo dizer que toda a nossa comida foi destruída?

— Não foi destruída, exatamente — interrompe Dimitri. — Acho que podemos salvar um pouco dela.

— Mas quem faria uma coisa dessas? E como? — Os olhos de Brigid estão arregalados de medo, e de repente imagino se não está sendo dissimulada.

— É uma boa pergunta. — Estreito os olhos para ela. — Quem você acha que faria isso? Não tem ninguém aqui além de nós, e acredito que, se Dimitri e Gareth procurarem pegadas no acampamento, não encontrarão outras além das nossas, como da última vez.

Seu rosto fica branco.

— Está insinuando que eu fiz isso?

— Não estou insinuando nada. Estou simplesmente relatando os fatos.
— Por que eu faria algo assim? — pergunta ela.
Tenho um momento de dúvida, mas com teimosia continuo pressionando-a:
— Responda você.
— Lia... — A voz de Dimitri é de aviso, mas ele não tem tempo de terminar antes que Brigid atravesse o acampamento a passos largos, parando bem na minha frente.
— A resposta é que eu não faria. Claro que não faria. — Sua voz é de defesa. — Eu estava dormindo em minha tenda, assim como vocês.
— Sim, mas Dimitri estava comigo. Quem estava com você?
— Sei que é injusto mesmo quando falo.
— Bom, ninguém, é claro, mas... — Ela olha para Gareth e depois para Dimitri. — Digam a ela! Vocês sabem que eu não faria uma coisa dessas!
Gareth a olha fixamente antes de olhar para mim.
— Minha lady, pensei ter ouvido alguma coisa na floresta. Alguém caminhando. Fiquei ausente só por alguns minutos, e, quando voltei, Dimitri estava com você em sua tenda e as coisas estão como vê agora.
Aperto o cobertor em volta do meu corpo, sem querer desistir da minha teoria. Não quero tomar conhecimento do medo que corre em minhas veias. O sentimento crescente de que estou sendo perseguida por algo além do meu controle.
— O que isso tem a ver com Brigid? — pergunto.
— Eu simplesmente não acho que um de nós teria causado toda essa destruição em um tempo tão curto sem alertar

Dimitri – diz Gareth. – As paredes da tenda não são grossas o suficiente para abafar o som de alguém rastejando em nosso acampamento.

Ouso olhar para Brigid e sinto que estou ruborizada de vergonha quando vejo a mágoa e o ódio em seus olhos. No entanto, não posso dar o braço a torcer.

– Bom, alguma coisa, ou alguém, fez isso.

Dimitri se move para pegar um pacote no chão.

– Sim. E até descobrirmos quem ou o que fez isso, parece que não teremos sossego.

Nossa viagem no dia seguinte é silenciosa e sem o companheirismo tranquilo ao qual nos acostumamos.

A tensão toma conta do ar enquanto saímos da floresta, e dou um suspiro de alívio quando vejo a campina diante de nós. Desde a jornada horripilante até Altus na qual os Cérberos nos perseguiram e fui obrigada a ficar sem dormir durante quase três dias, não tenho conseguido descansar com tranquilidade quando rodeada pelo silêncio medonho de qualquer floresta.

Mas há um preço a pagar pelo céu aberto dos campos, e passamos o dia de olho na área ao nosso redor, procurando qualquer pista de encrenca ou perseguição. Ao me lembrar de minha agitada corrida para escapar da Guarda em Chartres, sei que nada me deixará a salvo deles, realmente a salvo, a não ser fechar o Portal.

Quando a noite cai, procuramos achar um abrigo e acampamos no meio de um pequeno bosque à beira de uma planície.

Ajudo, tensa e em silêncio, Brigid a preparar um jantar simples enquanto Gareth e Dimitri cuidam dos cavalos. Por fim, ela abaixa a faca que está usando, dando um suspiro profundo. Sinto que está me olhando, mas não me viro para fazer o mesmo.

– Eu não fiz nada, Lia. Eu juro. – Não há ódio em sua voz, isso é algo que me causa uma grande vergonha, apesar de eu não poder dizer o porquê.

Pego um pão velho e o fatio. Obviamente ele foi vítima de um dos ataques noturnos, e limpo a terra dele com cuidado ao falar:

– Como pode ter certeza? As Almas são astutas, sabia?

– Lia. – Ela toca meu braço, e eu finalmente ergo os olhos para encará-la. – Não fui eu.

– Não estou dizendo que foi ou que, se fosse, teria sido intencional. As Almas... – Incapaz de continuar olhando, ocupo-me com o pão mais uma vez. – Bem, elas já fizeram Sonia voltar-se contra mim. E, de certo modo, ela era mais minha irmã do que Alice.

Ela solta o meu braço.

– Eu não sou Sonia. Ou Luisa, Helene ou Alice.

É a primeira vez em que sinto ódio de verdade em sua voz. Isso me faz parar e falar suavemente:

– Eu sei. E sinto muito que o passado assombre nossa nova amizade. Sinto muito mesmo.

Ela respira fundo, virando o corpo para ficar de frente para mim.

– A culpa não é minha se me juntei à jornada da profecia quando tanta coisa já havia acontecido. Só peço que me dê a chance devida de provar isso, como deu a todas as outras antes de mim.

Algo translúcido e cintilante ilumina seus olhos, e, de repente, acredito nela.
Ergo os braços para abraçá-la.
– Tem razão, Brigid. Você merece tudo isso e também minhas desculpas. Sinto muito que meu passado com a profecia e as Almas tenham me deixado tão cética, mesmo se tratando de sua amizade.
– Está tudo bem – diz ela. – Apenas diga que acredita em mim.
– Acredito em você. De verdade. – Digo isso e sou sincera, omitindo as palavras que flutuam livres em minha mente:
Mas se não foi você, então quem foi? E o que essa pessoa quer?

Os Cérberos estão próximos e posso sentir seu cheiro. Lembro-me do estranho odor – de pelo molhado e suor penetrante – da jornada até Altus, e sei que estão pelo menos tão perto quanto estavam quando vieram atrás de nós no rio e Dimitri chegou para nos levar a salvo para a ilha.
Mas desta vez não haverá Dimitri ou Edmund.
Agora atravesso a tundra congelada do Vácuo com nada além da capa em minhas costas.
Até mesmo minha mochila – contendo meu arco – está ausente nesse sonho.
A jornada através do gelo parece durar para sempre, como um sonho no qual alguém corre por um corredor somente para descobrir que não tem fim. O som dos cascos dos cavalos das Almas vai crescendo à medida que eles galopam atrás dos Cér-

beros, prontos para me cercar e me prender no Vácuo pela eternidade.

Estou quase preparada para cair, para me entregar à tortura lenta de meu destino, quando um vento poderoso começa a soprar. Ele faz com que meus cabelos batam em meu rosto e partículas de neve e gelo voem desenfreadamente, dificultando a visão além do pescoço de meu cavalo. Fico tomada de terror, mas tem outra coisa também.

É uma euforia que vem de dentro, fazendo-me vibrar com sua força. A vasta expansão do Vácuo está além de minha visão, mas torna-se, por fim, silencioso. O rosnar dos Cérberos desapareceu, bem como o trovejar dos cavalos das Almas. Tudo está em silêncio, e pela primeira vez desde a morte de papai, estou em paz.

Mas isso dura só um momento. Só um momento, antes de a voz começar a encontrar seu caminho através de minha mente confusa pelo sono.

Tento tirar isso da cabeça. Ignorar. Eu me esforcei muito para ter esse raro momento de serenidade, e não estou disposta a abrir mão dele, nem mesmo em meu sonho. No entanto, a voz também é teimosa. Não permite que eu me dê o luxo de ignorá-la e logo depois ela irrompe com palavras que fazem a base de meu mundo desmoronar:

– Lia! O que você fez?

27

– Eu não entendo.

Estou sentada com Dimitri ao lado da luz fraca da fogueira, minha cabeça ainda confusa e pesada de sono.

Gareth e Brigid estão tentando consertar as tendas, mas ainda não estou a par de fatos suficientes para me sentir mal sobre o que aconteceu.

Dimitri pega a minha mão.

– Você estava em pé fora da tenda com os olhos abertos e o vento... – Ele não continua, e, quando olho em seus olhos, eles estão assombrados por imagens que não consigo ver.

– O vento?... – incito-o suavemente.

Ele balança a cabeça, lembrando-se:

– Ele estava... Fazendo um redemoinho ao seu redor, soprando e cortando as tendas, destruindo tudo em seu caminho.

– Mas eu estava *dormindo* – ouço a insistência em minha voz.

– Sim, mas parece que havia algo mais.

Estou começando a ver onde suas palavras querem chegar, e fico parada em pé, dando-lhe as costas para ver o fogo.

– Não havia. Eu estava dormindo. Sonhando.

Sua voz é carinhosa, mas firme, atrás de mim:

– Não acho que estava, Lia.

– Se é como você diz... Se eu estava fora da tenda... Como é que cheguei lá? – pergunto. – Você estava de guarda. Disse que não sairia do lugar.

Sua resposta é simples:

– Não saí. Você é que passou por mim. No início fiquei surpreso e logo depois eu a chamei, achando que talvez precisasse fazer alguma coisa pessoal. Mas você não respondeu. Simplesmente continuou andando, até ficar parada no meio do acampamento, então abriu os braços e o vento começou a uivar.

Por um momento, acho que vejo tudo com uma leve lembrança, um sonho quase esquecido. Depois o vislumbre some.

Penso nos incidentes anteriores, tentando me lembrar da sequência dos fatos, e minha mente se ilumina com um bocado de esperança. Sinto uma onda de alívio com a certeza de que estou absolvida.

– Mas, das outras vezes, você e Gareth estavam de guarda e não me viram sair da tenda. E na noite em que nossa comida foi estragada, você estava inclusive em minha tenda, acordando-me de um sonho, quando Gareth gritou.

Dimitri abaixa a cabeça, seus ombros caídos mostrando uma derrota fora do comum.

– Você estava sonhando, Lia. Acho que é nessa parte que precisamos nos focar. Você me disse que seus pesadelos estão piores, que às vezes nem tem certeza se *está* sonhando.

Engulo o nó de mau presságio que surge em minha garganta.

– Sim, mas mesmo que eu estivesse sonhando ou não, nós dois concordamos que eu *não* estava no meio do acampamento destruindo nossos suprimentos, pelo menos não antes de ontem à noite.

Ele suspira:

– Mas se você *estava* no Plano, não é possível que as Almas estivessem usando você? Para canalizar sua exaustão e amargura em algum tipo de turbulência espiritual?

Ainda não estou preparada para encarar a realidade necessária para responder a essa pergunta.

– Você disse... – Minha voz fica contida quando meu corpo começa a tremer com uma descoberta indesejável. – Você disse que as Almas não poderiam me obrigar a ir ao Plano contra a minha vontade.

Gostaria de poder congelar a pausa que se segue, pois sei que não vou gostar do que Dimitri irá dizer.

– Elas não podem.

Viro-me para encará-lo, erguendo o queixo de forma provocativa.

– Bem, devem ter me obrigado. Não desejo viajar pelo Plano. – Rio alto ao falar, mas soa frágil e falso. – Evito isso a todo custo, como você bem sabe.

Ele não se levanta, mas ergue os olhos para mim de onde está, sentado em um pedaço de lenha.

– Sei que pretende evitá-lo, Lia, mas já lhe disse antes que as Almas são mais poderosas do que você imagina. Que elas encontrarão um jeito de usá-la sem o seu consentimento.

Transfiro meu olhar para as tendas, curvando-me, arrasada, no meio de nosso acampamento.

– Não tenho o conhecimento para invocar tal força.

– Não – diz ele –, você não tem. Você é uma lançadora de feitiços, como Alice, e, apesar de não ter trabalhado para aperfeiçoar totalmente o poder proibido que é seu, deveria saber que ele aguardava à espreita. Só precisava de um bom empurrão de um mestre formidável. Dada a motivação adequada, você poderia facilmente ter feito tudo... a água, a comida, as tendas.

– Está dizendo que fui eu. – Viro-me outra vez. – Todo esse tempo.

Não o ouço se levantar, mas logo depois suas mãos quentes estão sobre meus ombros quando ele chega por trás de mim.

– Não foi você. Não mesmo. Não foi você, da mesma forma que não foi Sonia a caminho de Altus.

Ouvir o nome de Sonia, em vez de apaziguar minha preocupação crescente, só serve para me irritar.

– Está me comparando à Sonia? Está comparando esse... esse... uso proibido do meu poder com a *traição* dela?

Ele emite um ruído de frustração.

– Por que está sendo tão difícil? Seja lá o que aconteceu, não mudará com a sua negação, Lia. Precisa encarar o que está acontecendo, se quiser ter alguma esperança de combatê-lo. – Ele joga as mãos para cima e se afasta antes de voltar-se para mim. – Quer que eu fique aqui, parado, e diga que você não sabotou nosso acampamento? Que não foi seu poder de lançar feitiços que saqueou nossa bagagem, tentou destruir nossa comida, nosso abrigo? Bem, não vou mentir para você. E pode soltar sua fúria e indignação o quanto quiser, mas não vai adiantar nada. Você não vai me afugentar. Eu ainda estou aqui, Lia. E sempre estarei, como prometi.

Ele sai, mas não vai muito longe antes que eu desabe. Jogando o cobertor no chão, corro em sua direção, puxando seu braço até que ele pare e se vire para me olhar.

Há muitas coisas que quero dizer, mas são tão grandes que não cabem em palavras, e estou fraca demais para dizê-las em voz alta depois de tudo o que aconteceu. Em vez disso, falo a única coisa que preciso confirmar, pois tudo o mais que Dimitri disse agora faz sentido:

– Você disse que eu precisaria da "motivação adequada" para ser usada pelas Almas. – Levanto as mãos para o céu. – Que motivação eu poderia ter?

Ele dá de ombros, e sua resposta é simples:

– Exaustão? Resignação? Não é segredo, Lia. Todos nós vemos isso em seus olhos, mas nenhum de nós vê culpa. Qualquer um estaria cansado de lutar depois de tudo pelo que você passou. Tudo o que perdeu e foi obrigada a suportar.

Olho em seus olhos, querendo que acredite no que vou dizer.

– Mas eu não parei de lutar! Não parei! Você não me vê, dia após dia, indo em direção a Londres e ao possível fim de minha vida? – Ouço o desespero em minha voz e me odeio por isso.

Ele me puxa para perto dele.

– Ninguém duvida de que você está lutando o máximo que pode. Mas, em suas horas de sono, durante os momentos nos quais finalmente pode deixar tudo fluir, não é possível existir uma pequena parte de você que procura a liberdade? Que recebe com prazer um final para essa luta, não importa de onde ele venha?

Suas palavras ressoam uma verdade que não me atrevi a considerar.
– Eu não sei. – Minha voz treme, e esforço-me para acalmá-la antes de parar para fitá-lo nos olhos. – Mas o que mais posso fazer para proteger a mim e aos outros dos trabalhos das Almas? Não posso ficar acordada o tempo todo. Não por muito tempo. Temos, no mínimo, mais quatro dias até chegarmos a Londres, e isso se cavalgarmos sem parar e bem rápido. Quando chegarmos, teremos que organizar tudo para a viagem até Avebury. O que vou fazer durante todo esse tempo?

Ele segura a minha mão.
– Você vai se entregar aos meus cuidados.

Começo a protestar, mas ele não permite que eu termine:
– Todo mundo precisa confiar em alguém um dia, Lia. Até mesmo você. – Fico surpresa ao sentir as lágrimas ardendo em meus olhos quando ele continua: – Confie em mim. Ficarei com você enquanto dorme e a acordarei se qualquer coisa parecer desconfortável. – Ele suspira: – Você não é à prova de riscos. Não posso protegê-la no Plano se eu não estiver lá, mas posso esperar e ficar de olho em qualquer coisa neste mundo e acordá-la se achar que devo.

Não digo a ele que é um plano insignificante. Em vez disso, engulo meu medo de confiar nele. De confiar em qualquer um. Engulo e me envolvo na proteção de seus braços.

Porque ele tem razão. Isso é tudo o que temos.

🙞

Viajamos pela floresta e pelos campos da Inglaterra no dia seguinte, no próximo e no outro. Perco de vista os campos, árvores e fazendas. Eles ficam borrados quando minha força física, consumida pelo sono e noites cheias de sonhos, enfraquece.

Brigid aceita meu pedido de desculpas com um abraço carinhoso. Sua graciosidade é minha vergonha secreta, pois não fui tão rápida em perdoar Sonia, e de repente gostaria de poder voltar àquele momento em Altus quando Luisa, Sonia e eu estávamos na colina, contemplando o mar. Gostaria de poder voltar e fazer tudo de novo. Se eu pudesse, queria pensar que abraçaria Sonia da mesma forma que Brigid me abraçou.

Gareth passa todas as noites vigiando o acampamento, enquanto Dimitri me observa dormir. Eu me sinto mal por forçá-los a essa situação, mas o sorriso de Gareth é mais brilhante do que nunca, embora ele só possa dormir por apenas algumas horas, quando paramos durante o dia. Ele e Dimitri me tratam da mesma forma, porém com mais ternura do que antes. Procuro ver algum sinal de ódio e ressentimento que penso estar lá, nos olhos deles. Foram minhas ações, afinal de contas, que fizeram com que dormíssemos em tendas que gotejam quando chove. Minhas ações nos obrigaram a limpar a terra do nosso pão.

Mesmo assim, não há nada além de afeição e preocupação em seus olhos. Sua generosidade só acentua minhas próprias fraquezas e o pouco tempo em que estou raciocinando, sentindo repulsa de mim mesma e ponderando meus vários defeitos.

À medida que os dias passam, uma sensação confortável de apatia me envolve. Pela primeira vez desde que descobri a marca inscrita em meu pulso, há horas, e às vezes dias, em que não consigo encontrar a energia para me preocupar com a profecia e meu lugar nela. Horas em que penso que seria tão bom vê-la chegar ao fim com Samael dominando nosso mundo nas trevas quanto seria ao vê-lo banido para sempre.

Agora, como isso terminará nem sempre parece ser importante. Contanto que termine.

Creio que consigo esconder minha sensação crescente de complacência detrás de eventuais diálogos e sorrisos forçados, mas não posso ter certeza. Não confio mais em minha percepção de nada, de forma alguma. É totalmente possível que Brigid, Dimitri e Gareth já estejam cientes da minha assustadora falta de compromisso em acabar com a profecia. E de que isso, inclusive, me deixa despreocupada. Eu me rendi ao meu destino, seja lá qual for.

Na oitava noite de nossa viagem, já me acostumei a ficar acordada até bem depois de Brigid ir se deitar e Gareth ocupar seu posto no outro lado do acampamento. Não vou poder adiar o sono para sempre, mas cada hora que passo ao lado do calor da fogueira com um cobertor enrolado nos ombros é uma a menos que passarei com as Almas assombrando meu descanso. Enquanto fito as chamas, minha mente está assustadoramente vazia.

– Aqui. Tome um pouco. – Pela minha visão lateral, observo Dimitri se aproximando e me entregando uma xícara de chá fumegante. Ele se agacha ao meu lado. – Vai ajudá-la a dormir.

Pego a xícara, mas não tomo nada.

– Eu não quero dormir.

Dimitri suspira. É um suspiro cheio de cansaço, e por um momento me arrependo por fazê-lo se preocupar.

– Lia, precisa tomar. Ainda há muito a fazer, e você precisa ser forte para enfrentar o que está por vir.

Lanço-lhe um olhar penetrante.

– Eu *sou* forte.

Ele estende o braço, segurando minha mão na dele. Quando fala, sua voz é macia e cheia de tristeza:

– Só estou tentando cuidar de você em um momento em que é difícil cuidar de si mesma.

Um nó de tristeza de repente bloqueia minha garganta, e aperto a mão de Dimitri.

– Sinto muito. É que...

Sinto que está me encarando mesmo quando olho fixamente para o fogo.

– O que é?

Volto a olhá-lo, querendo me perder nas profundezas de seus olhos negros.

– Tenho medo de dormir. Meus sonhos são... bom, são assustadores, Dimitri.

– Então me conte. Conte-me seus sonhos para que eu possa compartilhar esse fardo.

Eu hesito, imaginado o quanto posso contar pouco antes de decidir contar-lhe tudo.

– Elas me perseguem. – É um sussurro, e me pergunto se realmente falei em voz alta.

– Quem persegue você?

Olho para minha xícara como se o líquido turvo dentro dela fosse tornar mais fácil falar dos demônios que me assombram em meus sonhos.

– As Almas. Os Cérberos. Samael. Todos.

Os dedos de Dimitri envolvem os meus, e ele tira a xícara da minha mão. Depois a coloca no chão, perto de meus pés, e me puxa para seus braços, encaixando minha cabeça debaixo de seu queixo.

– São os sonhos ou são as Almas que a puxam para dentro do Plano enquanto você dorme?

Eu me aperto mais em seu peito, encontrando conforto em seu cheiro. É de madeira, de fumaça da fogueira e do ar frio da primavera.

– Não acredito que estou viajando, mas eles também parecem ser mais do que simples sonhos.

– Como assim? – Sua voz sai como um rugido de seu peito em meu ouvido.

– É difícil explicar. Não sinto como se estivesse no Plano, porém, todas as vezes em que sonho com as Almas, elas estão mais perto. E de alguma forma tenho certeza de que elas continuarão a se aproximar a cada dia, e, se conseguirem me pegar, sonhando ou não, eu nunca mais acordarei. Ficarei presa no Vácuo para sempre.

Por um momento ele não diz nada, e me pergunto se enlouqueci no final das contas. Se ele está ponderando sobre minha loucura e sua resposta para ela. Mas então Dimitri suspira fundo e começa a falar, com a voz gentil:

– Elas não podem levá-la para o Vácuo, a não ser que capturem sua Alma no Plano, e você já disse que não acredita que está viajando.

– Sim.

– Então... o quê? Se não acredita que está viajando, por que tem medo de ser capturada e banida para o Vácuo?

Ouço o temor em sua voz. Isso me faz hesitar em lhe responder, pois... e se ele não acreditar mais em mim? E se duvidar do meu compromisso em fechar o Portal? Penso em James, em minha relutância em contar-lhe tudo e nas consequências de guardar meus segredos. Estou disposta a perder Dimitri para o mesmo destino? Disposta a aceitar a fenda que se abrirá entre nós se eu não conseguir ser eu mesma por completo em sua presença?

Eu me afasto para olhá-lo.

– Às vezes, sinto como se estivessem em minha cabeça. Como se tudo não fosse o que parece ser e que elas estão me manipulando em vantagem própria. Como se todas as coisas que acredito que são verdadeiras fossem somente um produto da minha imaginação, de forma que nunca tenho certeza se minha realidade é exata. Me faz pensar em meu pai e em como ele foi parar no Plano. Agora entendo por que ele seria vulnerável às Almas disfarçadas em minha mãe. – Eu me obrigo a continuar. Se tenho que ser verdadeira com Dimitri, com nosso amor, preciso dizer tudo. – Posso não estar viajando enquanto durmo, mas a verdade é que não confio em mim mesma o suficiente para ter certeza.

Ele me puxa para mais perto e me abraça mais forte. Neste momento sinto que nada poderá nos separar, neste mundo ou em qualquer outro.

– Não importa. – Ele beija o topo de minha cabeça. – Confio em você, Lia.

E agora eu sei, por seu abraço fervoroso, que suas palavras são verdadeiras.

28

Ainda estamos a quilômetros de Londres quando vemos a fumaça dos lampiões a gás da cidade subindo pelo céu que escurece. Gostaria de dizer que estou feliz em ver a cidade surgindo a distância. É a coisa mais próxima que tenho de um lar desde que saí de Birchwood e Nova York. Mas é impossível determinar uma emoção tão simples entre as sensações que criam um redemoinho em meu coração ao nos aproximarmos da cidade. Fico feliz que poderei dormir em uma cama adequada, apesar de o sono não significar mais a liberdade que um dia já foi. Estou feliz em ver tia Virginia, pois necessito de sua atenção maternal exclusiva e de sua força tranquila.

Porém, há outros problemas que fazem meu estômago revirar de preocupação.

Terei de enfrentar Sonia e Luisa e minha própria carência de perdão, mesmo contando a elas sobre minha traição por intervenção das Almas. Terei de enfrentar o fato de que há quatro chaves agora, em vez de três, e que será necessário incluir Brigid nesse recôncavo que já é tenso.

O mais preocupante de tudo é que terei de enfrentar Alice. Tentarei trazê-la para o nosso lado, se bem que neste momento nada parece mais impossível.

– Está preocupada, Lia? – A voz de Brigid é suave ao meu lado quando passamos por uma mãe jovem e cansada com seus dois filhos pequenos na estrada saindo de Londres.

Assinto com a cabeça, constrangida e aliviada por minhas emoções agora estarem facilmente estampadas em meu rosto. Creio que não tenho mais a energia para contê-las.

Ela sorri.

– Apesar de tudo, há uma grande bondade em seu coração. Suas amigas devem ver isso também. Tenho certeza de que entenderão.

Estendo o braço para acariciar o pescoço de Sargent e falo:

– Espero que sim. Tenho medo... Bom, tenho medo de não ter sido uma boa amiga.

– Todos nós falhamos de vez em quando, você não acha? – pergunta ela. – Mas perdoamos as pessoas por suas fraquezas e esperamos que elas façam o mesmo por nós.

– Talvez, mas aí é que está. Não perdoei as fraquezas delas tão facilmente quanto você esqueceu as minhas. Agora... – Suspiro. – Bem, agora eu suponho que parece injusto esperar que sejam tão gentis comigo.

Ela sorri.

– O mais próximo que tive de uma amizade foi o que li nos livros. Isso e esta viagem com você. – Ela ri. – Mas parece mesmo que se trata mais de amor e aceitação do que justiça. A não ser que eu esteja sendo ingênua.

258

Sinto certo grau de conforto na simplicidade dos ideais dela.
Talvez ela tenha razão, e todos nós possamos dar um jeito de perdoar uns aos outros no fim das contas.
Sorrio para ela.
— Você é muito sábia para uma garota tão resguardada. E corajosa também.
Ela joga a cabeça para trás, rindo.
— Então estou vendo o lado positivo das coisas. Eu lhe garanto que estou tremendo por dentro.
— Bom, você não está sozinha, Brigid. — A alegria do momento evapora assim que olho em direção à cidade. — Você não está sozinha.

Fico surpresa quando Dimitri desmonta, entregando seu cavalo a um dos cavalariços de Milthorpe Manor.
— Poderia deixá-lo com os outros, por favor? — diz ele.
Entrego Sargent para o mesmo cavalariço e falo para Dimitri, surpresa:
— Mas... Você não tem que voltar para a Sociedade?
Dimitri balança a cabeça.
— Eu falei que ficaria com você até isso acabar, e é o que pretendo fazer.
Demoro um pouco para entender.
— Você pretende ficar *aqui*? Em Milthorpe Manor?
— Pretendo ficar com você enquanto dorme, como prometi.
— No meu *quarto*? — Não consigo esconder a incredulidade em minha voz.

Ele ergue as sobrancelhas, e mesmo agora acho que vejo um toque de seu charme travesso.

– A não ser que pretenda dormir em outro lugar, sim, imagino que seja onde eu vou ficar.

Brigid observa, apertando os lábios na tentativa de segurar o sorriso.

– Mas tia Virgina nunca irá permitir! As pessoas vão... Bem, vão falar! – Parece um pouco tarde para me preocupar com nossa falta de modos, mas ficar juntos em Altus ou nas florestas da Inglaterra parece ser algo bem diferente do que permitir que um cavalheiro fique dentro de meu quarto no centro da cidade.

– Acho que temos problemas maiores do que as fofocas de Londres, não é? – Ele não espera a minha resposta. Simplesmente pega meu braço e olha para Gareth, ainda montado no cavalo. – Você se lembra do endereço?

Gareth afirma:

– Vou me preparar e volto aqui amanhã.

– Você vai ficar em Londres? – Obviamente fizeram planos sem o meu conhecimento, mas não consigo ficar incomodada quando penso no quanto me sinto segura na companhia de Gareth.

Ele assente:

– Vou, minha lady. Não posso vê-la chegar até aqui e simplesmente partir. Dimitri me informou de seu, hum... Problema, depois...

Viro-me para Dimitri, meu rosto ruborizado de uma emoção que não sei dizer.

– Contou para ele? Sobre nossa jornada, sobre... tudo?

Não há pedido de desculpas nos olhos de Dimitri. Somente resolução.

– Não faz sentido esconder dele depois de tudo que aconteceu. Além disso, precisamos de todos os aliados confiáveis que temos, e creio que podemos concordar que há poucos mais confiáveis do que Gareth.

Sinto um momento de vergonha. Gareth tem me defendido com imensa estima. Imagino que essa novidade, a profecia e minha misteriosa posição nela afetarão seus sentimentos por mim. Mas quando me volto para ele, há somente compaixão e afeição em seus afáveis olhos azuis.

– É claro – digo, tentando sorrir. – Fico feliz em ter você conosco, Gareth, apesar de ficar preocupada. Não gostaria que se ferisse ou fosse usado.

– Não precisa se preocupar comigo, minha lady. São pelos que se atrevem a ameaçá-la que deveria orar. – Ele sorri, mas não há prazer no sorriso. Por um instante, temo por qualquer um que esteja do outro lado daquele sorriso. Ele continua: – Ficarei e viajarei para Avebury com você como mais uma segurança contra os problemas pelo caminho. Acredito mesmo que Lady Abigail, que descanse em paz e harmonia, aprovaria.

– Creio que tem razão – digo com suavidade.

Ele vira o cavalo e concorda.

– Então vejo você pela manhã. – Olhando para trás, ele lança um sorriso atrevido para mim e Dimitri. – Durmam bem.

Não é Sonia ou Luisa, paradas em silêncio perto de Helene, que chama minha atenção, mas tia Virginia. Mesmo sob a luz fraca do fogo e das pequenas lamparinas espalhadas pela sala, posso ver que ela não está bem.

– Lia! Você voltou! – Ela se levanta para nos receber, com a ajuda de Helene.

Correndo para o seu lado, não tenho como não notar sua postura levemente curvada, ou as rugas que parecem mais profundas, apesar de eu ter me ausentado por apenas um mês.

– Tia Virginia! Estou tão feliz de voltar! – Abraço-a com carinho. – Queria ter avisado que estávamos a caminho, mas não havia ninguém de confiança para enviar a mensagem.

– Está tudo bem, minha querida. Eu estava preocupada, mas tinha a sensação de que voltaria logo.

Afasto-me, olhando em seu rosto.

– Ficou tudo bem durante a nossa ausência?

Ela diz que sim, mas vejo a hesitação em seus olhos e sei que tem muito o que me contar em particular.

– Tudo ficou bem. Sonia e Luisa se entrosaram mais com Helene, e todas me fizeram companhia. – Ela desvia o olhar de mim para Brigid, que está parada ao lado da porta da sala. – E quem é esta?

Afasto-me, pegando a mão de Brigid e puxando-a para dentro.

– Esta é Brigid O'Leary. – Deixo de olhar para tia Virginia e olho para Sonia, Luisa e Helene. – Ela é a última chave.

Há um momento de total silêncio no qual posso quase sentir o choque reverberando pela sala. Luisa é a primeira a falar:

– A última chave? Mas... – Ela balança a cabeça, olhando de mim para Brigid e voltando para mim. – Achei que fosse para a Irlanda à procura da Pedra.

Digo que sim:

– E eu a encontrei, mas acontece que papai deixou tudo em ordem antes de morrer. Ele escondeu a Pedra perto da última chave para que fossem encontradas juntas. E tem algo mais.

Os olhos de Sonia brilham repletos de perguntas não ditas.
- O que é?
- O Rito também estava lá, escrito na parede de uma caverna onde a Pedra deveria estar escondida.
- Como assim "deveria estar"? - Fico surpresa ao ouvir Helene falar. Tinha me esquecido da forma singular de sua voz baixa. - Não conseguiu localizá-la?

Faço que sim com a cabeça, começando a reconhecer o quanto deve ser difícil para qualquer um que não estava em Loughcrew entender o que digo.
- No final. Ela estava sob proteção nas mãos de Brigid, entendem?

Não é minha imaginação, mas as outras garotas examinam Brigid com uma nova suspeita, e olho para seu punho, coberto pela manga de sua camisa.
- Você pode... - Nós nos entreolhamos, e espero que ela saiba que sou sua amiga. - Você se importaria de mostrar para elas?

Ela concorda, enrolando a manga da camisa.

Sonia e Luisa se inclinam levemente para a frente, querendo ver melhor, mas tentando ser educadas. Quando a marca enfim é exposta, levanto a mão de Brigid com cuidado na direção delas.
- Viram? É igual à marca de vocês. Papai a encontrou há muitos anos e colocou o pai de Brigid para cuidar dos marcos de pedra. Ele disse à Brigid que iríamos procurar a Pedra, e ela a manteve escondida enquanto esperava a nossa chegada.

Ninguém fala durante um bom tempo. O silêncio é quebrado pela voz sussurrada de tia Virginia:

– Então é isso. As chaves. A Pedra. O Rito. – Ela olha em meus olhos. – Tudo está no seu devido lugar.

Balanço a cabeça, não querendo dizer a elas algo que descobri logo depois que saí de Chartres.

– Nem tudo.

– O que mais falta? – pergunta Luisa, dando de ombros.

Olho para elas, uma a uma, tentando encontrar as palavras e desejando não ter sido tão teimosa em informá-las antes. Não existe uma maneira gentil de dizer.

– Alice – digo simplesmente, enfim preparada para acabar com o último segredo entre nós. – As páginas desaparecidas declaram que a Guardiã e o Portal devem trabalhar juntos para impedir a entrada de Samael com o Rito dos Caídos. – Faço uma pausa. – Significa que preciso de Alice.

Por um momento, não acho que me ouviram. Ninguém fala. Ninguém se move. Por fim, é Luisa quem quebra o silêncio:

– Alice? Ora – diz ela, e seu riso é frio e cruel –, também deve esperar que a rainha-mãe nos ajude. Na verdade, eu diria que teria mais chance com ela!

Seu desdém me espanta. Mas não posso parar agora. Preciso contar tudo, se for para recomeçarmos. Se for para termos esperança de recuperar a nossa amizade.

– Porém, isso não é tudo.

Sonia dá um passo à frente.

– Como assim?

Respiro fundo.

– Precisamos da ajuda de Alice. E precisamos dela até a véspera de primeiro de maio. A véspera do Beltane.

O olhar de Helene é atraído para o fogo.

- Mas isso... - Ela vira a cabeça para me olhar.
Eu concordo:
- É daqui a quatro semanas.

※

Dou boa-noite para Sonia, Luisa e Helene, confiando Brigid aos cuidados delas enquanto espero na sala por tia Virginia e Dimitri. Temos muito o que conversar, e, mesmo tendo esperanças de reconquistar minha amizade com Sonia e Luisa, há certas coisas que precisam ser feitas em particular.

Contamos para tia Virginia sobre Brigid e o pai, da pedra do fundo da caverna onde estava o Rito e da viagem para Londres e todos os seus desafios. Esperei que ficasse chocada ou no mínimo abalada ao saber que as Almas usaram meu poder, mas ela apenas faz um gesto com a cabeça, indicando que entende.

- Eu também estou sofrendo nas mãos delas. Na verdade, acredito que nós todas estamos, apesar de as garotas serem mais jovens e mostrarem os sinais de modo menos óbvio.

- O que quer dizer, tia Virginia? - Procuro em minha mente, tentando imaginar todas as coisas que poderiam ter acontecido em minha ausência. - O que aconteceu?

Ela dispensa a preocupação em minha voz sacudindo a mão.

- Somos caçadas em nossos sonhos, tentadas a viajar para o Plano.

Balanço a cabeça.

- Todas vocês?

– Sim, de uma forma ou de outra. – Ela hesita, como se tentasse decidir se continua ou não. – Sonia parece estar sofrendo o pior, mas creio que ela está sabendo se defender.

Não digo à minha tia que parece que *ela* está sofrendo o pior, pois aparenta ter envelhecido dez anos no último mês. Sei que não vai admitir sua luta, por mais difícil que seja, e volto a pensar em Sonia.

– Como pode ter certeza, tia Virginia? Como pode ter certeza de que Sonia sabe se defender? – Assim que as palavras saem de minha boca, sinto-me culpada por minha falta de confiança, mas não perguntar seria o mesmo que colocar todas nós em um perigo maior ainda.

Seu suspiro não é de irritação, mas de tristeza.

– Ela as está combatendo com todas as suas forças. Ela a ama. Você é sua amiga mais querida, mesmo agora. Ela só quer ajudá-la. Para se redimir de sua traição. Acho que morreria antes de voltar a defender a causa das Almas outra vez.

Eu concordo:

– Tudo bem.

Vejo que preciso conter a vontade de falar com Sonia neste instante. Para me desculpar e implorar seu perdão. Para ver se existe algo que eu possa fazer para ajudá-la. Mas isso terá de esperar, pois há uma coisa mais importante que deve ser discutida esta noite.

– Encontramos um jeito – digo, começando e olhando rápido para Dimitri antes de voltar a atenção para minha tia. – Um jeito de manter as Almas distraídas e permitir que eu consiga descansar.

Ela ergue as sobrancelhas, esperando que eu continue.

– É... bom... – Sinto que ruborizei e me contenho em silêncio por agir como uma colegial boba quando o destino do mundo está em jogo. – Dimitri fica comigo. Durante a noite. Ele faz isso para garantir que eu não faça a vontade das Almas enquanto durmo.

– E eu gostaria de continuar com ela em Milthorpe Manor até que tudo isso acabe, para sua proteção e a de todos nesta casa – acrescenta Dimitri. – Sei que não é convencional, mas tem a minha palavra de que ficarei sentado em uma cadeira ao lado da cama de Lia a noite inteira. Nada mais.

A princípio tia Virginia não responde. Simplesmente nos encara como se estivéssemos falando línguas totalmente diferentes. Por fim balança a cabeça de leve, nos olhando como se fôssemos loucos.

– Ficar aqui? No *quarto* de Lia? – Ela endireita as costas. – Sei muito bem que a profecia criou situações nada convencionais, mas não posso permitir isso, sr. Markov. A castidade de Lia está em jogo, e, mesmo tendo certeza de que honraria sua promessa, seria totalmente desagradável. Ela nunca mais recuperaria sua reputação!

Fico em pé um instante, antes de ajoelhar-me diante dela e pegar suas mãos.

– Tia Virginia, sabe que eu a amo como uma mãe, não sabe?

Ela hesita antes de concordar, e acredito ver o brilho de lágrimas em seus olhos.

Tento suavizar a voz:

– Então precisa saber que digo isso com o máximo de respeito, mas eu... – Suspiro, surpresa de ver o quanto é difícil afrontá-la. – Bem, não estou pedindo sua permissão. Milthorpe Manor sempre será sua casa. Sempre. Mas eu sou a dona, e receio que devo, neste momento, insistir. Dimitri tomou conta de mim mais de uma vez. Não posso lutar na batalha que nos aguarda sem descansar, e não posso descansar sem que alguém tome conta de mim. Você mesma disse que todas as outras também estão sendo atacadas. Sob as mesmas circunstâncias, acho que é prudente manter Dimitri na casa, para o bem de todas nós.

A mágoa é visível no rosto de tia Virginia, e sinto uma pontada de arrependimento por ter falado, mas não sou mais criança. Lutei em muitas batalhas. Sofri uma grande perda. Ganhei o direito de falar por mim mesma.

E não há outro jeito.

Ela se levanta com um suspiro.

– Muito bem. Como disse, você é a dona de Milthorpe Manor. – Não há ressentimento em sua voz, somente cansaço e arrependimento. – A decisão é sua.

Ela sai da sala sem dizer mais nada, e me pergunto por que não estou satisfeita com minha capacidade de enfim escolher meu próprio caminho. De tomar minhas próprias decisões.

Mas não é prazer o que sinto, é medo. Medo de não estar tão equipada para tomar as decisões como eu gostaria que todos acreditassem.

E tenho medo de que, ao obrigá-los a acreditar, isso possa acabar destruindo todos nós.

29

— Você está confortável?

Dimitri me observa da cadeira ao lado de minha cama, depois de me beijar de maneira casta na testa e me colocar na cama como se eu fosse uma criança. Não há nada, nem de longe, sugestivo em sua voz, mas mesmo agora, com tudo que paira sobre nossas cabeças, sua camisa parcialmente desabotoada e porte relaxado são assustadoramente atraentes.

Eu confirmo com a cabeça.

— Sim, obrigada. Só que me sinto culpada por você ter que passar a noite nessa cadeira, apesar de fazê-la parecer muito confortável.

Ele sorri de modo malicioso, dando um tapinha nos joelhos.

— Bom, eu tenho bastante espaço para você, se quiser mudar de cenário.

Fico satisfeita e ao mesmo tempo chocada por podermos brincar de forma tão inadequada em uma ocasião em que tanta coisa está em jogo. Quando vejo, estou retribuindo o sorriso dele com o meu.

— Não creio que tia Virginia iria aprovar.

Ele suspira, todo dramático, afundando-se na cadeira:

— Tudo bem, então. Fique à vontade.

Fecho os olhos, encontrando conforto por ele estar comigo. O quarto está aquecido, minha cama infinitamente mais macia do que o chão no qual eu dormi nos últimos dez dias. Tudo isso conspira para me deixar sonolenta, e não demoro muito para cair no sono.

E desta vez, por alguma razão, eu não me lembro de ter sonhado.

꙰

Dimitri está descansando no quarto que tia Virginia arrumou para ele, e só posso deduzir que Luisa e as outras ainda estão se preparando para o dia. Terei de falar com Luisa uma hora dessas, mas neste momento é Sonia que pesa mais em minha consciência, por isso paro na frente da porta de seu quarto, erguendo a mão para bater.

Fico pensando se ela conseguirá me perdoar. Se as coisas um dia serão como eram. Mas são perguntas que não encontrão respostas no corredor, e me esforço para bater antes que possa mudar de ideia.

— Ruth, gostaria de saber se você pode... — A porta se abre mais rápido do que eu esperava, e Sonia fica ali, parada. A surpresa é óbvia em seu rosto e a frase que não terminou paira no ar. — Lia! Eu... Entre! — Ela se afasta, abrindo mais a porta para que eu possa entrar.

Entro no quarto, sentindo vergonha ao seu lado pela primeira vez desde que nos conhecemos na sala iluminada por velas onde ela executava uma sessão espírita há muito tempo.
– Desculpe-me. Estou incomodando?
Ela ri baixinho.
– Está tudo bem. Eu simplesmente deduzi que fosse Ruth. Luisa não bate mais e você... – Ela para de falar.
– Eu não venho mais visitá-la – termino a frase por ela.
Sonia faz que sim, devagar, com a cabeça.
Aponto para uma das cadeiras em frente à lareira.
– Posso?
– É claro. – Ela se aproxima de mim, e me lembro de quando eu corria para o seu quarto e me sentava em sua cama sem cerimônia. Sonia se sentava ao meu lado e ficávamos horas conversando, conspirando, nos preocupando. Sinto uma pontada de tristeza por perdermos com tanta frequência alguma coisa antes mesmo de percebermos seu valor. Eu gostaria tanto de poder voltar e fazer tudo outra vez com mais compreensão e perdão.

Olho para minhas mãos, incerta de como começar.
– Sonia... – Erguendo minha cabeça, encontro seus olhos.
– Desculpe-me.
Seu rosto está apático, sua expressão não revela nada.
– Você já se desculpou, Lia. Mais de uma vez.
Eu concordo:
– Sim, mas acho que estava me desculpando por não ser capaz de perdoá-la. E acho que, naquela época, parte de mim se sentia no direito de não perdoá-la.
– É perfeitamente compreensível. O que eu fiz *foi* imperdoável.

A dor em sua voz ainda é nua e crua:
— Não deveria ter sido. — Estendo o braço e pego sua mão.
— O que *eu* fiz foi imperdoável. Não honrei nossa amizade e os muitos sacrifícios que você fez em nome dela. Não fiz as mesmas concessões que você tão prontamente fez por mim. O pior de tudo — digo, respirando fundo, percebendo de imediato o quanto o que vou dizer é verdadeiro — é que eu não estava ao seu lado quando você mais precisou de mim.
— O mesmo pode ser dito de mim. Naqueles dias, viajando pelas florestas até Altus... — Sua voz fica mais suave, e seus olhos clareiam à medida que ela se lembra. — Bem, eu mal me recordo deles. Só depois me disseram que você foi obrigada a ficar acordada para garantir que as Almas não a usassem como Portal delas. Era meu dever, e eu nem fui capaz de ficar ao seu lado enquanto você sofria.

Ficamos em silêncio ao lembrar os momentos aterrorizantes nos quais ficamos à mercê das Almas — Sonia em razão de sua aliança involuntária com elas, e eu, pelo medo de que me usassem enquanto eu dormia.

Mas o passado é passado, e lá deve ficar. Há muita coisa pela frente para continuarmos estendendo esse assunto, e finalmente olho para Sonia e sorrio.

— Desculpe por eu não ter sido uma amiga melhor para você, Sonia. Mas, se puder me perdoar, eu gostaria de recomeçar e que fôssemos as amigas que fomos no passado.

Ela se inclina para me abraçar.
— Não há nada de que eu gostaria mais.

Gostaria que fosse apenas minha imaginação, mas as empregadas estão sussurrando entre si enquanto caminho até a mesa de jantar. Apesar de Dimitri e eu termos nos esforçado para esconder sua presença em meu quarto, foi inevitável que alguém notasse.

As outras garotas já estão à mesa – menos Sonia, que ainda está lá em cima, vestindo-se. Eu me acomodo ao lado de Brigid, tentando ignorar os olhares furtivos da copeira enquanto ela serve a comida em meu prato. Terei de explicar a presença de Dimitri, mas não posso fazer isso na presença dos empregados da casa, então me sento estoicamente, observando-os servirem e pensando que, quanto mais tempo passo neste mundo de Londres, menos gosto dele.

– Você dormiu bem, Lia? – A voz de Brigid me desperta de meus pensamentos particulares, e respondo com um sorriso.

– Dormi. Extremamente bem, na verdade. E você?

Ela sorri.

– É maravilhoso dormir em uma cama outra vez, apesar de ter gostado do ar livre no caminho para cá.

– Entendo o que quer dizer.

Hesito por um momento, tentando pensar em um jeito de falar de Dimitri, até que decido que é melhor ser direta. Ergo minha xícara e procuro ser casual.

– Com certeza todas souberam que Dimitri ficará conosco.

Elas se entreolham, e é óbvio que a presença de Dimitri foi um assunto de discussão mesmo antes de eu vir para a mesa.

– Brigid nos contou que é para tomar conta de você – diz Luisa, enfim. – Para garantir que as Almas não a usem enquanto dorme.

Eu assinto, grata por Brigid ter preparado o terreno.

— A pedra da serpente de tia Abigail está fria, e parece que, sem sua força, estou mais vulnerável do que gostaria de admitir. É para o bem de nós todas que Dimitri ficará aqui; no entanto, precisamos aceitar que haverá rumores entre os empregados.

Luisa ri e sacode a outra mão.

— Ei! Não ligo a mínima para o que os empregados pensam! Só quero que todas nós sobrevivamos até o fim desta jornada. Se a presença de Dimitri aumenta essa possibilidade, estou de pleno acordo.

Já expliquei a situação para Sonia, mas agora olho para Helene e Brigid.

— Vocês têm alguma objeção?

Brigid sorri.

— Se eu tivesse objeções, teria falado antes.

Olho para Helene.

— Helene?

Ela franze o cenho ao escolher as palavras.

— Não creio que meu pai aprovaria.

Uma gargalhada escapa da boca de Luisa quando ela olha para Helene.

— Seu *pai*? Quem pretende contar a *ele*? Até você enviar uma carta para a Espanha e seu pai responder, isso tudo terá acabado!

Helene endireita a coluna. De repente ela parece puritana, apesar de eu não ter notado essa qualidade nela antes deste momento.

— Sim, bem, só porque não tenho tempo de dizer a ele, não significa que deveria desobedecer as suas ordens.

Luisa suspira:

– Acho admirável você querer honrar os valores de seu pai, Helene. – Ela para de repente, os olhos examinando o teto ao ponderar as próximas palavras: – Na verdade, isso não é verdade. Acho ridículo e preconceituoso. Mas minha opinião não vem ao caso.

Sinto uma vontade de rir histericamente, de forma inadequada, enquanto Luisa continua:

– O caso é que há maiores preocupações no momento, vocês não acham? Como nossa sobrevivência – diz ela, começando a contar com os dedos –, o destino de nossas almas, o futuro da humanidade. Coisas desse tipo. Voto pela permanência do Dimitri. – Ela coloca as palmas das mãos na mesa com um gesto determinado enquanto olha para Helene. – E como já que sabemos que as outras concordam, creio que *você* foi derrotada.

Tento não sorrir quando Helene pede licença para sair da mesa, com o queixo erguido o tempo todo. É Brigid que dispara a rir assim que o barulho dos passos de Helene vai sumindo pelo corredor.

Resisto à vontade de fazer o mesmo.

– Acha que uma de nós deveria ir atrás dela?

Luisa faz um aceno para esquecermos minha pergunta e toma um gole do chá.

– Ela vai superar isso em uma hora. Acreditem. Sonia e eu aprendemos a lidar com Helene.

30

De certa forma fico surpresa quando tia Virginia decide nos acompanhar em um passeio pela cidade, mas, quando ela fica para trás com Helene, começo a entender. Elas caminham lado a lado em um silêncio amigável, e percebo que conviver com Alice fez com que minha tia se adaptasse, exclusivamente, a entender alguém como Helene. Ela pode não ter a mesma natureza obscura de Alice, mas se afasta dos outros da mesma maneira. Parece natural minha tia ter um cuidado especial com ela, e me sinto grata por seu espírito benévolo.

As ruas de Londres estão em alvoroço com o tráfego do meio da manhã. As carruagens chacoalham ao passar enquanto todos os tipos de pessoas andam apressados de um lado para o outro. Luisa e eu caminhamos juntas, com Sonia e Brigid na frente, conversando calmamente enquanto Sonia aponta os locais interessantes de se conhecer.

– É bom tê-la de volta, Lia. – Ouço o sorriso na voz de Luisa e viro-me para vê-la sorrindo. – Você *está* de volta, não está?

Suas palavras me enchem de tanta tristeza que não consigo sorrir de volta.

– Sim, eu acredito que estou, mas...
– O que foi, Lia? – Sua voz é carinhosa.

Fico olhando para o chão da rua pavimentada de pedras enquanto caminho.

– Fiquei tão magoada, tão assustada com a traição de Sonia... E depois que vocês duas voltaram de Altus, pareciam muito mais próximas do que antes. Olhando para trás, parece loucura ter me preocupado com sua lealdade, mas, naquela época, eu achava que precisava temer cada um ao meu redor. Você pode me perdoar?

Ela pega minha mão e aperta.

– Oh, Lia! Como você é boba! Não precisa *se desculpar*. Apenas me diga que está de volta, que *nós* estamos de volta, e tudo será esquecido em um instante.

Também aperto sua mão, sorrindo de gratidão e surpresa com a ironia de que algo tão sinistro como a profecia trouxe consigo pessoas raras e lindas às quais posso chamar de amigas.

– Agora – diz ela, com seus olhos negros brilhando –, conte-me o que perdi.

Nos próximos vinte minutos que passamos caminhando pelas lojas de roupas e padarias, eu conto. Falo de Loughcrew e da descoberta da Pedra. Falo do Rito e de como a luz do sol o ilumina somente uma vez por ano, durante o equinócio. Falo do quanto tenho medo de Alice não nos ajudar e que não penso em outra coisa a não ser no que fazer caso ela se recuse.

– Mas como todas as peças se unem na verdadeira cerimônia? – pergunta Luisa, por fim.

Estou me preparando para responder quando Sonia, meia quadra na nossa frente, vira-se e avisa:

– Vamos entrar na chapelaria!

Aceno para ela e Brigid adiante.

– Vão em frente. Já estamos indo.

Elas desaparecem dentro de uma das várias lojas, e volto a olhar para Luisa.

– Também não entendi nada a princípio, mas, quanto mais penso nela, menos complicada me parece.

Luisa franze a testa, concentrada.

– Bom, então talvez eu simplesmente precise pensar mais sobre isso.

Dou uma risada alta.

– A última página da profecia diz que temos que voltar para a barriga da serpente. Faz sentido que seja uma referência a Avebury. Você e todas as outras chaves nasceram perto de lá. A profecia parece dizer que é lá que tudo começou, e então devemos voltar para terminá-la. A barriga parece apontar para o centro. Se for mesmo um lugar sagrado, sua força pode estar concentrada em seu centro do mesmo modo que a caverna embaixo de Chartres tinha um significado especial.

Chegamos à chapelaria e paramos diante da vitrine. Através dela, observamos Sonia e Brigid sorridentes, experimentando vários chapéus enormes. Uma ajeita o chapéu da outra, dando risadinhas, até que o dono da loja olha na direção delas.

– E quanto ao... Como que dizem? O "Círculo de Fogo"? – pergunta Luisa.

– Tive sonhos que falam dele, eu acho. – Por um instante não somos eu e Luisa refletidas no vidro, mas o fogo dentro do círculo em meus sonhos. O estranho cântico. Os vultos encapuzados. – Há pessoas cantando ao redor do fogo, e a Pedra está suspensa em um tripé de madeira, provavelmente para pegar os primeiros raios de sol de Beltane. – Viro a cabeça para olhá-la quando tia Virginia e Helene nos alcançam. – Creio que é assim que deve ser.

Luisa concorda, angustiada, enquanto Helene espreita pela vitrine Sonia e Brigid, que colocam dois chapéus em seus suportes antes de pegarem outros novos.

– O que elas estão fazendo? – pergunta Helene.

– Estão se divertindo. – Há uma conotação de preocupação na voz de Luisa.

Volto-me para Helene.

– Você gostaria de entrar?

Ela parece surpresa.

– Não preciso de um chapéu novo.

Apesar de sentir um momento de tristeza por sua incapacidade de se divertir, não consigo evitar o tom de resignação em meu suspiro. Tia Virginia vem nos acudir.

– Vamos voltar? – pergunta ela com um sorriso. – Gostaria de tomar uma xícara de chá.

❦

Dimitri volta da Sociedade na companhia de Gareth, e compartilhamos um jantar cheio de gargalhadas enquanto eles brincam um com o outro de forma irônica. Não percebo o passar das horas, mas quando os dois saem da mesa para tomar conhaque na sala a exaustão já me dominou por completo. Não quero nada além do silêncio de meu quarto, minha cama macia e um pouco de solidão na qual estudarei minhas opções para trazer Alice para o nosso lado.

Até mesmo pensar nisso é absurdo, e tenho de me obrigar a ignorar a voz em minha cabeça que me diz que é impossível.

Depois de dar boa-noite aos outros, retiro-me para meu quarto para me trocar e me lavar antes de deitar. As chamas estão ardendo na lareira, e eu entro debaixo dos cobertores, tentando imaginar o que direi para Alice.

E quando.

A razão me diz que precisa ser amanhã, pois Beltane se aproxima cada dia mais. A própria jornada – apesar de não ser tão longa quanto a de Altus ou a da Irlanda – exigirá planejamento, e, com um grupo tão grande, vamos precisar de tempo extra.

Tento imaginar as coisas que motivam Alice. As coisas que possam dar uma pausa em seu desejo de ajudar as Almas. Mas a motivação de minha irmã sempre foi clara. Ela procura ganhar o máximo de poder que puder. Ela não liga se esse poder é exercido sob as regras do Bem, como agora, ou sob as regras das Almas, da maneira que será se ela conseguir o que quer.

Alice não ama ninguém. Não é leal a ninguém.

A menos que se considere James.

O pensamento não passa de um vislumbre na cavidade mais profunda de meu coração, e sento-me na cama quando as implicações de tal acontecimento, caso sejam verdade, começam a se juntar em minha mente.

James pode ser considerado? É possível – mesmo que de forma remota – que Alice realmente o ame? A suposição me faz lembrar o primeiro raio de esperança que senti desde o momento em que descobri que a profecia exigia que minha irmã e eu trabalhássemos juntas.

– Sobre o que está pensando com tanta seriedade na cama?

A voz é lenta e espanta meus pensamentos. Sento-me, e a colcha bordada cai até minha cintura quando sigo a voz da pessoa que está perto da porta fechada.

– Dimitri! Você me assustou.

– Sinto muito – diz ele. – Você estava perdida em seus pensamentos. Não queria interrompê-la.

Ele caminha devagar em minha direção, sentando-se na beirada da cama. Seu peso no colchão, sua proximidade, o cheiro de conhaque e fumaça da lareira... Tudo me faz ficar vermelha e com muito calor.

– Fez uma boa visita com Gareth? Ele ficou confortável em seu quarto na casa de Elspeth? – Não é uma tentativa muito sábia para me distrair da presença de Dimitri, mas é tudo o que tenho no momento.

Ele me lança um sorriso malicioso, deitando-se ao meu lado sobre a colcha.

– Ele disse que está muito confortável, se bem que eu não diria que está tão confortável quanto eu. – Seus olhos viajam até meus lábios e depois até o local onde a fita de minha camisola está amarrada perto de minha clavícula.

– Você – digo, colocando as duas mãos em seu peito e dando-lhe uma leve sacudida – é uma influência muito má. Você deveria estar na cadeira.

Ele me envolve em seus braços, puxando meu corpo para perto do seu, e, apesar de a colcha estar entre nós, ela mal consegue amortecer a forte corrente de sangue em minhas veias.

— Você quer que eu *vá*? — pergunta ele.

— Sim... Não. Isto é, você deveria ir. — Minha voz enfraquece quando ele beija primeiro minha face e depois a pele suave na base de minha garganta. — Você precisa ir.

— Preciso? — Um arrepio corre em minhas costas quando o calor de sua respiração toca meu pescoço.

Suspiro, chegando mais perto dele por um momento, apesar de minhas melhores intenções. Não quero que ele vá. Nem a cama nem eu. Nunca mais.

— Bem... — Minha respiração é um sussurro no quarto. — Talvez ainda não.

Logo sua boca está tocando a minha. Sua língua escorrega entre meus lábios, e me perco no calor de nosso beijo enquanto o quarto vibra embaixo de mim. Minhas mãos se erguem como se tivessem vontade própria, acariciando suas costas largas, até que desejo que não houvesse nenhuma colcha ou roupa separando nossa pele fervente. Tudo desaparece quando afastamos os limites diante de nós, aqueles estabelecidos por tia Virginia e pela própria sociedade. Não há nada além do corpo de Dimitri contra o meu.

Logo depois ele se afasta com um leve gemido, sentando-se direito. Sua respiração é curta e rápida.

Não preciso perguntar por que ele se afastou e lhe dou um momento para se recompor. Aproveito esse tempo para apagar o fogo que ainda queima em meu ventre, para tirar de minha cabeça o nevoeiro repleto de desejo que ali se acomodou.

Quando a respiração de Dimitri parece estar mais regular, toco suas costas de leve.

— Desculpe-me. É difícil não perder o controle, não é mesmo?

Ele vira-se para me olhar, os olhos indecifráveis.

— Nem dá para começar a descrever como é difícil a disciplina que preciso ter quando estou perto de você, Lia.

Eu sorrio, encontrando um prazer estranho no esforço que ele precisa fazer para ficar distante.

— Não quero que você vá — digo. — Você acha que poderia encontrar a disciplina para ficar deitado comigo um instante? Deitar comigo e nada mais?

Ele se deita ao meu lado, repousando a cabeça no travesseiro perto do meu.

E sorri maldosamente.

— Você consegue?

Sorrio de leve.

— No mínimo será difícil para mim do mesmo jeito, eu lhe garanto. Mas ainda não estou pronta para ficar sozinha com meus pensamentos.

Ele fica sério quando estende a mão para tocar meu rosto.

— E que pensamentos seriam esses?

Respiro fundo.

— Fico tentando pensar em alguma coisa, qualquer coisa, que possa desviar Alice do caminho que ela escolheu. Não posso mais adiar. Preciso vê-la amanhã.

Ele levanta a cabeça.

— Tão cedo?

— É preciso. Beltane será em menos de um mês, e ainda há muito o que fazer antes de podermos até mesmo pensar em partir. Além disso, o que mudará entre amanhã e depois de amanhã ou no dia seguinte? Eu quero acabar com isso.

Ele concorda:

– Eu vou com você.

Olho em seus olhos e sorrio.

– Tenho de fazer isso sozinha, Dimitri. – Levanto a mão quando ele ameaça protestar. – Sei que pretende me proteger, de verdade, mas ela é minha *irmã*.

Seus olhos se entristecem, e ele cerra os dentes.

– É perigoso demais.

– Não é. A próxima batalha a ser travada vai ocorrer em Avebury e nos Planos dos Mundos Paralelos. – Estendo a mão para atenuar a preocupação em sua testa. – Você não vê? Eu finalmente descobri por que a Guarda não nos perseguiu quando saímos de Loughcrew.

Ele espera que eu responda.

– Eles sabem que, enfim, não tenho inimigo maior do que eu mesma. Sem o poder de tia Abigail na pedra da serpente, sou tão fraca quanto sempre fui. Não há necessidade de enviar a Guarda. Não agora, quando há todas as possibilidades de eu me dar o trabalho de passar para o lado deles.

A angústia cerca seus olhos pouco antes de ele me abraçar, enterrando seu rosto em meus cabelos.

– Você nunca passará para o lado deles, Lia. Eu não vou deixar.

Não respondo, pois não há nada a ganhar ao repetir as palavras que flutuam como fumaça no fundo de minha mente: *Se ao menos a decisão coubesse a você.*

31

Espero por Alice na frente do Savoy na manhã seguinte. Preocupada que ela possa me rejeitar, não anunciei meu desejo de vê-la, e fico parada, encostada na parede de pedras do hotel, esperando que ela saia, e sem dúvida sairá. Alice jamais ficaria dentro de um lugar em um dia como este. A primavera finalmente chegou a Londres, e o dia está coberto por um céu cristalino.

Pretendo ensaiar minha súplica, memorizar exatamente as palavras certas para trazê-la para o nosso lado. Mas, no final, não consigo fazer nada além de ficar parada na entrada do hotel, com o coração na garganta enquanto espero ver minha irmã.

Ela aparece pouco depois, e pressiono as costas contra a parede, pois não estou preparada ainda para ser vista. Quando ela cumprimenta o porteiro na saída, reconheço o gesto arrogante que faz com a cabeça. Alice nunca gostou daqueles que em sua opinião são inferiores a ela, e me pergunto se também vê James, o mero filho de um vendedor de livros, da mesma maneira.

Ela continua a descer a rua, desatenta aos que estão ao seu redor, de queixo erguido como se fizesse um protesto em silêncio. É uma sensação estranha observar minha irmã gêmea descendo a rua. Ver os homens lançando olhares de admiração e as mulheres olhando com inveja. Nunca me considerei bonita, e me pergunto, surpresa, se talvez eu seja, ou se é o ar de confiança e indiferença de Alice que a torna motivo de tanta atenção.

Quando ela está quase a meia quadra na minha frente, afasto-me da parede e começo a seguir sua capa esvoaçante. Digo a mim mesma que seria imprudente anunciar minha chegada tão cedo. Que seria mais inteligente ver aonde ela está indo. Esperar por um lugar privado no qual pudéssemos conversar.

Mas estou com medo. Não de Alice. Bem, não totalmente. Não. Estou com medo de forçar esse confronto final no mundo real. De confiar em minha esperança, embora improvável, de que ela possa estar disposta a ajudar a fechar o Portal para Samael.

Alice passa em frente às várias lojas da rua. Não é difícil segui-la sem ser notada. Há poucas pessoas que andam com tanta segurança quanto Alice, e menos ainda são aquelas que não prestam atenção aos que estão ao seu redor.

Ela atravessa a rua e acelero o passo, indo para o outro lado pouco antes de várias carruagens passarem, impossibilitando que eu mantenha contato visual. Eu a sigo durante mais alguns minutos e não fico nem um pouco surpresa quando ela se vira para atravessar os portões de um parque, amplamente ocultado do mundo exterior pelas árvores enormes e frondosas que formam uma parede ao redor de seu perímetro.

O parque é pequeno, e quando passo pela entrada encontro-me em um caminho estreito de pedras. Em um local tão confinado, a proximidade de Alice parece maior, e recuo para ficar fora de vista. Entramos mais para dentro do parque, buscando caminho através das sombras das várias árvores salpicadas pela luz do sol. Eu me escondo de repente atrás de uma árvore quando Alice enfim para à beira de um lago, sentando-se em um banco de ferro perto da água. Uma família de patos nada ao longe, e imagino se ela está dando nome a eles, como costumávamos fazer com os que viviam no lago de Birchwood Manor.

Respirando fundo, reúno coragem para me afastar da árvore onde me sinto protegida. *Diga alguma coisa agora*, penso ao me aproximar por trás dela. Estar tão perto assim me faz perder o equilíbrio, e de repente sou invadida por sentimentos conflitantes de ódio, tristeza e, sim, amor.

Até mesmo agora.

Estou poucos passos atrás dela, preparando-me para dizer seu nome, quando ela fala, suas palavras conduzidas levemente pela água:

– Por que está se escondendo, Lia? Venha e sente-se ao meu lado, está bem?

Fico surpresa, mas não pelo fato de ela saber que eu a estava seguindo. É o tom de sua voz, a ausência de ódio, de *paixão*, que me assusta.

Não respondo, simplesmente me aproximo, ocupando meu lugar ao seu lado no banco.

Sigo seus olhos pela água, observando os patos enquanto nadam em nossa direção, provavelmente treinados para esperar que joguemos pão ou algum tipo de comida.

— Você lembra quando costumávamos cavalgar em nossos cavalos até o lago para dar pão velho aos patos? — A voz de Alice é triste, e na minha mente posso ver os campos que cercam Birchwood, minha irmã cavalgando rápido e assiduamente a minha frente, seus cabelos castanhos esvoaçando ao vento.

— Sim. — É difícil falar com o peso que sinto no coração. — Você sempre cavalgou muito rápido e muito na minha frente. Eu tinha medo de ser deixada para trás.

Um sorriso surge no canto de sua boca.

— Nunca estive tão longe quanto você imaginava. E não teria permitido que ficássemos separadas, não importa o que possa ter pensado.

Levo um tempo para processar essa nova informação. Mesmo sendo uma confissão tão pequena, isso muda a forma com que vejo minha irmã.

— Por que fazia isso sabendo que ia me dar medo?

Ela dá de ombros.

— Suponho que havia uma parte de mim que apreciava sua independência. Seu medo. Mas, para falar a verdade mesmo, eu sinceramente não sei.

Eu olho para a água. Está ondulando, opaca e sem brilho, mesmo sob a luz do sol. De repente não sei o que dizer. Como começar. Procuro o lado oposto do lago, examinando o gramado em sua beirada, as árvores a distância, como se tivessem as palavras das quais preciso. Não me surpreendo quando Alice fala primeiro:

— Eu já sei que ele não me ama.

É óbvio que se refere a James, mas suas palavras não me dão qualquer sensação de vitória.

– Eu não ia lhe dizer isso.
Ela olha para as mãos cruzadas em seu colo.
– Não precisa. Só vejo você quando olho nos olhos dele.
Deixo que as palavras pairem entre nós. Não para magoar Alice, mas porque estou tentando achar um jeito de motivá-la a nos ajudar, se ela já acredita que James não a ama.
Por fim, só posso falar a verdade:
– Seja qual for a situação agora, Alice, James não poderá amá-la se você se recusar a nos ajudar a fechar o Portal. Se ele souber que sua função é permitir que Samael domine o mundo como você deseja.
– Parece que só tenho dois futuros disponíveis para mim. – Sua voz é delicada e sem a rebeldia que sempre foi característica de minha irmã. – Ajudá-la e viver casada com um homem que ama você, ou assumir meu lugar ao lado de Samael e governar o mundo. – Ela vira-se para me olhar, seus olhos assumindo um tom mais verde do que jamais vi. – O que você faria?
Pondero sua pergunta, imaginando-me em seu lugar. Não demoro a achar a resposta.
– Não aceitaria nenhum dos dois – respondo. – Encontraria um jeito de ter meu próprio futuro, no qual eu pudesse ser amada, realmente amada, e não tivesse que trocar o poder por esse amor.
Nós nos entreolhamos por um momento, e acredito ver a dúvida chegando a seus olhos. Mas é uma chama mínima que se extingue antes que eu tenha tempo de ter certeza de que está lá.
Ela volta a olhar a água.
– Então você é uma pessoa melhor do que eu, Lia. – Seu sorriso é irônico, e, quando volta a falar, suas palavras têm um

sarcasmo sutil. – Então, mais uma vez, não precisávamos ter esta conversa para descobrir isso, não é mesmo?

Não quero voltar a confirmar a declaração de Alice de que eu sempre fui a favorita.

– Todos nós vemos as coisas com base em nossas próprias percepções, Alice, mas não importa o que você pense, papai a amava. Ele ainda a ama. Todos nós a amamos.

Ela levanta o queixo, evitando meu olhar.

– Todos, exceto James.

Eu me levanto e caminho até a beira da água, ficando de costas para ela.

– James é... Bem, o problema com James é culpa minha. Eu não... – Engasgo-me com as palavras, pois mesmo agora a lembrança de tê-lo deixado, de magoá-lo, causa-me arrependimento. – Eu não lidei com isso como deveria. Não falei com ele como deveria. Eu o deixei com muitas perguntas sem respostas. – Viro-me para encará-la. – Mas você não vê, Alice? Essas perguntas podem ser respondidas agora. Eu amo Dimitri. James e eu, bem... Nosso amor foi em outra época. Em outro lugar. Se você ficar ao meu lado para ver o Portal fechado, poderá ter um recomeço com ele. Poderá ter a chance de uma vida na qual possa viver feliz e apaixonada, um amor de verdade, sem a sombra da profecia e sua função nela.

Ela não responde por um momento e, quando o faz, não é para falar de James, mas de nosso pai:

– Você sabia que eu costumava observar você e papai na biblioteca? Eu parava na janela do lado de fora da casa ou na entrada da sala, olhando vocês dois, rindo e conversando sobre livros. Parecia tão fácil o jeito que compartilhavam tudo, mas, quando eu tentava mostrar interesse na biblioteca ou nos livros de papai, ele nem ouvia direito, estava sempre ansioso para voltar a ficar ao seu lado.

Eu suspiro.

– Tenho certeza de que papai sabia que você não estava realmente interessada na biblioteca, Alice. Sem dúvida ele apreciava seu esforço, mas não queria que você se obrigasse a isso.

– É claro. Não pode ser que ele, simplesmente, não estivesse interessado em mim, pode? – Sua voz treme. – Eu estava só, Lia. Mamãe estava morta. E você tinha papai e James. Henry tinha Edmund. Tia Virginia estava sempre cuidando de você, mesmo antes de eu descobrir por que ela me olhava com suspeita.

Suas palavras caem como chumbo. Ela tem razão. Reconhecer isso é como uma faca em meu coração, pois me torna tão culpada quanto Alice em sua escolha de negar seu papel como Guardiã. Não seria possível que, se tivesse recebido o amor que lhe foi negado, ela pudesse ter se aliado à causa das Irmãs?

Atravesso o caminho de pedras para voltar a assumir meu lugar ao seu lado no banco, virando o corpo em sua direção e segurando sua mão quente na minha.

– Acho que nunca percebi que estava solitária. Você sempre parecia tão feliz. Tão livre. Falar da biblioteca parecia aborrecê-la e, depois de um tempo, creio que parei de tentar.

– Não queria que você ou papai vissem o quanto me magoava. Não queria que você tivesse esse poder sobre mim. – Ela dá de ombros, virando o rosto. – Então eu fingia não ligar.

– Sinto muito, Alice. Sinto muito ter lhe causado tanta dor. – Dizer isso é mais difícil do que eu esperava. Não porque é mentira, mas por causa de Henry. Porque parece que Alice merecia toda a injustiça e toda a dor que sofreu pelo que fez com Henry.

Mas eu falo. Falo porque Alice precisa ouvir e, sim, falo porque é necessário, se desejo ter alguma esperança de receber seu apoio.

– Isso não importa mais. – Sua garganta ondula quando ela engole a emoção de momentos antes.

– Talvez não – digo. – Podemos esquecer o passado, então? Podemos trabalhar juntas para fechar o Portal para Samael e assim recomeçarmos? Para que *você* possa recomeçar com James?

Ela retira devagar sua mão da minha, repousando-a em seu colo e olhando de volta para a água.

– Não é meu lugar – diz ela simplesmente.

É uma declaração estranha, e vejo que preciso me esforçar para esconder minha preocupação.

– Mas *é* seu lugar, Alice. Como Guardiã, é seu lugar mais do que de qualquer outra pessoa.

– Você precisa tentar entender, Lia. – Sua voz parece estar cada vez mais distante, e tenho a clara impressão de que a estou perdendo, de que minha oportunidade de trazê-la para o nosso lado está se acabando. – Eu sempre estive do lado das Almas. Sempre fui um apoio à causa delas. Sempre.

Suas palavras ressoam com uma decisão que não posso negar.

Meu coração mais uma vez pesa em meu peito quando respondo:

– Então não vai nos ajudar? Não vai cumprir seu papel como Guardiã, mesmo sabendo que pode perder James?

Ela vira-se para mim.

– Sinto muito, Lia. É tarde demais. Não sei quem eu sou, a não ser aquela que apoia as Almas em sua causa. Isso já faz parte de mim. Faz parte do meu propósito. Sem isso, acho que eu deixaria de *ser*. – Ela se levanta, olhando para mim com algo triste e indescritível em seus olhos enquanto se prepara para partir. – Sinto muito por você, Lia, e lhe desejo sorte em cumprir seu destino. Creio que vai precisar de muita, mesmo.

32

Não atendo a batida leve na porta, mas Dimitri entra mesmo assim. Ele atravessa o quarto em silêncio e senta-se ao meu lado, abraçando-me gentilmente. Primeiro resisto, mas não demora para que meu corpo encoste no dele.

Colocando meus cabelos para trás, ele beija o topo de minha cabeça.

– Ela disse não?

Não faço nada durante um longo momento, sem querer admitir a verdade. Mas não há tempo para fingir, e por fim concordo com a cabeça.

Sinto o suspiro levantar seu peito.

– Lamento.

Sentando-me, puxo os joelhos para perto de meu corpo, abraçando-os com força.

– Foi ingenuidade minha pensar que seria tão fácil.

Ele faz um gesto negativo.

– Ingenuidade não, otimismo. Teria sido tolice não tentar.
– Ele dá de ombros. – Agora sabemos.

Olho fixamente para o fogo, sem querer encarar Dimitri.

– Por todo o bem que isso nos faz.

Pelo canto dos olhos posso vê-lo passar a mão nos cabelos.

– Simplesmente vamos esperar, só isso. Vamos continuar a influenciar Alice e esperar até o ano que vem em Beltane. Não precisa ser este ano.

Deito minha cabeça nos joelhos, virando-me para olhá-lo.

– Não posso esperar, Dimitri.

– Sim. – Ele assente. – Você pode. A profecia não estabelece um ano específico. Somente diz que precisam se reunir na véspera do Beltane. Se for para levarmos mais um ano para convencer Alice, que assim seja. Se for para levarmos dez anos, que assim seja.

Sorrio de leve.

– Não vou durar tanto tempo, e nós dois sabemos disso. Já estou enfraquecida pelas Almas. Minha aliança com as outras chaves é frágil e não tenho como saber se inclusive posso convencer Helene a ficar mais um ano inteiro. Tem de ser agora.

– Mas por quê? Se Alice não concordar em nos ajudar, não vejo como conseguiremos obrigá-la. É verdade que podemos levá-la até Avebury contra a vontade dela, mas não teria como obrigá-la a participar do Rito.

– Eu não tenho as respostas, Dimitri. Não agora. – Fecho os olhos. – Só sei que não posso esperar e que estou muito cansada.

Ele se levanta, debruçando-se sobre mim. Antes que eu possa protestar, ele me ergue em seus braços e começa a caminhar em direção à cama. Seus braços são fortes e firmes, e sinto como se pudesse me carregar para sempre sem se cansar.

– O que está fazendo? – pergunto com delicadeza.

Seu rosto está muito perto do meu, seus olhos parecem insondáveis piscinas de ônix líquido.

– Estou levando você para a cama para que possa dormir.

Chegamos à cama e Dimitri me coloca gentilmente no colchão, cobrindo-me até os ombros. Ele se senta com cuidado na beirada da cama, curvando-se para me beijar de leve na boca. Seus lábios se encaixam nos meus.

– Tudo parecerá melhor de manhã, você verá. Apenas durma, meu amor.

Pelo jeito é uma tarefa impossível, mas logo estarei entrando na escuridão.

O rosto de Dimitri é a última coisa que vejo.

Voltei para o Vácuo e Samael está mais perto do que antes. O cheiro fétido das Almas é dominador. Sinto o bafo quente de seus cavalos em minhas costas.

Até mesmo em meu sonho estou cansada. Mecanicamente, esporeio meu cavalo para que ele corra, na tentativa de ser mais rápida que a Besta e seu exército de anjos caídos. Mas parte de mim já sabe que é inútil, e meu cavalo aos poucos para de correr, até que um puxão forte me tira de suas costas.

Caio no gelo com força, mas é uma sensação da qual pouco me dou conta. Não sinto a dor da queda como sentiria em meu mundo. E não há tempo para insistir nisso. O exército de Almas me cerca, formando um círculo enquanto fico deitada no gelo, e sei que acabou.

Agora ficarei presa debaixo do gelo por toda a eternidade. Mas primeiro Ele virá.

Ouço o cavalo, bufando, ao passar pela multidão de Almas divididas, como se o ódio que tenho o tivesse guiado nessa perseguição. Sinto a batida do coração, começando como um leve palpitar em meu peito, vibrando lá dentro à medida que vai ficando mais forte e perto. Logo eu o ouço também. Não só o coração de Samael, a Besta, mas meu próprio coração, batendo no mesmo ritmo que o dele.

É estranhamente reconfortante, e se fecho meus olhos quase posso acreditar que estou no útero. Fico deitada no gelo, entregando-me às batidas do coração, as penas das asas de Samael agitando como neve negra ao redor de meu corpo. Elas tocam meu rosto, macias como um beijo, quando caem.

E penso: Sim. *É muito fácil no final das contas.*

Quando acordo, estou tremendo. Meus ossos batem como se eu tivesse perdido a pele, meus dentes rangem.

– O quê? O que é...

– Lia! Acorde, Lia! – É o rosto de Dimitri que paira sobre o meu, e, absorta, pergunto-me por que ele não quer que eu durma.

Ele não disse que eu deveria dormir? Ou foi um sonho?

Estou confusa, desorientada, e olho ao redor, imaginando se estou na floresta a caminho de Altus, em Loughcrew, em um de nossos vários acampamentos voltando para a Inglaterra. Mas não. Vejo meu quarto ricamente decorado com papel de parede, a madeira esculpida das colunas de minha cama em Milthorpe Manor.

Sinto pressão em meus ombros. É desconfortável, quase doloroso, e, quando percebo, fico surpresa ao ver que as mãos de Dimitri são a causa disso.

— O que está fazendo? — Tento me sentar. — Está me machucando!

Ele tira as mãos de meu corpo, erguendo-as em um gesto de rendição.

— Desculpe! Meu Deus, desculpe-me, Lia, mas... Você...

Seu olhar está obscuro, assombrado, e, quando o sigo, entendo por quê.

Tem alguma coisa na minha mão esquerda. Alguma coisa pendurada no veludo preto. Eu me sento, minha respiração está na garganta quando abro os dedos e vejo o medalhão ali. Na palma da minha mão, não em meu pulso, como deveria estar. Como estava quando fui dormir.

Olho nos olhos de Dimitri, e ele se move para tirar o medalhão da minha mão.

— Estava debatendo os pés e as mãos enquanto dormia, e, quando fui acordá-la, você de repente parou. — Ele faz uma pausa com os olhos perplexos quando nos entreolhamos outra vez. — Então, você ficou deitada e tirou o medalhão de seu pulso tão calmamente como se estivesse acordada e ciente do que estava fazendo.

Balanço a cabeça.

— Mas não estava acordada nem ciente.

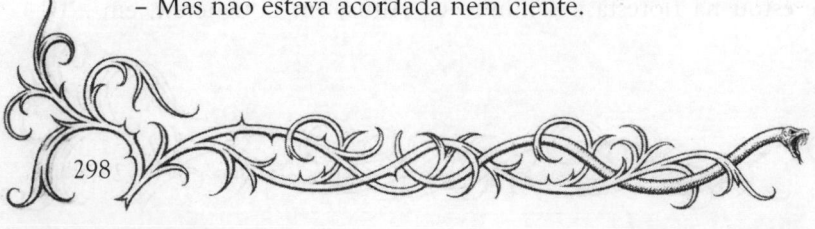

– No entanto, o fato permanece: você mesma retirou o medalhão, Lia. – Há tristeza em seus olhos enquanto continua a falar: – E você estava tentando usá-lo para trazer as Almas.

※

Eu sei, pela expressão no rosto das outras meninas, que aparento estar tão mal quanto me sinto.

Chamei todas até a sala, junto com tia Virginia, depois de uma noite sem dormir durante a qual Dimitri e eu discutimos todas as possibilidades. Eu sabia desde o começo que só havia uma coisa a fazer, mas ele insistiu em repassar todas as opções. No final, concordou com minha decisão só porque não tinha escolha. Farei o que preciso com ou sem o apoio dele.

Simplesmente não há outro jeito.

Examino o rosto das chaves – Luisa, Sonia, Helene e Brigid. Elas significam muito mais para mim do que apenas peças da profecia, porém nenhuma de nós ficará livre se não agirmos agora. E, mesmo que percebam ou não, nossa aliança não sofrerá mais um ano de espera – de esperança – para trazer Alice para o nosso lado.

– Está tudo bem, Lia? – pergunta Sonia. – Você não me parece bem.

Ela se senta ao lado de Luisa no sofá, com Brigid do outro lado. Helene se senta na cadeira de espaldar alto, e não fico nada surpresa ao vê-la tão separada das outras.

– Fiquei acordada quase a noite inteira, tentando formular um plano para seguir em frente.

Não é por acaso que não respondo sua pergunta garantindo que estou bem. Que tudo está bem. Não vou mentir. Não para mim mesma, nem para as outras cujas vidas foram alteradas pela profecia.

— Alice disse não para você. — É uma afirmação dos fatos, apesar de a voz de Sonia ser delicada. Ela, mais do que qualquer um, sabe como meus sentimentos por Alice ainda são inconstantes.

Confirmo com a cabeça, engolindo o nó em minha garganta.

Nenhuma das garotas parece surpresa, mas é Luisa quem fala:

— E agora? O que vamos fazer?

Respiro fundo, observando minhas mãos, não querendo encará-las.

— Apesar de a profecia, tecnicamente, não ter de ser concluída este ano, não vou sobreviver para presenciar outro Beltane.

Sonia começa a protestar, mas olho para cima, erguendo minha mão para detê-la.

— É verdade, Sonia, por mais que desejemos que não fosse assim. Eu não ando bem. Batalho com as Almas até mesmo em meu sono, e enfraqueço dia a dia. — Mordo os lábios, pois o que direi é o mais difícil de admitir: — Ontem à noite mesmo Dimitri me impediu de usar o medalhão sobre a minha marca. De trazer mais Almas.

Os olhos de Sonia estão cheios de tristeza e de algo semelhante à piedade. Isso revigora meu senso de dignidade e fico mais ereta, determinada a mostrar força em minha voz. Se devo guiá-la em direção ao perigo, pelo menos serei digna de minha responsabilidade.

– Não sei se tenho a força, a autoridade para fechar o Portal sem Alice. Isso pode nem ser possível, mas se eu não tentar... se esperar... – Olho para cada uma, querendo me certificar de que entendem as consequências da espera. – Estarei esperando para morrer. Para ter minha alma sepultada no Vácuo. Então ninguém poderá fechar o Portal até que um novo Anjo seja designado. E isso pode levar séculos.

– Nós *todas* podemos morrer assim. – Há um tom de acusação na voz de Helene quando ela finalmente fala.

Eu hesito.

– Sim, apesar de eu acreditar que não morreriam. Sem mim, vocês são, desculpe-me por dizer, de certa forma inúteis para Samael e as Almas. Acredito que aconteça o que acontecer em Avebury, vocês serão poupadas.

– Mas não pode ter certeza – retruca Helene.

Balanço a cabeça.

– Não.

– Mas, Lia... – A voz de Brigid é suave. – Se não puder fechar o Portal, não morrerá *com certeza*? E se o Rito chamá-la para os Mundos Paralelos? As Almas não seriam capazes de deter você lá, devido à sua fraqueza?

Olho para Dimitri antes de responder. É fácil para mim aceitar meu possível destino, mas não para ele.

– É possível, sim. Mas eu não posso... não posso ficar sentada aqui, esperando, dia após dia, que as Almas me enfraqueçam o suficiente para me levar para o Vácuo. Eu estou... – Minha voz treme, e tento firmá-la antes de continuar: – Estou cansada.

Preferiria ver tudo isso acabar, para todas nós, a sujeitá-las a uma espera sem fim na qual todas as nossas vidas se encontrarão.

— Então deveríamos viajar para Avebury a tempo de o sol nascer em Beltane, realizar o Rito e... o quê? Tentar fechar o Portal sem Alice?

Digo que sim.

— Eu reuniria o poder remanescente e pediria a vocês que fizessem o mesmo, e vamos tentar fechar o Portal à força, sem ela. É um jogo, mas não é diferente daquele que jogamos todos os dias em que esperamos. — Brinco com um fio solto na saia de meu vestido.

— E se não pudermos fechá-lo sem ela? — pergunta Sonia com delicadeza.

Dou de ombros.

— Então o que tiver de ser será. É provável que ficarei presa no Vácuo, e todas vocês continuarão para viver ao máximo a vida que merecem. É um sacrifício que farei para acabar com meu próprio tormento e me encarregar da liberdade de vocês. — Olho para tia Virginia, percebendo seu físico frágil. — Todas vocês.

Luisa olha para Dimitri.

— Você já tentou dissuadi-la disso?

Seus braços estão cruzados na frente do corpo, e o queixo, posicionado de forma a indicar uma frustração que ele mal consegue controlar.

— A noite inteira.

Luisa assente, voltando-se para mim.

— Então não há nada a fazer a não ser ajudá-la, Lia. Ajudá-la a encontrar a paz de que necessita. Eu, por mim, farei todo o possível para que você consiga. Até mesmo isso.

— E eu também — diz Brigid.

Todas nós olhamos para Helene. Ela endireita a postura, dando um suspiro de frustração.

— Bom, se isso vai me libertar desse negócio e me levar de volta para a Espanha, suponho que farei.

Pergunto se não é minha imaginação quando damos um suspiro coletivo de alívio dentro da sala.

Fico olhando para Sonia, e ela se levanta, caminhando em minha direção e se abaixando ao lado de Luisa.

— Eu suportaria o fardo de ser uma chave para sempre a fim de tê-la conosco, mas se é isso que você quer, assim será. Não há nada que eu não faria para ajudá-la, Lia.

Lágrimas de gratidão e alívio brotam em meus olhos. Eu me controlo enquanto aperto de leve as mãos de Sonia e Luisa antes de me levantar.

— Então vamos nos preparar para partir?

33

Já se passou uma semana, e, enquanto me preparo para ir dormir em meu quarto, ainda continuo surpresa por estarmos de malas prontas para partir.

Gareth, Dimitri e Edmund cuidaram da maior parte das providências, colocando tudo rapidamente no lugar, apesar de termos um grupo maior do que antes. Luisa, Sonia e eu fizemos o possível para preparar Helene para o rigor da jornada, pois, enquanto Brigid aguentou firme durante todo o caminho de Loughcrew até Londres, Helene até então só havia cavalgado sobre uma sela lateral – e com certeza nunca usando calças.

Visto minha camisola e escovo os cabelos, pensando no tempo que Sonia, Luisa e eu passamos tentando fazer com que Helene se sentisse mais confiante com os cavalos. Depois de dois dias frustrantes em Whitney Grove, perdemos a paciência com suas lamúrias e desespero por achar que não irá conseguir ficar sobre seu cavalo caso uma cavalgada vigorosa seja necessária. E, para piorar ainda mais, ela se recusa, sem rodeios, a usar as calças que Brigid aceitou sem questionar. Eu não me preocuparia com seus trajes em momento algum, mas, neste caso, sua teimosia poderia custar nossas vidas, caso tenhamos que correr pela floresta como fizemos a caminho de Altus.

Eu me viro com a batida na porta, sabendo que deve ser Dimitri.

– Entre.

Ele passa pela porta. As linhas de preocupação em seus olhos me dizem que está triste por ter concordado com o plano desta noite.

Atravessando o quarto, ele se aproxima de mim, pegando minhas mãos e me fazendo levantar. Ele me puxa para perto, envolvendo meu corpo em seus braços que nunca cessam de me deixar segura, por mais falsa que a ilusão possa ser. Não é apenas minha impressão, mas ele tem de fato me abraçado mais forte e por mais tempo nesses últimos dias. Como se temesse que eu fosse desaparecer de seus braços a qualquer momento.

Enfim, afasto-me um pouco, só para olhar em seus olhos.

– Você está pronto?

Ele assente.

– Mas só porque não tenho como convencê-la do contrário.

Sinto a tristeza em meu sorriso.

– Tem razão. Não tem mesmo.

Foi fácil tomar a decisão de visitar os Mundos Paralelos uma última vez. Não sei o que acontecerá em Avebury, mas preciso ser sincera comigo mesma: sem a ajuda de Alice, há todas as possibilidades de minha alma ficar presa no Vácuo e meu corpo ser abandonado para morrer. Meus pais – e provavelmente Henry com eles – arriscaram suas almas para permanecerem nos Mundos Paralelos caso eu precisasse da ajuda deles. Nada mais justo do que libertá-los para que atravessem para o Mundo Final se eu não viver para ver isso acontecer. E, apesar de estar em paz com meu destino, quero ver meus pais e meu irmão mais uma vez. Quero falar com eles e abraçá-los.

Mais do que tudo, quero dizer adeus.

Solto a mão de Dimitri, vou para a cama e me deito. Ele senta-se ao meu lado, passando os dedos por minha face até chegar no meu queixo.

– Se me deixar ir com você, poderei cuidar para que volte a salvo.

Balanço a cabeça. Eu já rejeitei esse argumento.

– Não quero que sofra as consequências. Ou, pior, que perca totalmente sua posição no Grigori por minha causa.

Ele desvia o olhar, trincando os dentes.

– Você ainda não entende, não é? – Sua voz é petulante.

– O quê? – Levanto o corpo, apoiando-me nos cotovelos. – O que eu não entendo?

Ele volta a me olhar.

– Acha que me preocupo com minha posição no Grigori? Você acha, depois de tudo que aconteceu entre nós, que me importo com as *consequências?* – Ele balança a cabeça, olhando para o lado por um instante antes de voltar-se para mim com os olhos fumegando. – Você é tudo para mim, Lia. Eu perderia minha posição no Grigori sem pestanejar se isso significasse vê-la em segurança no outro lado da profecia.

Estendo os braços e envolvo seu pescoço, tocando meus lábios nos seus. Não demora muito para que o terno beijo torne-se apaixonado, urgente, e aperto meu corpo contra o dele, sabendo que o sentimento entre nós é muito mais poderoso por sabermos que podemos perder um ao outro nos próximos dias. Sinto um frio no estômago, que vai aumentando enquanto se espalha para todas as partes de meu corpo. Ele também deve sentir o mesmo, pois inclina minha cabeça para me beijar melhor, e me aproximo ainda mais de seu corpo, querendo mergulhar dentro dele neste exato momento.

Querendo estar dentro de sua pele, seu corpo, sua alma.

Ele retira a mão dos meus cabelos emaranhados, colocando-as em meus ombros.

– Lia... Lia. – Ele levanta uma de minhas mãos, virando-a e beijando sua palma antes de deixar uma trilha com seus lábios até a pele macia na parte interna de meu pulso. E ali deixa um beijo na pele marcada antes de olhar-me nos olhos. – Eu esperava ter a vida inteira para abraçá-la. Para amá-la.

Toco sua testa com as pontas dos dedos antes de deixar minha mão cair de volta no colo. Não sei como consigo sorrir, mas de alguma forma seu amor me fortalece, e no final das contas não é tão difícil.

– Prometo que lutarei, Dimitri. Lutarei para ficar com você.
– Dou de ombros. – O resto fica por conta do destino.

Ele concorda com a cabeça enquanto me cubro com os cobertores, voltando a me deitar no travesseiro.

– Faça o que tem que fazer, e volte para mim.

Ele me dá outro beijo e sai da minha cama para assumir seu lugar na poltrona. Se esticássemos os braços, tocaríamos nossos dedos. No entanto, já sinto que ele está a milhões de quilômetros de distância.

Fecho os olhos, tranquilizo-me e deslizo para dentro do estado de vigília que permitirá que eu viaje e ainda possua algum controle sobre meu destino. Penso em meus pais – nos olhos verdes de minha mãe e na voz retumbante de meu pai. Penso em Henry e no sorriso contagiante que parecia iluminar não somente seus olhos, mas os olhos daqueles ao seu redor também.

Penso em todos eles. Visualizo seus rostos. Depois adormeço.

Tenho certeza de que os encontrarei nos campos perto de Birchwood. É o único lugar verdadeiro para se despedir.

Desta vez caminho ao lado do rio por trás da grande casa de pedras. É exatamente como me lembro. A casa que meu bisavô construiu surge no meio dos grandes carvalhos. Não há nada obscuro ou sinistro nela neste mundo.

Sinto uma pontada de tristeza ao ver a grande pedra que James e eu chamávamos de nossa, e tento não pensar se ele e Alice agora a chamam de deles. O rio borbulha feliz ali perto, e percebo que todos os rios soam diferentes. Não faz sentido, na verdade; deveriam ter o mesmo som. Onde quer que estejam, todos são água correndo sobre pedras. Mas este é *meu* rio, e ele me faz lembrar um amigo perdido.

Fecho os olhos e fico parada na margem, concentrando-me nas imagens de minha família em minha mente até ouvir o som de botas abrindo caminho pelas folhas secas no chão coberto por elas.

Deveria estar preparada. Sei que estão vindo, pois eu os convoquei com todas as forças do meu considerável poder atual, mas ainda fico surpresa ao me virar e ver meus pais e Henry caminhando – *caminhando* – em minha direção.

A tristeza dura apenas um momento, pois, quando Henry abre aquele sorriso enorme, não consigo fazer nada além de correr em sua direção. Também vejo meus pais, mas é meu irmão que desejo abraçar.

Ele corre para mim com uma força que não tinha quando estava vivo, e percebo que nunca o vi ou o senti tão forte. Ele passou a vida aprisionado numa cadeira de rodas. Viveu e morreu com ela. As lágrimas correm livremente em meu rosto quando o abraço, sabendo que agora ele finalmente está livre.

– Henry! Oh, Henry! – É tudo o que consigo dizer. Estou inundada com algo que no geral é demais e muito poderoso para descrever.

– Lia! Eu posso andar, Lia! Está vendo? Eu posso andar! – Sua voz é do jeito que lembro, o tom ainda agudo de uma criança dotada de toda a animação e entusiasmo que lhe condiz.

Afasto-me para olhá-lo.

– Estou vendo *mesmo*, Henry. Estou. Você anda muito bem.

Seu sorriso é tão largo quanto o céu acima.

– Então, por que está chorando?

Eu rio, limpando as lágrimas em meu rosto com as costas da mão.

– É que simplesmente estou repleta de felicidade, Henry. Não há espaço para tanto dentro de mim.

Ao lado de Henry, papai sorri de leve, e volto minha atenção para meus pais.

Estendo os braços para meu pai, abraçando-o apertado e sentindo o cheiro da fumaça de cachimbo e cedro.

– Papai. Senti tantas saudades!

– Eu também, filha.

Volto-me para minha mãe e repito o abraço, sentindo uma nova proximidade com ela desde a vez que estive em Altus.

– Lia – diz ela, respirando em meus cabelos. – Você está bem.

Nós nos separamos e nos entreolhamos.

Ela sorri e balança a cabeça, maravilhada.

– Você cresceu e se tornou uma bela moça.

Meu prazer com o elogio é curto. Logo depois, meu pai olha ao redor, uma nuvem de preocupação passando por seu semblante.

– Você está segura aqui por enquanto, Lia, mas não podemos nos arriscar por muito tempo.

Ele está dizendo para eu me apressar, apesar de nenhum de nós querer terminar o encontro. Ainda é mais difícil para mim, pois sei que será o último.

Pego suas mãos.

– Pai, eu vim lhe pedir que atravesse para o Mundo Final com mamãe e Henry.

Espero surpreendê-lo, mas seus ombros caem, e vejo resignação em seus olhos.

– Não precisa mais de nós?

Balanço a cabeça.

– Sempre precisarei de vocês. – Transfiro meu olhar dele para mamãe e Henry. – Sempre, mas aqui não é seguro para vocês. Já faz tempo que não é. Eu deveria ter pedido a vocês que atravessassem há muito tempo, para sua própria proteção. Deixar que permanecessem neste limbo foi egoísmo.

– Lia. – A voz de minha mãe é suave, e viro-me para olhá-la. Não pode haver segredos entre nós. A conexão inerente dividida entre mãe e filha é sempre forte, apesar do fato de termos nos visto somente uma vez nos Mundos Paralelos desde sua morte.

– Tem mais alguma coisa. Algo que não quer nos contar.

Eu me preparo, querendo parecer forte e destemida.

– Está na hora de eu me reunir com as chaves em Avebury, e, apesar de a profecia dizer que Alice e eu temos de estar juntas, ela se recusa a ficar do nosso lado.

Minha mãe franze a testa.

– Mas, se a profecia diz que precisa ter a ajuda de Alice, por que viajaria para Avebury agora?

– Eu não posso... – Olho em seus olhos, sabendo que, se tem alguém que entenderá a tortura das Almas, é minha mãe. – Não posso mais sustentar minha força contra as Almas por muito tempo. Preciso tentar usar o poder que ainda tenho, pois estou enfraquecendo dia após dia.

– Tal conduta é perigosa – diz meu pai. – Você precisa esperar até que tenha tudo que é necessário para que possa sair disso viva.

Balanço a cabeça.

– Não sou só eu, pai. As chaves também estão frágeis. Estão sofrendo como eu nas mãos das Almas.

– Você achou as chaves? – pergunta ele. – Todas as quatro?

Confirmo com a cabeça.

– Todas as quatro, mas não sei se consigo fazer com que todas permaneçam em Londres por mais um ano. – Tento sorrir.

- Está na hora, só isso. Estou preparada para lutar. Para usar o poder que tenho com o poder das chaves. Para tentar. E se for preciso morrer tentando, se eu precisar entregar minha alma para o Vácuo para garantir que Samael não me use como seu Portal, bem, prefiro escolher isso.
Seus semblantes estão tristes enquanto ponderam minhas palavras. Minha mãe fala primeiro:
- A decisão é sua, Lia. Sei muito bem da destruição que as Almas podem causar. Você deve fazer o que acha que é certo.
Sorrio, fitando seus olhos que se parecem com os meus.
- Obrigada, mamãe. Eu sabia que entenderia. Só gostaria...
Ela toca meu rosto.
- O que você gostaria, querida?
Suspiro, encontrando um sorriso triste.
- Só gostaria que tivéssemos mais tempo juntos. Que nosso tempo no mundo físico não tivesse sido tão curto.
Ela assente.
- E eu só gostaria de ter tido a sua coragem, Lia. Sua força.
Inclino-me para abraçá-la.
- Adeus, mamãe. Rezo para que encontre paz no Mundo Final e lembre-se de que eu sempre a amarei.
Sua voz é rouca, seus olhos brilham cheios de lágrimas.
- Eu também a amo, Lia. Nenhuma mãe jamais teve tanto orgulho quanto eu.
Olho em seus olhos quando nos afastamos.
- E nenhuma filha jamais teve tanto orgulho quanto eu.
As lágrimas finalmente correm por seu rosto, e sei que está pensando na escolha que fez, preferindo acabar com sua vida a assumir seu papel na profecia. Talvez agora ela abandone sua

vergonha escondida e se perdoe da mesma forma que eu a perdoei.

Volto-me para meu pai, tentando memorizar seu rosto, os olhos gentis e o sorriso leve que sempre me fizeram sentir segura em qualquer mundo. Sua lembrança me trará conforto, seja lá qual for meu destino.

– Obrigada por ficar o tempo que ficou. Por cuidar de mim e por ver que eu era capaz de encontrar tudo o que precisava.

Ele me puxa para seus braços, e aspiro seu cheiro enquanto ele fala:

– Só lamento que não foi o suficiente.

Soltando-o, afasto-me para olhar seu rosto, necessitando dar-lhe a tranquilidade de saber que ele fez tudo que podia.

– Nem tudo estava ao seu alcance para me dar, pai. – Penso em Alice. Em sua decisão de ficar com as Almas, contra sua irmã gêmea. Seu sangue. – Se estivesse, não tenho dúvidas de que teria me dado.

Ele segura meus ombros, e seus olhos adquirem uma nova intensidade.

– Não desista, Lia. Você tem um grande poder. Se tem alguém que pode dar um fim a isso, é você.

– Não desistirei, pai. Prometo. – Sorrio, desejando oferecer-lhe a certeza. – O senhor ainda pode me ver no Mundo Final.

Ele toca minha testa.

– Que assim seja, minha filha querida. E que só aconteça daqui muitos anos.

Dou um passo para trás, engolindo a emoção que já cresce em minha garganta. Não quero olhar para Henry. Não quero fitar seus olhos, negros como os de papai. Dizer adeus uma vez quase me matou.

Preciso ser mais forte desta vez.
Como se estivesse lendo minha mente, ele diz:
– Não fique triste, Lia. Estaremos juntos outra vez.
Algo misterioso surge dentro de mim, e um sorriso brota em meus lábios.
– Sim, Henry. Nós iremos. – Abaixo-me para abraçá-lo.
– Eu sabia que você não era a má, Lia. Eu sabia.
E agora, eu *realmente* olho em seus olhos negros. E ali vejo amor. Amor, verdade e luz.
Todas as coisas pelas quais estou lutando.
– Não, você estava certo o tempo todo. Eu não sou má, Henry. – Eu hesito, olhando em seus olhos. – Talvez ninguém seja. Talvez não seja tão simples.
Somente quando falo é que penso que isso pode ser verdade.
Henry concorda angustiado.
– Sentirei sua falta. – Ele sorri. – Mas eu a verei de novo.
Confirmo com a cabeça.
– Sim. – Inclinando-me para a frente, beijo sua bochecha. Ela é fofa e macia como eu me lembro.
Pela primeira vez, não lamento por ele não crescer e ter as bochechas ásperas de um homem. Pela primeira vez, acho que acredito que Henry deve ficar no Mundo Final com mamãe e papai, e eu devo ficar em meu mundo, pelo menos por enquanto. Devo terminar a profecia para mim mesma e para todas as Irmãs que virão.
Levanto-me e sorrio.
– Agora vão. Sejam rápidos. Procurem o abrigo do Mundo Final, e saibam que estarão sempre em meu coração.

Meu pai segura a mão de minha mãe, e ela segura a de Henry.

Eles me dão as costas para partir, e minha mãe olha para trás uma última vez. Acho que vai dizer algo significante e, de certa forma, ela diz. De certa forma, é a coisa mais significante que poderia dizer, e isso me faz abrir um sorriso largo.

– Não sinto inveja das Almas agora, filha. Não sinto inveja de forma alguma.

Ainda estou sorrindo enquanto os vejo desaparecer no meio das árvores e, neste momento, também não sinto inveja das Almas. Agora, acredito que posso fazer qualquer coisa.

34

Partimos de Londres sem a pretensão de sermos discretos. Nosso grupo é muito grande para passar totalmente despercebido, e estamos muito cansados e com pressa para fazer os planos necessários de viajar com menos comoção. Nenhum de nós diz em voz alta o que todos sabemos: não tem como ser segredo o fato de estarmos a caminho de Avebury.

Alice sabe, e isso significa que as Almas, assim como o próprio Samael, também sabem.

O segundo dia amanhece com uma luz misteriosa. Olho para o céu ao começarmos a cavalgada do dia, tentando identificar a estranha forma na luz.

– Eclipse solar. – A voz de Edmund me assusta. Ele cavalgava na frente, mas deve ter voltado enquanto eu observava o sol.

– Não acontece com frequência, mas ficará quase totalmente escuro dentro de algumas horas.

Só posso concordar. A luz estranha de repente faz sentido. Ficará mais estranha ainda, já que a lua está chegando cada vez mais perto para bloquear a luz do sol, e de alguma forma parece adequada para nossa ida a Avebury a fim de fechar o Portal no meio de um acontecimento tão raro. É preocupante. O presságio de uma escuridão prometida caso eu fracasse.

Tais pensamentos opressivos me fazem lembrar de Henry e meus pais. Converso com Edmund enquanto cavalgamos:

– Edmund?

Seu olhar não se desvia do campo a nossa frente.

– Sim?

– Eu... – Ainda é difícil dizer o nome de Henry na companhia de Edmund. Não desejo de forma alguma relembrá-lo da dor que sentiu com a morte de meu irmão, mas, neste exato momento, isso lhe fará bem. – Eu queria lhe dizer que vi Henry no Plano. Com mamãe e papai.

Edmund vira a cabeça para me olhar, com uma parede de desolação caindo em seus olhos.

– Você o viu agora?

Ouço em sua voz o esforço de se manter sob controle.

– Sim. Eu queria me despedir. Para assegurar que fossem para o Mundo Final antes do Rito em Avebury.

– E eles foram?

– Agora sim. – Dou um pequeno sorriso. – Queria que soubesse que eles estão bem. Henry está bem. Ele está a salvo e feliz e pode até andar com as próprias pernas.

Edmund fica maravilhado:

– Ele pode andar?

Faço que sim, meu sorriso cresce ao me lembrar de Henry correndo até mim no Plano.
— Pode. E muito bem, na verdade.
Ele encara um ponto ao longe, em algum lugar sobre meu ombro. Quando fala, sua voz é saudosa:
— Gostaria de ter visto isso.
— Edmund.
Ele volta a me olhar.
— Você verá. Você verá isso. É o que estou lhe dizendo. Henry está a salvo e bem no Mundo Final. — Fito seus olhos. — E você vai revê-lo um dia.
A esperança ilumina seus olhos pouco antes de ele voltar a olhar os campos.
— Eu vou revê-lo.
Eu sorrio, voltando a olhar para a frente.
— Isso.
Cavalgamos em silêncio por um tempo antes de eu voltar minha atenção para uma pessoa a qual compartilhamos afeição.
— Como ela está indo? — Aponto com a cabeça para tia Virginia, curvada sobre um dos cavalos que atravessa o campo a nossa frente.
— Ela está bem, nessas circunstâncias. Acho que é mais forte do que qualquer um de nós imagina, e de qualquer forma é muito teimosa para ficar para trás. Bem parecida com alguém que conheço — acrescenta ele sem olhar para mim.
Balanço a cabeça.
— Não é a mesma coisa, Edmund.
Tem sido doloroso ver tia Virginia lutar para manter a aparência de estar forte desde que saímos de Londres, mas não

posso correr o risco de ferir seu orgulho perguntando sobre sua saúde. Suas intenções foram óbvias no momento em que surgiu em Milthorpe Manor no dia de nossa partida, com a mala na mão. E, apesar de eu ter argumentado e recusado, ela caminhou calmamente em direção ao cavalo que Edmund providenciara para ela, insistindo que era mais velha do que eu e que me acompanharia, eu querendo ou não.

Mas minha própria insistência em continuar é diferente. Ela executou seu papel na profecia. Cumpriu seu dever. O meu só estará cumprido depois que o Portal estiver fechado para Samael ou depois que eu me tornar incapaz de ajudá-lo.

– Além disso – digo –, se você era tão contra a minha ida para Avebury, por que não tentou me convencer do contrário, como todos os outros?

Ele dá de ombros em um sinal de indiferença.

– Não teria adiantado nada, e sabemos disso.

Eu me sento mais ereta, sentindo uma satisfação estranha apesar da exaustão que permeia cada osso de meu corpo.

– Bem, *isso* é verdade mesmo.

Cavalgamos mais um tempo em silêncio, Gareth na liderança, seguido pelas chaves e tia Virginia. Dimitri, como sempre, cavalga atrás de mim. Tento não pensar no motivo. De pensar em seu medo de que a Guarda possa nos seguir, ou pior ainda, possa se mover lentamente e me arrancar do grupo antes que alguém perceba. Sou perseguida por pesadelos todas as noites, e, apesar de passar por isso carregando meu arco, não tenho forças para me preocupar com as coisas que podem acontecer comigo em plena luz do dia. Faço o melhor que posso para deixar essas preocupações com ele.

Edmund quebra o silêncio entre nós:
- Mesmo eu sabendo de sua força de vontade - diz ele -, sinto que devo perguntar se tem certeza absoluta de que este é o caminho que quer seguir.

Não defendo minha posição de imediato. Em vez disso, paro para pensar em sua pergunta. Para pensar nas outras opções disponíveis para mim. Ou na outra opção, na verdade, já que só existe uma: esperar até conseguirmos trazer Alice para o nosso lado. Esperar e ter esperanças.

Pergunto-me se ele pode ver a relutância em meu gesto, quando assinto com a cabeça, pois até mesmo eu gostaria que houvesse outra maneira.

- Tenho certeza. Eu não... - Olho para as colinas ondulantes e cinza-esverdeadas que se estendem diante de nós até outra floresta ao longe. - Não quero ter o mesmo fim que minha mãe teve.

Por um longo momento, Edmund não responde. Ele titubeia quando finalmente o faz:

- Sua mãe era uma mulher maravilhosa. Perspicaz e vibrante antes de as Almas a dominarem. Não quero falar mal dela. Existem poucas pessoas que conseguiriam resistir ao chamado das Almas, mas acredito mesmo que você é uma delas. Apostaria minha vida que não sucumbiria ao mesmo destino de sua mãe, por mais que demore a ganhar a cooperação de Alice. - Ele aponta com a cabeça para as chaves, tia Virginia e Gareth a nossa frente. - E parece que você tem alguma ajuda, sem falar no sr. Markov.

- Sim, mas não me sinto forte por dentro, por mais que aparente. Até mesmo agora, Samael tenta me usar enquanto durmo. É a presença de Dimitri, não minha própria força de caráter, que me impede de cometer algo terrível.

Edmund me fita nos olhos.

— Sua disposição a manter Dimitri com você demonstra seu compromisso. Sua mãe, e a maioria dos Portais antes dela, pelo que ouvi dizer, procuravam a solidão. Viajando no Plano a pedido das Almas, permitindo-se serem usadas por Samael... Bem, é uma satisfação para a maioria dos Portais. Um chamado. Porém, você não sente que é desse jeito, sente?

Balanço a cabeça.

— Eu quero muito recusá-las. Recusar ele. — Suspiro. — Mas minha vontade está enfraquecendo. Eu estou enfraquecendo a cada dia que passa. A cada noite de tormento. Um ano é tempo demais. Assim que o Beltane tivesse passado, eu seria obrigada a esperar doze meses por outro. É um risco que não posso correr. Prefiro me sacrificar para o Vácuo e obrigar Samael a esperar por outro Anjo. Pelo menos assim você e os outros ficarão a salvo.

— Também pensei nisso. — Ele vira-se, focando em algo a sua frente. — Seria difícil encontrar significado neste mundo caso alguma coisa aconteça com você, mas entendo a necessidade de proteger aqueles a quem ama. Não consigo encontrar defeito ou tentar dissuadi-la se passei a vida inteira fazendo isso.

Suas costas permanecem eretas, seu rosto, impassível, e uma emoção surge em meu peito, enchendo meu coração até que mal consigo falar sobre isso:

— Obrigada, Edmund. Sei que posso contar com você para cuidar de tia Virginia, não importa o que aconteça.

Ele concorda tão de leve que mal consigo notar. Continuamos a cavalgar e não voltamos a falar novamente.

A jornada que Dimitri e eu levaríamos três dias para completar, cavalgando sem parar, demora mais com um grupo tão grande. A cavalgada de Helene nos impede de acelerar, da mesma forma que a saúde frágil de tia Virginia. No entanto, eu não as invejo. Aconteça o que acontecer, estou aliviada por estar indo na direção do meu destino, em vez de esperar passivamente que Alice mude de ideia.

No terceiro dia, estamos na metade do caminho para Avebury. Tia Virginia está cansada, e acampamos enquanto o sol ainda está alto, considerando ser mais prudente todos descansarem um pouco mais e recomeçarmos na manhã seguinte. Tento não pensar no fato de que só faltam quatro dias para o Beltane, mas é uma realidade impossível de ignorar. Minha mente me diz que é prudente considerar outras alternativas. Para cogitar a possibilidade de não chegarmos a tempo.

Não. Eu expulso a ideia de minha mente. *Nós vamos conseguir. Precisamos conseguir.*

Com o acampamento montado e os cavalos presos, Helene vai para sua tenda descansar enquanto Sonia, Luisa e Brigid se reúnem debaixo de uma árvore refrescante e florida, estudando três pedaços de pergaminho. Eu sei, sem perguntar, que estão memorizando as palavras do Rito, que foram dadas a elas antes de nossa partida de Londres. Não será fácil para elas recitarem em latim, mas parece mais seguro do que tentar fazer uma tradução precisa para nossa língua.

Não preciso estudar. O Rito já é tão familiar para mim quanto meu próprio nome. Em vez disso, aproveito que estão concentradas nas palavras estranhas para convencer Dimitri a ficar de olho enquanto me banho no riacho calmo, não muito longe do acampamento.

Após alertar Gareth discretamente sobre nossas intenções, Dimitri e eu saímos de mansinho e vamos para a água. A floresta está calma, exceto pela agitação dos pequenos animais e pelo movimento dos pássaros de árvore em árvore. Dimitri e eu não conversamos enquanto caminhamos por uma trilha atravancada de galhos sobressalentes de árvores, e sou grata por nosso conforto na presença um do outro. Pela primeira vez em dias, sinto uma pontinha de paz.

Alguns momentos depois, finalmente atravessamos as árvores, chegando a um declive à margem da água. Até mesmo a correnteza tranquila do rio faz meu coração acelerar em meu peito, mas ignoro meu medo e viro-me para Dimitri com um sorriso.

– Obrigada – digo, olhando para o castanho infinito de seus olhos.

– Por nada. – Ele sorri de forma preguiçosa para mim, estático.

– O senhor aí – digo, erguendo as sobrancelhas em tom de brincadeira –, pode esperar ali. – Aponto com a cabeça em direção à floresta.

– E se eu prometer não olhar?

Eu suspiro, tentando conter um sorriso.

– Eu lhe dou nota dez pelo esforço, Dimitri Markov, mas creio que terá de ir. Ter você cuidando de mim em meu quarto enquanto nós dois estávamos totalmente vestidos já foi escândalo suficiente, mas tê-lo aqui tão perto enquanto estou nua faria com que tia Virginia tivesse um acesso de raiva.

Ele se inclina para a frente até ficar só a alguns centímetros do meu rosto.

– Então, se não fosse pela tia Virginia, deixaria que eu ficasse? Dou-lhe um empurrão de leve.

– Bem, você nunca saberá! Agora pode dar licença?

– Oh, eu saberei, Lia. – Ele me fita um pouco mais, seus olhos iluminados de desejo antes de dar as costas, voltando pelo caminho que veio. – Não estarei longe.

Suas palavras ecoam em minha mente, fazendo meu rosto ficar vermelho, mesmo estando sozinha na floresta. Espero até que desapareça de vista antes de tirar minhas calças de cavalgada e camisa, colocando-as sobre uma pedra grande perto da água. Não tenho certeza do local onde ele está esperando, mas sei que é perto o suficiente para me ouvir caso eu precise de ajuda. Não consigo deixar de pensar em como as coisas mudaram, no quanto *eu* mudei, pois estou mais preocupada com minha segurança física do que com o fato de estar nua, entrando nas águas cristalinas de um rio, à plena vista de qualquer um que possa aparecer. Claro que é improvável que alguém apareça, mesmo assim sinto-me ousada.

A água fria causa um choque, e eu quase grito pouco antes de mergulhar a cabeça, decidindo que não ficará mais confortável. Nadando em direção ao centro do rio, tomo cuidado para ficar perto da margem o suficiente para alcançá-la sem dificuldade. Fico aliviada por a correnteza ser tão lenta. Ela corre calmamente com um borbulhar feliz, e inclino minha cabeça para trás, deixando meus cabelos flutuarem atrás de mim.

A sensação da água em minha pele nua é deliciosa, por mais fria que esteja. Fico imaginando que um simples banho nunca foi tão bom. Que nunca percebi o movimento da água em meu corpo nu. Penso em Dimitri e sua promessa de que permanecerá por perto. Seria fácil chamá-lo, e um arrepio corre por meus braços e coxas ao imaginar seu corpo nu contra o meu na água, seus braços envolvendo meu corpo.

Ficando de pé no fundo rochoso do rio, tiro a imagem de minha mente. Estou me sentindo negligente. Como se não tivesse nada a perder. Não quero me entregar a Dimitri dessa forma. Não quero degradar a mim, nem nosso amor, indo até ele com nada além de uma mente limpa.

Vou passando minhas mãos sobre a superfície da água, sentindo sua maciez nas minhas palmas, esforçando-me para limpar minha mente, quando vejo.

A princípio penso que estou imaginando o brilho peculiar da água, a estranha distorção.

Mas não.

Enquanto observo a superfície da água, a imagem fica clara, cavalgando por uma floresta que não é diferente daquela que circunda o rio onde estou tomando banho. Os cabelos dourados do homem cintilam tanto sob a luz do sol que quase posso senti-los, e posso sentir, mais do que ver, que há vários atrás dele.

E um na sua frente, tentando escapar.

É a Guarda de Samael em perseguição, o homem aterrorizante que quase me capturou em Chartres é quem está no comando. A marca da serpente está enrolada em seu pescoço, visível debaixo do tecido de seu colarinho aberto. Seu rosto é uma máscara de vingança abrasadora, e lembro-me de seu uivo gutural na frente da catedral quando cortei sua garganta com a adaga de minha mãe antes de me refugiar dentro dela.

Meu coração começa a bater forte, e contenho meu pânico, tentando determinar se a visão é do passado, presente ou futuro.

Pela luz clara do sol, poderia ser outro dia de todas as formas ou simplesmente outra floresta, pois o céu acima de mim está coberto de nuvens grandes e nem de longe tão claro quanto deve ser aquele na minha visão para permitir que haja tanta luz.

Porém, isso é tudo o que posso decifrar. Sei que ele não está só, e sei que ele e o restante da Guarda estão perseguindo alguém a cavalo. Seguindo esse entendimento até uma conclusão lógica, só existe uma pessoa que posso imaginar que estão perseguindo, e essa pessoa sou eu.

Caminho pela água até a margem do rio, saio e pego a manta que trouxe para me secar. Enrolando-a em meu corpo, pego minhas roupas e vou em direção às árvores.

– Dimitri? Você está aí? – falo mais suave do que deveria ter falado há quinze minutos. É difícil não ficar paranoica sabendo que a Guarda pode estar logo atrás de nós.

Não demora para Dimitri aparecer debaixo das árvores ao longe. Alguma coisa em minha expressão deve alarmá-lo, pois ele corre o resto do caminho e fica parado diante de mim alguns segundos depois.

Ele segura meus ombros, puxando-me para perto dele antes de falar:

– Você está bem? – Ele se inclina para trás com o semblante alarmado. – Qual é o problema? O que aconteceu?

A água pinga de meus cabelos, batendo em meu rosto. Sinto que abre caminho pela minha pele enquanto tento encontrar as palavras. Não quero dizê-las, mas por fim é tudo o que posso fazer.

– É a Guarda – digo. – Eles estão vindo.

35

– Quais são nossas opções? – pergunta Brigid enquanto nos sentamos ao redor do fogo.

Sento-me ao lado de Dimitri, meus cabelos ainda molhados e pingando água em minha saia. Contei a eles tudo o que vi em minha visão, evitando olhar para tia Virginia o tempo todo. Não é segredo que ela se culpa por nosso ritmo lento.

– Não há muitas – calcula Edmund, a testa enrugada em consternação.

– Mas e se eles não estiverem atrás de nós? – pergunta Helene, sentada do outro lado do fogo.

Luisa lança um olhar de incômodo para Helene, e respondo antes que ela possa retrucar com aspereza:

– Eles podem não estar, mas quando você tem uma visão do futuro nas águas... – Procuro pensar na forma mais simples de descrevê-la para alguém que nunca cultivou tal habilidade. –

Bem, você pode invocar a visão sobre uma coisa em especial ou ela pode ser dada a você, por assim dizer. Essa visão foi assim; simplesmente apareceu. E, geralmente quando é esse o caso, significa que ela tem algo a ver com você.

O olhar de Helene não se desvia de meu rosto.

– Sim, mas como nós *sabemos*?

Luisa, em pé diante de Helene, coloca as mãos nos quadris.

– Quem mais eles seguiriam, considerando que já vieram atrás de Lia antes?

Eu interrompo, tentando manter a voz calma, antes que Luisa possa tornar-se realmente severa:

– Deve ser mais sensato deduzir que estão atrás de nós, Helene.

Ela fica parada por um momento, antes de confirmar com a cabeça.

– O que vamos fazer? – pergunta Sonia.

– Podemos cavalgar rápido e sem parar – diz Gareth. – Tentar chegar antes deles em Avebury.

Evito o olhar de tia Virginia. Ela não consegue aguentar uma cavalgada assim.

– Não vai dar certo – comenta Dimitri.

Gareth abre a boca para contestar, mas Dimitri continua antes que ele possa falar outra vez:

– Temos de chegar ao local antes deles para preparar o Rito. Não podemos simplesmente chegar e começar. Precisamos conseguir abrigo e nos certificar de que o local está seguro, e precisamos garantir que teremos acesso ao centro do círculo para que a Pedra capte os primeiros raios do sol no Beltane.

– Ele tem razão – concorda Edmund. – Precisamos despistá-los antes de chegarmos em Avebury e temos de nos distanciar deles, ficando pelo menos algumas horas na frente.

O silêncio aumenta ao considerarmos nossas opções. Eu poderia usar minha habilidade de prever o futuro e produzir a visão mais uma vez, esperando por mais detalhes, mas não pretendo irritar o Grigori, usando magia proibida. Ter a visão espontaneamente é uma coisa; evocá-la seria um uso não aprovado de meu poder, e, apesar de eu ser, por direito, herdeira do título de Lady de Altus, o Grigori ainda está encoberto por um poder misterioso que hesito testar.

Olho para meus companheiros ao redor do fogo, parando em Brigid quando minha mente se agarra à sombra de uma ideia. Lembro-me da cabana do caseiro no local de certa forma abandonado de Loughcrew. A cabana de seu pai.

Olho para Dimitri.

– Onde ficaremos em Avebury?

– O quê? – Ele fica confuso com minha pergunta repentina.

– Eslpeth me disse que tem uma pousada. Disse que é pequena, mas nos proporcionará mais abrigo do que se acamparmos do lado de fora. Eu havia planejado reservar os quartos lá.

Levanto-me, andando enquanto a ideia cria raízes, formando-se em minha mente.

– Gareth?

Ele assente:

– Sim, minha lady?

– Você conseguiria ir a Avebury sozinho?

Ele responde sem hesitar:

– Conheço esta região como a palma de minha mão.

Volto-me para Dimitri.

– Gareth poderá chegar a Avebury mais rápido do que nós. E se o mandarmos na frente para garantir a pousada e a área ao seu redor? Isso nos dará um lugar seguro assim que chegarmos ao local, pelo menos. Depois que estivermos lá, poderemos organizar nossas acomodações e determinar a localização ideal para executar o Rito.

– Supondo que podemos ir mais rápido do que as Almas – diz Helene.

Controlo minha irritação por Helena sempre ser negativa.

– Sim. Mas, se não pudermos, eles nos alcançarão de qualquer forma. Ao mandarmos Gareth na frente, teremos mais chance de segurança e tempo para organizar o Rito. – Deixo minhas mãos caírem ao lado do corpo, a resignação ameaçando se apossar do pouco de esperança que senti um momento antes.

– Não é muito, mas não consigo pensar em mais nada.

Gareth se levanta.

– Vou partir imediatamente.

– Eu vou com você. – Brigid se levanta ao lado dele, surpreendendo a todos.

Gareth discorda, e imagino se os outros viram o pesar em seus olhos.

– Não posso permitir.

Brigid ergue o queixo.

– Não cabe a você permitir ou proibir. A escolha é minha. Posso cavalgar tão rápido quanto você e posso ajudá-lo a preparar a pousada assim que chegarmos. Além disso, é uma mulher a menos para Dimitri e Edmund se preocuparem.

Não sei se é o lampejo de rebelião em seus olhos ou a lógica em seu argumento, mas, logo depois, Gareth concorda levemente com a cabeça, na direção dela.

– Pegue suas coisas, então. Vamos partir imediatamente e percorrer o máximo de quilômetros possível antes do anoitecer.

Observo os dois dirigindo-se para as tendas, sufocando uma frustração quase devastadora. Não gostaria de ser deixada para trás para viajar com dificuldade pela floresta. Quero voar em direção a Avebury nas costas de Sargent, e não esperar e ter esperanças de que os outros cheguem a salvo.

Mas não deixarei tia Virginia. Sua fraqueza a torna um alvo para a Guarda. Não poderia viver em paz se alguma coisa acontecesse com ela enquanto eu cavalgasse à procura de segurança. Enquanto ajudamos Gareth e Brigid a montar em seus cavalos e nos despedimos, começo a entender que o sacrifício tem muitos aspectos. Esperar quando desejo agir é um deles, e farei isso em nome da profecia, da mesma forma que fiz tantos outros sacrifícios antes.

Em menos de uma hora depois de minha visão, Gareth e Brigid já partiram. Viro as costas para o som do galope dos cavalos em retirada, tentando não imaginar o Guarda de cabelos loiros de Avebury avançando e se aproximando cada vez mais, motivado pela vingança por minhas ações em Chartres e pela lealdade à Besta, que é Samael.

– Está assustada?

Levo um susto com a voz de Sonia, suave como sempre, quando ela se abaixa ao meu lado no tronco perto do fogo.

– O que está fazendo acordada? – pergunto. – Achei que todos já estivessem deitados.

Ela sorri.
- Está mudando de assunto.
Retorno o sorriso, apesar do que sinto.
- Não é bem assim. Só estou surpresa de vê-la acordada tão tarde, só isso.
- Bem, os outros dormiram rápido, e não consegui organizar meus pensamentos o suficiente para fazer o mesmo. Já que Dimitri está de guarda, achei que poderia lhe fazer companhia. Você se importa? - pergunta ela.
Balanço a cabeça.
- Claro que não.
- Então você está? - pergunta ela novamente. - Assustada?
Não preciso perguntar o que ela está insinuando. Estamos a dois dias de Avebury e do final de nossa jornada. Logo tudo vai acabar, de uma forma ou de outra.
Fixo o olhar no fogo, observando um pedaço de madeira queimada se desintegrar no calor, lançando faíscas no céu noturno.
- Um pouco, apesar de não estar tanto quanto esperava. Creio que estou preparada para ver tudo acabar, aconteça o que acontecer.
Eu a vejo concordar com a cabeça pelo canto dos olhos, mas não me atrevo a olhá-la diretamente, pois uma estranha melancolia toma conta de mim. Sem dúvida, viajamos uma longa jornada juntas.
Ela pega a minha mão.
- Preciso lhe dizer uma coisa, Lia. Pode olhar para mim?
Viro-me para olhá-la, grata pelo calor de sua mão pressionando a minha.

– Você é a amiga mais preciosa que já tive. A amiga mais preciosa que jamais terei. – Seus olhos brilham enquanto continua. – Acredito que seja forte o suficiente para executar o Rito em Avebury, mas eu simplesmente... simplesmente não poderia deixar passar a oportunidade de deixá-la saber o quanto significa para mim. O quanto é querida por mim.

Eu assinto, apertando sua mão quando a emoção ameaça tomar conta do meu coração.

– Eu sinto o mesmo. Não existe ninguém mais com quem eu gostaria de ter dividido esses últimos meses. – Inclino-me para perto dela até que nossas testas se tocam, e permanecemos assim por algum tempo, antes de eu me levantar. – É melhor tentarmos dormir. Precisamos manter nossa sanidade mental com a Guarda nos perseguindo.

Ela concorda, levantando-se para ficar ao meu lado. E, enquanto vamos para nossas tendas, não posso deixar de me sentir aliviada.

É apenas prudente começar a se despedir.

꙳

Eu não me entrego conscientemente aos Mundos Paralelos. Fazer isso seria tolice, estando tão perto do Beltane e do momento em que terei de convocar a Besta para poder bani-la.

Porém, encontro-me no Plano infecundo dos Mundos Paralelos, onde fico mais próxima de Alice. Apesar de não ser intencional, não fico surpresa. Alice tem tido uma influência considerável em minha mente à medida que vamos nos aproximando de Avebury. Não consigo parar de me lembrar de nossa última conversa no parque, do brilho de dúvida nos olhos dela, por mais breve que tenha sido, e me pergunto se fiz todo o possível. Se talvez ela estivesse mais perto de mudar de lado do que eu imaginava.

Conheço bem as regras dos Mundos Paralelos. A pessoa ou é obrigada a ir para o Plano ou é convocada para lá. Mas quando fico parada no meio do campo – em contato somente com o preto, o cinza e o tom suave de violeta – não sei ao certo o que me levou à desolação do Plano dos Mundos Paralelos. É verdade que eu estava pensando em Alice, que ela sozinha poderia ter me levado a procurá-la. É claro, ela também poderia ter me convocado, mas então ela estaria aqui também para me encontrar.

Vou para um pequeno círculo, olhando através do espaço vazio de grama alta em direção às árvores carbonizadas ao longe. Este é um mundo silencioso. Os pássaros não gorjeiam. Não existe o som de pequenos animais na grama. Até mesmo as árvores, balançando com o vento que não consigo sentir, não fazem qualquer som.

Espero o que parece ser um longo tempo, e um nó aperta meu estômago. Independentemente do meu motivo de estar aqui, Alice não pode ser vista em lugar algum, e não posso esperar muito. Não é fácil evitar ser detectada pelas Almas nos Mundos Paralelos, e não pretendo deixá-las me levarem para o Vácuo. Ainda não. Não desta forma. Se eu for banida para lá, será durante o Rito em Avebury.

E eu não irei sem antes lutar.

Examino os campos uma última vez, esperando ver minha irmã se aproximar, vinda de qualquer direção. É a primeira vez em que fico decepcionada com sua ausência no Plano, mas não tenho tempo para refletir sobre esse acontecimento estranho. Minha decepção é sombreada com uma inquietação, e fecho meus olhos, obrigando-me a voltar para o mundo físico, o tempo todo, porém, desejando saber de Alice, imaginando onde ela está – e o que poderia impedi-la de ir ao Plano que era seu domínio muito antes de eu saber que ele existia.

36

Cavalgamos o mais rápido possível no dia seguinte, apesar de não ser tão rápido quanto eu gostaria. Edmund cavalga na frente, forçando-nos o máximo que pode se atrever devido à inexperiência de Helene sobre um cavalo e o cansaço evidente de tia Virginia.

Só faltam três dias para o Beltane, e eu caí em um estado de hiperconsciência. Meus nervos ficam à flor da pele de tanta expectativa, mas não sinto a urgência que senti ao fugir da Guarda na França. É difícil exigir tanto do meu corpo quando só posso ter fragmentos de sono em meio aos pesadelos nos quais as Almas – e cada vez mais o próprio Samael – me caçam. Eles me perseguem até depois que acordo, pois não são apenas vislumbres acerca de minha possível captura. Eles são diferentes. Esses pesadelos são aqueles nos quais Samael me recepciona. Nos quais eu o recepciono.

Eles brincam com o pior dos meus medos: de que não serei forte o suficiente. De que eu me deixarei ser usada como arma para iniciar o caos de todos os tempos.

Não quero que os outros sintam que investiram em alguém que duvida de sua força de vontade para lutar. Então deixo meu medo oculto na parte mais desolada de meu coração.

Diminuímos nosso ritmo para encontrar um lugar para acampar durante a noite quando tia Virginia recua para cavalgar ao meu lado. Claro que tem algo a dizer, mas continuamos por um momento em silêncio, antes de ela enfim abrir a boca:

– Desculpe-me, Lia.

Olho para ela, surpresa.

– Desculpar? Mas pelo quê?

Ouço o cansaço em seu suspiro.

– Por insistir em vir também. Por diminuir seu ritmo em um momento em que não pode se dar esse luxo.

– Não seja boba. Helene é dez vezes mais lenta. Não teria feito diferença se tivesse ficado em Londres. Estaríamos viajando neste ritmo de qualquer forma. – Dou um sorriso. – Além disso, sua presença me traz conforto.

E estes podem ser nossos últimos dias juntas, penso. *Sou grata cada momento.*

Assentindo com a cabeça, ela volta o olhar para a floresta ao nosso redor.

– Pode não ser possível fechar o Portal sem Alice, mas como Irmã e ex-Guardiã, eu gostaria de ficar com você no Círculo de Fogo. Gostaria de conceder meu poder, ou o pouco que me restou, para fechar o Portal. E é por isso que insisti em vir.

Não respondo imediatamente. É impossível esquecer a sensação que tive em meus sonhos sobre o Rito em Avebury. Da sensação de ser rasgada em duas partes. De ser dividida ao meio por Samael enquanto ele tenta me usar como sua entrada neste mundo. A escuridão se apossa de minha alma ao lembrar-me disso. Não pretendo submeter tia Virginia a uma coisa dessas.

– É perigoso – digo para ela. – O poder de Samael é... Bem, eu tenho sentido esse poder em meus pesadelos nas últimas semanas, e não acho que seria bom para sua saúde.

Um sorriso ilumina seus olhos. Por um instante, vejo a sombra de minha mãe.

– Lia, acha que não sei dos riscos? É verdade que o perigo não foi tão grande para mim e sua mãe. Éramos apenas Guardiã e Portal, assim como houve centenas de irmãs antes de nós. Você é o Anjo do Portal, e isso traz junto... trouxe junto... muitas dificuldades. Muito mais do que eu possa imaginar. – Seus olhos, tão verdes quanto os meus, ficam sérios. – Mas não existe propósito maior do que este, e, apesar de eu ter passado por herança meu título para Alice, ainda tenho um pouco de força. Não pretendo viver sabendo que eu estava presente e deixei você lutar sozinha. – Ela sorri mais uma vez. – Somos mais do que tia e sobrinha, criança. Somos Irmãs da profecia. É meu dever ficar ao seu lado.

Há uma luz desconhecida em seus olhos – que expressa força oculta e convicção – e sei que não irei negá-la. Que não serei responsável pela perda daquela luz.

– Muito bem – digo. – Eu recebo com prazer seu poder, tia Virginia.

Ela curva a cabeça de leve, e reconheço o ato como um sinal de respeito à minha posição como Lady de Altus.

– Obrigada.

Abaixo minha cabeça em retorno, mantendo em silêncio a oração que corre em minha mente: Que os Deuses, o Grigori e as Irmãs estejam conosco.

☙

Naquela noite, é mais difícil deixar Dimitri sair de minha tenda. Eu o puxo para mim quando ele tenta se sentar, pressionando meu corpo contra ele por cima dos cobertores. Enfiando a cabeça debaixo de seu queixo, tento esquecer tudo menos sua respiração em meus cabelos e seu coração batendo em meu ouvido.

Apesar de não haver qualquer sinal da Guarda, sei que estão perto. Não sei dizer se só estão se aproximando ou se na verdade já se infiltraram em minha consciência, mas eles espreitam nas sombras de meus pensamentos mais íntimos.

Sinto o peso da persuasão deles até mesmo nas horas em que estou acordada. É traiçoeiro, pois não vem sob a forma óbvia de coerção. Certamente, começo a sentir que estive enganada esse tempo todo. Que arrisquei a sorte e deixei tudo desequilibrado, lutando contra meu papel como Portal.

– O que foi? – pergunta ele um pouco depois.

– Nada – minto.

Seu peito se levanta ao suspirar profundamente.

– Não acredito em você, mas estarei aqui se mudar de ideia e quiser conversar sobre isso.

Eu o seguro com firmeza quando ele começa a se mexer.

– Não vá.

– Não vou a lugar algum, Lia. Ficarei bem aqui. – Ele abaixa a cabeça, tocando minha boca com a sua. – Mas precisa dormir o máximo que puder. Amanhã chegamos a Avebury. Vai precisar de todas as suas forças.

Fico aliviada quando ele parece se aconchegar melhor nos cobertores, obviamente sem a intenção de sair dali. Nem pensamos em nos preocupar com o que os outros acham. Ele me puxa para mais perto com uma delicadeza nova, e vejo que está começando a se despedir também.

Fico deitada no escuro durante um bom tempo, minha cabeça repousando em seu peito, ao passo que sua respiração aos poucos vai ficando mais suave e regular. Ele não caía no sono profundo desde que insistiu para cuidar de mim durante a noite, e não tenho coragem de acordá-lo. Estou aqui, em seus braços. É melhor do que ele ficar acordado e alerta na tenda em frente enquanto tento dormir sozinha, e esfrego meu rosto no tecido macio de sua camisa, deleitando-me com a sensação. O movimento de vai e vem de seu peito é suave, e não demora para que minhas pálpebras fiquem pesadas. É adorável ficar deitada no escuro com Dimitri, sabendo que ele está perto. E, pouco antes de cair no esquecimento do sono, não sinto medo.

Até mesmo em meus sonhos estou nos braços de Dimitri. Em um estado de meia consciência que é o mais próximo que fico do sono, sou grata pela dádiva de sua presença. A batida de seu coração em meu ouvido, depois que mergulho no sono no meio da escuridão da tenda, continua ali.

Tum-tum. Tum-tum. Tum-tum.

É uma canção de ninar, e me deixo flutuar dentro da escuridão. Para não pensar em nada além dos braços de Dimitri me envolvendo e na segurança confortável de seu peito em meu ouvido. Não estamos mais sob o teto de lona da tenda, mas rodeados por almofadas de seda e veludo escarlate. Dou um suspiro de contentamento quando a batida do meu coração aumenta, batendo junto com o dele, quando uma mão começa a acariciar meus cabelos.

– Sim – sussurra ele. – Sim.

Sua mão desce de minha cabeça para meu pescoço, parando na parte macia onde meu pulso palpita logo abaixo de minha pele. Seus dedos ficam ali como se saboreassem o calor do sangue correndo em minhas veias, depois continuam sua jornada até a curva de meu ombro, descendo para os meus braços.

Estendo o braço para alcançar o seu, e as palmas de nossas mãos repousam juntas. Entrelaçamos nossos dedos e nunca me senti tão contente. Tão segura. Tão certa do meu lugar.

Mesmo quando seus dedos deixam os meus, arrastando-se de leve sobre a palma de minha mão até alcançarem meu pulso, não quero me mexer. É somente sua pele que soa um alarme em algum lugar escondido de minha mente. Não é macia e quente como geralmente é, calejada pelas muitas horas com as rédeas, as correias, o rifle.

É... diferente.

Seca e fria.

Só agora percebo a vibração. É um pequeno barulho, um ruído, mas, quando levanto a cabeça para procurar sua origem, minha visão é bloqueada. Em meu sonho, Dimitri de repente ficou tão alto que seu corpo bloqueia minha visão. Tento afastá-lo, para ver seu rosto, mas quanto mais força eu faço, mais firme ele segura. Uma onda de pânico toma conta de meu coração quando começo a entender.

A vibração aumenta, soando primeiramente como um pequeno grupo de pássaros voando para o céu, e então um bando inteiro. Dou um empurrão forte, caindo para trás quando ele larga meu corpo.

Meu olhar vai subindo, passando por aquela forma física colossal e esculpida até chegar a seu rosto.

Que rosto lindo. O rosto de um deus.

Mas não.

É o rosto de um deus, mas só por um momento. Só até ele tremular, transformando-se em algo vil. Algo abominável. Suas mandíbulas são enormes, seus dentes pontudos brilhando como uma miragem na vaga lembrança do rosto de um homem lindo.

Mas são as asas que me fascinam. Dando alusão àquela vez que vi Samael perto do rio em um sonho, ele agora as abre por completo. Elas se esparramam, amplas, para cada lado de seu corpo estranhamente transfigurado.

Não consigo desviar o olhar. Não *quero* desviar o olhar. Nas asas está a promessa de conforto. De alívio. Entregar-me à sua segurança não é uma decisão difícil de forma alguma. Eu nem pondero isso. Simplesmente dou um passo à frente, suspirando de alívio quando as asas sedosas me envolvem.

Experimento um vago momento de pânico. Um momento quando sinto o enfraquecimento do cordão astral à medida que o restante de minha consciência terrena luta para resistir no

Plano. Minha forma física parece muito distante, e faço força quando me dou conta de que estou sendo presa. Samael me tem em seu poder. Não poderei voltar ao meu corpo, e, quando Dimitri acordar de manhã, meu corpo adormecido será uma concha vazia.

Minha luta não dura muito. O alívio prometido pelas asas sedosas de Samael, seu coração ainda batendo junto com o meu, é grande demais para meu espírito apático combater. Sinto outro puxão na corda astral, chamando-me para ocupar o lugar no mundo que sempre foi meu.

Resisto ao caminhar em direção à Besta. Em direção à única paz que posso alegar ser minha.

Então, deixo tudo acontecer.

Não acho possível que minha sensação de vergonha possa aumentar. No entanto, no dia seguinte ao que Dimitri me acorda da viagem na qual eu estava totalmente preparada para me entregar a Samael, sinto-me mais desonrada do que nunca. Não importa se os outros não conhecem os detalhes. Estou mal-intencionada. E, enquanto cavalgamos em direção a Avebury, o ódio que sinto de mim cresce tanto que começo a acreditar que não mereço a oportunidade de fechar o Portal de forma alguma.

Durante toda a manhã, olho para Dimitri esperando ver pena em seus olhos. Eu me preparo, sabendo que vou odiar isso mais ainda do que qualquer julgamento dele.

Mas nada acontece.

Seus olhos, cheios somente de amor e determinação, estão tão claros quanto o céu azul acima de nós.

Não melhora a confusão que permeia minha alma desde o momento em que acordei, pois embora seja óbvio que Dimitri é o mesmo homem que sempre foi, levo quase o dia inteiro para tirar da cabeça a imagem de seu rosto familiar se transformando no semblante horrível da Besta.

Logo depois de pararmos para o almoço, sinto que estamos perto de Avebury. A sensação começa como uma leve vibração em meus ossos e vai crescendo até virar um sussurro indistinto quando as pedras cinzentas e escuras, paradas como soldados em círculos concêntricos, ficam enfim à vista. A marca em meu pulso dói com uma leve pontada, e olho para o medalhão, sentindo a tração do local sagrado vindo do centro do Jorgumand.

Paramos várias vezes entre as árvores, procurando sinais de que a Guarda chegou antes de nós. Ao mesmo tempo, vai aumentando a tração que puxa meu corpo para o local sagrado. Somente com uma força extrema de vontade é que resisto ao desejo de seguir em frente.

Por fim, vamos em direção a uma pequena casa perto do centro do local.

A barriga da serpente.

E, embora esteja tudo quieto, não é a tranquilidade de um encerramento iminente que se instala em meu coração, mas o reconhecimento de que este é o começo do fim.

37

Nem estamos na frente da casa quando a porta se abre. Meu coração pula de alegria quando vejo Gareth surgindo na varanda. Logo depois Brigid aparece atrás dele, enxugando as mãos em um avental amarrado na cintura. Ela acena com vigor, e um sorriso brilhante surge em seu rosto.

– Lia! – Ela aparece na varanda antes de pararmos por completo. – Estava tão preocupada!

– Tudo está seguro? – pergunta Dimitri a Gareth.

Gareth diz que sim.

– Somos só nós. Entrem. Comam alguma coisa e contaremos tudo a vocês.

Dimitri desce da cela, voltando-se para mim. Sei que se mantém por perto caso eu precise de ajuda, mas sou grata por ele não demonstrar isso. Mesmo exausta, preciso me sentir capaz de cuidar das pequenas coisas necessárias para passar o dia.

Desmontando, dirijo-me à Brigid, notando seu olhar alarmado quando ela se dá conta de minha aparência. Procuro ficar um pouco mais ereta e sorrir com mais alegria ao olhá-la.

– Comer seria ótimo. E um pouco d'água para tomarmos um banho, se tiver.

Os outros desmontam dos cavalos depois de mim, Edmund ajuda tia Virginia, e Brigid nos acompanha para dentro da casa enquanto os homens cuidam dos animais.

O interior é pequeno e escuro, mas de forma alguma hostil. Passamos por um cômodo que parece ser uma sala, e Brigid nos leva para uma escada simples e estreita no centro da casa. No topo da escada, ela mostra para mim e tia Virginia nossos quartos. Luisa escolhe um para dividir com Sonia enquanto Brigid gentilmente mostra à Helene o quarto que irão dividir. Concordamos em tomar banho e nos trocar antes de nos reunirmos com Brigid lá embaixo, na pequena cozinha.

Meia hora depois, encontro as chaves sentadas ao redor de uma mesa simples e rústica enquanto Brigid serve o chá.

– Onde está tia Virginia? – pergunto, sentando-me no lugar mais perto de Sonia.

– Ela disse que queria descansar e que nos verá no jantar. – A voz de Luisa é delicada, e noto que não devo estar escondendo muito bem minha preocupação. – Ela ficará bem, Lia, você verá. Algumas horas de descanso farão maravilhas a ela.

Eu concordo, pegando uma xícara lascada das mãos hábeis de Brigid e tomando um gole de chá quente para evitar ter que responder.

– Então... – Luisa toma um gole de sua xícara, observando Brigid por cima da borda com um leve sorriso. – Você e Gareth ficaram sozinhos nesta casa enorme?

As bochechas de Brigid ficam coradas com um rosa claro enquanto ela serve o chá.

– Não é tão grande.

Luisa ergue as sobrancelhas.

– Não me importo nem um pouco com esta casa ridícula, Brigid. Sério! Eu preferiria ouvir como vocês se mantiveram ocupados nesses últimos dois dias.

Sonia revira os olhos.

– Luisa! Não seja tão insolente.

Luisa dá uma boa mordida em um dos biscoitos sobre a mesa.

– Não finja que é inocente. Você quer saber tanto quanto eu.

Eu me contenho para não rir. Talvez seja melhor mesmo que tia Virgina não esteja aqui.

Brigid finalmente se senta, ajeitando o guardanapo que está em seu colo.

– Não estamos aqui há muito tempo. Só chegamos ontem de manhã. Até negociarmos nossa estadia com os donos da pousada e eles arrumarem as coisas e partirem, já era noite.

"Passamos nosso tempo em vigília por causa da Guarda e preparando a chegada de vocês. A casa não recebe muitos hóspedes, ao que parece. Precisava de uma boa faxina."

Eu me pergunto se ela está pensando em sua própria pousada em Loughcrew, pois vejo uma centelha de orgulho em seus olhos.

– O que falaram para os donos da pousada? – pergunta Helene com a voz suave do outro lado da mesa, e percebo que não consigo me lembrar da última vez em que a ouvi falar. Sinto um momento de pena ao notar como Brigid facilmente se tornou uma de nós, enquanto Helene se mantém nas imediações de nossa aliança.

Brigid dá de ombros, duas bolas coloridas voltam a aparecer em suas bochechas.

– Gareth disse a ele que éramos recém-casados e que queríamos privacidade. Ele os pagou bem para que saíssem rápido.

A risada de Luisa é obscena.

– Com certeza ele pagou!

Sonia dá uma palmada em seu braço.

– Luisa! Minha nossa! – Ela olha para Brigid, contendo um sorriso. – Eu sinto muito, Brigid. Não sei o que se passa com ela, às vezes.

Brigid assente com um sorriso desabrochando em seus lábios.

– Foi muito bom ter a casa só para nós.

– Eu sabia! – exclama Luisa, praticamente gritando. – E eu exijo os detalhes!

Caímos na gargalhada ao redor da mesa, todas nós, menos Helene, que nos dá o prazer de um simples sorriso. Mas Brigid é impedida de continuar, pois ouvimos o som de passos se aproximando da cozinha. Logo depois Gareth aparece na entrada.

– Os cavalos estão... – Ele para, observando todas nós voltadas para ele enquanto pensamos nele e Brigid sozinhos na pousada. – O quê?

Brigid fica ruborizada e levanta-se para retirar as xícaras e pratos, ao mesmo tempo que caímos em gargalhadas estrondosas. Até Helene dá uma risadinha escondendo a boca com as mãos, e por um momento esqueço que estamos em Avebury.

Esqueço o zunido em minhas veias. O sussurro do medalhão em meu pulso. O chamado de Samael.

Por um momento, quase esqueço que estes podem ser os últimos dias nos quais estarei em poder de minha própria alma. Quase.

Não sou a única que procura esquecer, e passamos a tarde em um companheirismo agradável, como se tivéssemos concordado em não falar da profecia, somente esta noite. Sonia e eu ajudamos Brigid a preparar a refeição enquanto Helene e Luisa jogam cartas na mesa velha da cozinha. Gareth e Dimitri acendem a lareira e procuram vinho, voltando vitoriosos da adega quase uma hora depois, segurando no alto quatro garrafas empoeiradas e cheias de líquido cor de rubi.

A preocupação de Edmund é a única coisa que nos lembra de nossa missão. Ele pega o rifle para dar uma vasculhada no local em intervalos regulares, enquanto tia Virginia fica sentada na varanda com um cobertor enrolado nos ombros para se proteger do frio que a noite trará.

Logo a mesa é posta. A comida está fumegante nos pratos, o vinho é servido, e nos sentamos, reunidos com um só propósito. Observo com prazer quando Helene começa a rir com Sonia e Luisa, e Gareth ajuda Brigid com uma afeição que faz surgir um sorriso em seus lábios e o rubor em suas bochechas.

Uma paz profunda toma conta de meu coração enquanto os observo – essas pessoas pelas quais tenho tanto amor. Essas pessoas que se tornaram tão preciosas para mim. De repente tenho certeza de que todos ficarão bem, haja o que houver comigo. Eles sobreviverão e serão felizes. Vão seguir em frente, rindo e amando.

É tudo o que quero saber. Tudo que preciso saber. Sinto uma nova força em minha decisão de ter vindo a Avebury sem Alice e, quando olho ao redor da mesa, estou segura por saber que meu sacrifício, caso eu tenha que fazê-lo, vai significar a continuação de tudo o que é bom.

Somente quando olho para Dimitri é que sinto uma ponta de dúvida; apesar de ele sorrir e tentar rir, vejo a tristeza em seus olhos. É inútil pensar que ele não seguirá em frente sem mim. Que não encontrará a felicidade em outro lugar. No entanto, a mandíbula cerrada e a tristeza em seus olhos me causam grande inquietação. Não pretendo deixá-lo sozinho.

Esticando o braço, tiro o cabelo dele da testa, sem me importar se tia Virginia ou qualquer outra pessoa me ache ousada. Dimitri e eu nos entreolhamos, o desejo e o amor piscando como fogo em toda a sua intensidade. Sei que, se existisse qualquer coisa no mundo que pudesse me fazer mudar de ideia, seria ele.

Mergulho um pouco mais na água quente, grata outra vez por Brigid ter encontrado a velha banheira de metal no quarto dos fundos da casa. Ferver a água panela por panela e levá-la para meu pequeno quarto foi um luxo que consegui me convencer de que merecia.

A esta hora, amanhã à noite, estaremos nos preparando para o Rito. Presumindo, quero dizer, que a Guarda não nos pegue primeiro. De qualquer forma, esta pode ser minha última noite entre os vivos.

Tento esvaziar minha mente. Concentrar-me na água deslizando em minha pele, na sensação do metal frio em minhas costas, da sensação gelada em meu rosto causada pelo ar mais frio fora da banheira. Funciona só por um instante, antes de o rosto de Dimitri preencher a escuridão em minha mente. Eu o vejo como estava no jantar, os olhos transbordando com a mesma necessidade que aos poucos tem crescido em minha própria alma, meu próprio corpo. Algo gentil e promissor remexe meu estômago quando penso nele.

– Deseja que eu saia até você terminar? – Sua voz vem da porta, e viro a cabeça para olhá-lo, parado perto da parede dentro de meu quarto, a porta fechada atrás dele. Não fico surpresa ao vê-lo ali. Acabei me acostumando com sua astúcia. Suas aparições inesperadas.

Uma voz dentro de minha cabeça diz que deveria pedir para ele sair. Lembra-me que é mais do que impróprio permitir um cavalheiro no quarto enquanto estou nua na banheira. Mas aquela voz é tão baixa... Não passa de um sussurro agora. É a voz da Lia que eu era e nunca mais serei outra vez.

Sem pensar duas vezes, levanto-me, a água pingando em meu corpo enquanto fico parada dentro da banheira, totalmente exposta para Dimitri. Seus olhos ficam mais escuros, transformando-se em piscinas negras de desejo, quando seu olhar desce até meus seios, minha barriga, minhas coxas.

Estendo a mão, estranhamente confortável.

— Pode pegar aquela manta ali, por favor?

Ele demora um momento para seguir meu braço, que aponta para a manta sobre o pé da cama, mas finalmente a pega. Caminhando em minha direção, ele a entrega com certa distância, como se não confiasse em si mesmo para se aproximar demais.

— Abra-a, por favor.

Seus olhos se enchem de surpresa, mas ele abre a manta, esperando eu sair da banheira, ainda molhada, e caminhar em sua direção. Seus braços se fecham ao meu redor, e sinto a manta macia e quente envolvendo minha pele. Ficamos parados, imóveis, um instante. É impossível não pensar no fato de que os braços musculosos de Dimitri estão separados de minha pele nua somente pelo material fino de uma manta velha.

— Vai me ajudar a me secar? — pergunto virando a cabeça perto de seu ombro.

Ele se afasta, abrindo a manta devagar. Ouço sua respiração enquanto ele contempla meu corpo nu. É surpreendentemente fácil não sentir vergonha diante de Dimitri pouco antes de ele retirar a manta.

Seus olhos não desgrudam dos meus enquanto Dimitri esfrega gentilmente meus ombros com as pontas da manta. Ele seca meus braços, depois meus seios, e a leve pressão de suas mãos emite uma onda poderosa de desejo por meu corpo. Deixando de olhar para meu rosto, ele se ajoelha diante de mim, passando a manta sobre minha barriga, sobre as curvas de meus quadris, na parte interna de minha coxa. Vejo que estou feliz por ele se mover tão devagar. Não tenho pressa em me proteger dos olhos de Dimitri. Meu corpo, de repente, parece ser o segredo mais profundo que guardei, e não desejo mais guardar segredos de Dimitri.

Nem mesmo este.

Suas mãos são pacientes e cuidadosas. Seu desejo, tão forte quanto o meu, está presente no quarto. Ao terminar, ele se levanta, ainda segurando a manta. Vejo a pergunta em seus olhos e respondo, pegando sua mão:

— Venha. — Eu o puxo em direção à cama. — Venha e deite-se comigo.

Ele não fala enquanto me aconchego na dobra de seu braço, e toco a pele quente e exposta entre os laços abertos de sua camisa. Meus dedos viajam para baixo, desamarrando os laços da camisa até que tudo fica solto. Empurrando o tecido, deixo seu peito nu, arrastando meu corpo no dele e beijando os músculos que ondulam debaixo de sua pele surpreendentemente macia.

Apoio o queixo em minhas mãos e olho em seus olhos.

— Eu amo você, sabe. Você precisa se lembrar disso.

Ele me puxa para me beijar tão de repente que fico sem fôlego. Logo estou debaixo dele, minha cabeça afundando no travesseiro de plumas à medida que seu corpo pressiona o meu. Ele toca meu rosto, fitando meus olhos com uma ferocidade que quase me assusta.

— Vá embora comigo, Lia. Vá comigo esta noite. Eu protegerei você das Almas o tempo que for preciso. Trabalharemos juntos para trazer Alice para o nosso lado.

Entrelaço meus braços em seu pescoço, puxando-o para perto de mim até que nossos lábios se encontrem de novo. Nossa paixão avança as barreiras de nosso beijo delicado até que por fim eu me afasto.

— Preciso fazer isso, Dimitri. Não quero viver em um mundo onde tenho de me esconder, até mesmo dormindo, das Almas.

E o mais importante, não desejo viver em um mundo onde as outras chaves, minhas amigas, devem fazer o mesmo. Um mundo onde você precisa comprometer sua lealdade ao Grigori para me proteger. – Ele começa a protestar, mas ponho meus dedos gentilmente em sua boca para detê-lo. Então olho em seus olhos para que saiba que é sério o que direi a seguir: – É assim que deve ser, Dimitri. Por favor, não desperdice nosso tempo juntos falando outra vez. Apenas fique comigo aqui, agora. Fique comigo e saiba que aconteça o que acontecer amanhã, esta noite, e para sempre eu sou sua.

Eu me abaixo para beijar seus lábios. Então me entrego, saboreando a sensação de sua pele nua se movendo sobre a minha. E não me arrependo.

38

Passamos o dia em um silêncio moroso. Sonia, Luisa, Helene, Brigid, tia Virginia e eu jogamos cartas, desanimadas, e tentamos ler os parágrafos dos poucos livros empoeirados que estão nas estantes enquanto os homens se revezam cavalgando para checar o perímetro. Até a hora do jantar não há qualquer sinal da Guarda, e ao mesmo tempo que estou aliviada, não tenho dúvida de que eles estão lá fora. Não sei quando vão chegar, mas sei que estão vindo.

Com a chegada da noite, retiro-me para meus aposentos com Dimitri para me preparar para o Rito. Estou guardando minhas coisas em silêncio, guardando-as para quem for levá-las de volta a Londres caso eu não sobreviva esta noite, quando ouço a voz de Dimitri atrás de mim:

– Estava esperando o momento certo para lhe dar isto. – Viro-me para vê-lo. Ele segura um pacote embrulhado em papel pardo. – Na verdade, eu esperava que este momento não chegasse de forma alguma. Mas é impossível continuar mentindo para mim mesmo.

Não pego o pacote de imediato. Simplesmente olho para ele com medo de tocá-lo, como se tal atitude fosse desencadear uma série de eventos que não podem ser desfeitos. Mas é claro que é pura besteira. Esses eventos foram desencadeados há muito tempo, e não há nada que eu possa fazer para detê-los agora.

Pego o pacote e fico surpresa com seu peso.

– O que é?

Ele se senta ao meu lado na cama, seu peso faz o colchão afundar de leve, e deslizo até nossos corpos se tocarem.

– Algo que lhe trará conforto esta noite. Abra.

Puxo o cordão do pacote, virando-o até encontrar a junção. Quando retiro o papel, ele revela um amontoado de seda violeta-escura. Quando toco, uma pequena lembrança, forte, mas escassamente formada, abre caminho em minha mente como o indício de um lindo sonho.

– Eu... Eu não entendo.

Uma risadinha surge em sua garganta, com uma certa melancolia escondida.

– Você é terrível para receber presentes. Abra-o e irá descobrir.

Coloco o pacote na cama, retirando o tecido por cima. Ele revela um pouco mais o que está ali, mas deixo o resto como está e sacudo o amontoado de seda em minhas mãos até abrir e um mar púrpura e cintilante desdobrar-se e se espalhar pelo chão. Levantando-me, seguro o presente afastado de meu corpo para ver melhor e então compreendo.

– Ah! Mas... – digo, voltando-me para Dimitri, a emoção brotando em minha garganta, até que sou obrigada a engoli-la para conseguir falar: – Como conseguiu isto?

Ele aponta com a cabeça para o pacote na cama.

— Creio que tem um bilhete que explica.

Coloco o tecido na cama, procurando no meio dos tecidos e do papel pardo até ver um pedaço grosso de pergaminho. Não reconheço a caligrafia, e caminho em direção à lareira para poder ler com uma certa privacidade. Seja lá o que estiver escrito, seja lá de quem for, é somente para mim.

Meus olhos demoram um pouco para se ajustar à caligrafia inclinada e elegante, mas, assim que começo a ler, mal consigo respirar.

Querida Lia,

É estranho como algo tão pequeno pode mudar tudo, não é mesmo? Sua presença aqui em Altus foi assim para mim. Apesar de ter ficado poucos dias, sua amizade foi uma bênção. Sempre penso em você.

Sei que o momento de você enfrentar Samael e as Almas se aproxima, e sei que fará isso em nome das Irmãs — aquelas que já se foram antes de você e todas aquelas que viriam depois. Então, nada mais justo do que estarmos com você de alguma forma, e, apesar de eu não poder estar em Avebury para ficar ao seu lado no Rito, espero que encontre conforto e forças no manto de nossa Irmandade. Espero que ele faça você se lembrar de Altus e de mim. Espero que ele a faça lembrar que estamos ao seu lado, mesmo que espiritualmente. Seu povo e sua ilha precisam de você, minha lady. Minha amiga. Esperamos ansiosamente por seu retorno.

Una.

Continuo olhando fixamente para as palavras após terminar de lê-las. Elas me levam a outro lugar, e por um momento posso sentir a brisa correndo por cima do mar, carregando com ela o cheiro de laranja dos pomares de Altus.

– Ela estaria aqui se pudesse – fala Dimitri, sentado na cama atrás de mim.

Eu concordo, virando-me para ele com um pequeno sorriso.

– Eu sei.

Atravesso o quarto até alcançar o pacote, levantando o primeiro manto que vai até o chão antes de contar os outros.

– Tem seis deles. Um para mim, um para cada uma das chaves e um para a tia Virginia. – Ainda estou pasma com a consideração de Una.

Dimitri concorda:

– São os mantos usados pelas Irmãs em Altus nos antigos festivais e ritos.

– São lindos. – Aperto a seda violeta contra meu peito como se ao fazer isso ele pudesse me conectar à força das Irmãs em Altus. – Precisa agradecer Una por mim.

Dimitri se levanta, puxando-me para seus braços, o manto esmagado entre nós.

– Você mesma poderá agradecê-la, quando tudo acabar.

Sua voz fica rouca de emoção, e não digo nada. Simplesmente fico ali parada no círculo protetor de seus braços, deixando que finja naquele momento que minha sobrevivência é um resultado que já sabemos de antemão, em vez de ser o ato de fé que nós dois sabemos que é.

Espero que a noite passe rápido, da mesma maneira que sempre acontece quando desejamos o contrário. Em vez disso, as horas parecem rastejar. Dimitri e Edmund se levantam em intervalos regulares para vasculhar o local onde estão as pedras de Avebury, mas ainda não há sinal da Guarda. Isso não serve de nada para me acalmar.

Na verdade, saber que eles ainda não chegaram deixa-me mais inquieta ainda. Tenho vontade de montar em Sargent e fazer a ronda com os homens, mas nem perco meu tempo em perguntar. Simplesmente vão dizer que é muito perigoso, que devo permanecer enclausurada até a cerimônia. Mesmo assim, não consigo parar de pensar que preferiria morrer montada em meu cavalo, nos campos de Avebury e nas mãos da Guarda, do que sozinha, entregando-me ao Vácuo.

Mas esse fato significaria que não tentei fechar o Portal. E isso não é uma opção.

Quando o pequeno relógio sobre a lareira bate três horas da manhã, só quero que tudo termine. Estou cansada de esperar, de imaginar.

Estou sentada no pequeno sofá com Dimitri, encostada nele e aninhada na dobra de seu braço, quando ele se abaixa para sussurrar em meu ouvido:

– Acho que está na hora de eu levar a Pedra.

Eu concordo, levantando-me. Não é preciso falar. Ele preparará a Pedra para o Rito e o sol nascente enquanto espero dentro da casa com as chaves e tia Virginia até que o nascer do sol se aproxime. Tudo já foi preparado.

Sinto o olhar dos outros quando tiro a corrente do meu pescoço, agora pesada por carregar a Pedra em sua ponta. Entrego-a para Dimitri sem cerimônias, olhando-o fixamente pouco antes de ele se levantar, acenando com a cabeça para Edmund e Gareth. Eles saem da casa em silêncio. Nós, que ali ficamos, não conversamos no meio do vazio deixado pela ausência deles.

É difícil não sentir que estou a caminho de minha própria execução. Ficamos paradas – as chaves, tia Virginia e eu – perto da porta da cabana, esperando o aviso de que está na hora de nos reunirmos ao redor do fogo. Vejo as chamas pela janela, grandes e soltando faíscas no céu.

O tempo está acabando.

Levantando a mão direita, retiro o medalhão do pulso, segurando-o com a mão esquerda. Já sei, desde que sonhei que estava em Avebury e o medalhão queimava minha pele, que esta seria a última exigência da profecia. O teste final. Devo usar o medalhão sobre minha marca para fechar o Portal.

Significa que posso abri-lo se eu fracassar.

Mas não importa. É a única maneira, e posiciono o disco dourado e carimbado sobre o Jorgumand em minha pele. Minha alma parece se expandir, quase suspirando alto quando o símbolo gravado do medalhão se encaixa no símbolo idêntico em minha pele. Por um momento parece tolice ter lutado tanto quando, o tempo todo, a paz estava tão perto.

Sacudindo a cabeça para cessar o pensamento, deixo minhas mãos caírem ao lado do meu corpo. Os dedos de alguém cruzam com os meus, e, quando me viro, inclinando a cabeça para ver em torno do capuz de meu manto, vejo o nariz elegante de Luisa e os lábios grossos espiando debaixo de seu próprio manto.

Ela se volta para mim, falando com a voz tão baixa que me pergunto se alguém mais consegue ouvir:

– Lia... Eu... – Ela fita meus olhos com um sorriso triste. – Bem, você é muito corajosa. Haja o que houver, sei que você vencerá. Neste mundo ou no próximo. Espero que me leve com você para aonde quer que seja.

– Obrigada, Luisa. Espero que você faça o mesmo. – Sou grata por sua honestidade. É a única vez que minha provável morte foi revelada a todos, e de alguma forma é um alívio não ter de fingir. Contudo, não tive coragem de lhe retornar o sorriso, pois sei que sou uma fraude. Não sou corajosa. Na verdade, estou praticamente tremendo de medo, resistindo de modo efetivo ao desejo de fugir nas costas de Sargent enquanto conversamos.

Fugir e me esconder da Guarda, das Almas e de Samael o máximo que eu puder.

É somente a verdade que me impede de fazer isso. E a verdade é esta: eu já estou morta vivendo dessa forma. Não tenho para onde fugir. Enquanto o Portal permanecer aberto, Samael e suas Almas irão me encontrar.

Luisa aperta minha mão e viramos para a porta quando ela se abre. Edmund está parado, iluminado por detrás pelo fogo ao longe.

Ele gesticula com a cabeça.

– Chegou o momento. Temos menos de uma hora até o sol nascer, e, como não gosto de vê-la exposta, não me atrevo a deixar chegar ao limite.

Um nó de medo surge em minha garganta, mas concordo e passo pela porta aberta. As outras me seguem. Ouço seus passos nas pedras da pequena estrada que vai da cabana até chegarmos à relva dos campos. Depois tudo fica em silêncio enquanto seguimos Edmund até a fogueira, rodeada pelas chamas menores das tochas. Olho para o céu azul anil, notando a claridade fraca no leste. É o relógio pelo qual o Rito, e meu futuro, serão revelados, e imagino quanto tempo irá demorar até o sol surgir na escuridão do céu para iluminar a Pedra.

Voltando minha atenção para a silhueta escura de Dimitri atrás do fogo, sinto alívio ao perceber a sombra do rifle em sua mão. Pedi a ele que não interferisse, exceto para manter a Guarda longe de mim quando eu estiver nos Mundos Paralelos, pois não tenho dúvida de que é para lá que eu vou. Mas sou apenas uma, e não conseguirei manter meu poder nos dois lugares ao mesmo tempo. Se surgir uma batalha aqui enquanto eu estiver lá, caberá às outras lutar.

Minha apreensão aumenta ao me aproximar do fogo. A grama é fria sob meus pés, e sinto uma satisfação renovada por ter decidido vir descalça. Sinto a energia de Avebury correndo por debaixo de minha pele, que vai ficando mais forte à medida que me aproximo das pedras que estão ao longe. Parece importante estar conectada ao solo sagrado, e me tranquilizo com a vibração fazendo as solas de meus pés formigarem. Vou extrair força de qualquer fonte disponível – até mesmo da pedra da serpente que agora está fria, pendurada em meu pescoço. Ela pode não conter um poder espiritual, mas é uma parte de tia Abigail. Sua presença, por menor que seja. É um conforto.

Dimitri e eu nos entreolhamos enquanto atravesso o anel de tochas, parando diante dele. Desejo, mais do que tudo na vida, ter o poder de acabar com a tristeza e resignação em seus olhos.

Por fim, tudo o que posso fazer é deixá-lo ouvir o poder em minha voz:

– Estou pronta.

Ele assente, deixando de me olhar para apontar para o fogo, que está a alguns metros de nós.

– Está tudo em ordem. O Rito não requer fogo, mas ajudará Edmund e a mim a ficarmos de olho nos campos caso alguém se aproxime. Nós...

– Não é arriscado usar fogo quando ele não é necessário? – interrompe Helene.

O suspiro de Dimitri é cheio de fadiga.

– O fogo é uma parte sagrada de muitos rituais antigos, mas também é usado para uma simples iluminação. Contanto que tudo esteja em ordem, Lia terá o poder de convocar Samael.

Mas nem tudo está em ordem, penso. Não temos Alice.

Pergunto-me se os outros estão pensando o mesmo, mas não adianta falar o óbvio. Agora não há mais volta.

Dimitri volta a olhar para o fogo, depois para o tripé de madeira que foi montado.

– Posicionamos a Pedra em um tipo de elevação para dar a ela mais chance de captar a luz do sol nascente. Agora vocês precisam formar um círculo, dar as mãos e recitar o Rito enquanto esperam o sol bater na Pedra.

Não será tão simples quanto parece, mas a luz fraca ao longe já está surgindo no céu, a escuridão acima de nós está se tornando menos densa.

Dirijo-me para as outras, olhando para uma de cada vez – Helene, Brigid, Luisa, Sonia e tia Virginia.

– Obrigada por estarem aqui comigo. Podemos começar?

39

Primeiro eu me sinto desconfortável. As palavras do Rito soam mais estranhas em minha boca do que em minha mente. As chaves e eu nem sempre as recitamos em sincronismo, mas tropeçamos nas palavras no círculo que formamos ao redor do fogo e da Pedra elevada acima dele. Registro com total clareza a mão fria de tia Virginia na minha de um lado e a de Sonia, levemente úmida, do outro.

Diante de mim, através das chamas do fogo, Brigid está atenta às palavras, Helene e Luisa estão uma de cada lado dela. Olho para o céu só uma vez, notando com desinteresse a luz que vai aumentando à medida que o sol continua a nascer. Depois disso fecho os olhos, concentrando-me nas palavras do Rito. Dizendo-as junto com as chaves e minha tia. Convocando a Besta.

As palavras começam a sair com mais ritmo. Nosso sincronismo melhora enquanto repetimos o mantra do Rito, sem parar. O mundo físico começa a ficar mais distante, até que minha única conexão com ele são meus pés no chão de Avebury, sua energia antiga pulsando de forma ascendente em minhas pernas, estômago e braços, a ponto de todo o meu corpo parecer vibrar com ela. Penso em Altus, querendo me fundamentar em algo tão antigo quanto a própria profecia, e sinto o cheiro forte de laranja misturado com a maresia vinda do oceano. Tenho certeza de que ouço as ondas batendo abaixo, tão perto que sinto como se estivesse parada em um dos penhascos rochosos de Altus.

Abrir os olhos não é mais um pensamento. Estou flutuando no espaço celeste que está entre o mundo físico e os Mundos Paralelos. Eu me entrego a ele. Às palavras primitivas surgindo em nossas bocas. Ao ritmo do fogo em meu rosto. Ao chão sagrado debaixo de meus pés.

Então meus olhos se abrem como se fossem forçados. Uma luz ofuscante ilumina o espaço entre as minhas pálpebras pouco antes de eu ver a Pedra, acesa somente por um raio de sol, agora despontando acima do horizonte ao longe.

Um zunido emana do centro do círculo, ondulando por fora quando a Pedra, aparentemente acesa por dentro, muda de cor. Não é mais uma pedra cinza e sem graça, mas uma esfera verde e brilhante. Não consigo parar de olhá-la, apesar de minha boca continuar se movendo, como se fizesse uma oração quase silenciosa, com as palavras do Rito. A Pedra tenta me alcançar, chamando-me, até que me aquieto dentro de um estado estranho de prazer, quase como se fosse um desejo. É esse desprendimento da corda que me retém, e me deleito com a liberdade.

Mas dura só um pouco, pois logo depois há uma explosão ofuscante de luz saindo da Pedra. Ela vem em nossa direção, devorando vorazmente o chão entre a Pedra e nosso círculo. Fecho os olhos para isso, mas a luz continua ali, iluminando a escuridão por trás de minhas pálpebras pouco antes de eu ver flashes de outras coisas.

James e eu perto do rio em Birchwood, os dois parecendo impossivelmente jovens e despreocupados.

Henry, seu rosto sorridente voltado para mim enquanto rimos por causa de um livro na sala.

Luisa, Sonia e eu, nossos pulsos reunidos, nossa pele macia pontuada por nossas marcas quase idênticas.

Eu no penhasco, observando lá de cima o lago onde minha mãe sacrificou sua vida em nome da profecia.

E, finalmente, o rosto de Dimitri, seu corpo se movendo sobre o meu, iluminado somente pela luz do fogo em meu pequeno quarto em Avebury.

Depois há somente escuridão, e sinto uma corrente de alívio ao flutuar por ela, imaginando se estou, finalmente, morta. Mas é claro que não é tão fácil, e logo depois abro os olhos para me encontrar parada na mesma praia onde aprendi pela primeira vez sobre a estranheza dos Mundos Paralelos e o poder do pensamento. A maré está baixa e escorre sob meus pés, a mesma série de cavernas rochosas bloqueando tudo, menos a praia que avisto à minha esquerda.

Olhando ao redor, tenho um momento de incerteza. Agora que estou aqui, não tenho certeza alguma de como acabar com a profecia. Parece estranho, depois de tudo o que aconteceu, depois das tantas vezes que evitei ser detida pelas Almas nos

Mundos Paralelos, de procurá-las, mas acredito que é isso o que devo fazer. Se fosse tão simples quanto desejar que o Portal estivesse fechado, isso já estaria feito agora. Porém, estou aqui nos Mundos Paralelos através da ação da Pedra, do Rito e das chaves. Só posso deduzir que as outras ainda seguram minhas mãos no mundo físico. Que continuam a cantar as palavras do Rito. É a parte delas em nosso acordo, e percebo com uma claridade renovada que a minha parte é convocar a Besta, apesar de todos os momentos nos últimos dois anos terem sido dedicados a negá-la.

Sei imediatamente que a praia não é um bom lugar para fazer isso, com a água de um lado e as cavernas do outro. Tampouco desejo encontrar as Almas no Vácuo, por mais que seja verdade que aquele túmulo de lá possa ser meu destino, não desejo facilitar para que Samael veja isso ser executado.

Não, eu deveria querer encontrá-los, encontrá-*lo* em solo familiar, e, assim que penso nisso, sei exatamente aonde irei. Eu me lembro das palavras de Sonia de muito tempo atrás, da época em que viajar pelo Plano era estranho e desconhecido para mim:

Os pensamentos têm poder no Plano, Lia.

Penso em Birchwood. Nas colinas ondulantes que se estendem por todas as direções. Nas florestas que cobrem os campos e no rio que corre detrás da grande casa de pedras. No cemitério onde está o corpo de Henry, junto com o de papai e mamãe.

Ao mesmo tempo que é confortante, é doloroso. O fim apropriado para o fardo da profecia.

Pouco depois estou no ar, sobrevoando as cavernas perto da praia, dunas de areia e flora marinha, abrindo caminho para as planícies cinza-esverdeadas que logo se tornam extravagantes campinas verdes. Há criaturas abaixo de mim, muitas delas, todas fugindo da direção para a qual eu voo, como se houvesse fogo. Nem mesmo os animais querem estar aonde estou indo. Somente eu voo em direção à Besta, enquanto tudo o mais foge dela.

Mas não há tempo para insistir nessa ideia. Começo a descer para o chão, maravilhada mais uma vez com o poder do Plano. Que alguém pode simplesmente pensar na pessoa que deseja ver ou na tarefa que deseja executar, e é levado para lá somente com a energia do pensamento.

Chegando ao chão, espero sentir a maciez da grama primaveril em minha pele. Em vez disso, algo áspero arranha as solas de meus pés. Quando olho para baixo, fico surpresa ao ver que a grama está marrom e morta. Entendo quando enxergo a paisagem cinza e negra a minha volta. É uma cópia dos campos ao redor de Birchwood, mas eu a reconheço como o campo morto onde eu, uma vez, pedi para me encontrar com Alice.

Não são apenas a grama e as árvores que estão destituídas de vida. O próprio ar parece não ter oxigênio. Como se este mundo tivesse sido abandonado. Como se todos nos Mundos Paralelos soubessem que nada de bom pode acontecer por estarem aqui, e todos procuraram escapar. Eu me dirijo a um pequeno círculo, procurando algum sinal das Almas.

Eu as ouço – não, eu as *sinto* – primeiro.

Começa um tremor no chão debaixo de meus pés, como se um animal grande estivesse correndo em minha direção e que surgirá entre as árvores a qualquer instante. Meu coração acelera, e espero e ouço, sem me sentir surpresa quando finalmente percebo que o som é a vibração dos cascos dos cavalos ao longe. Fica claro, pelo barulho, que estão em grande número. Muito mais do que antes. A Besta sem dúvida enviou todos os seus servos para se reunir nesta captura final e banimento de quem pode conduzi-la para dentro do mundo que é meu.

Os cavalos se aproximam com uma rapidez que faz a velocidade dos Cérberos parecer lenta em comparação, e viro-me em direção às árvores enfileiradas que acolhem o maior barulho, preparando-me para a aparição das Almas e seus cavalos. Pelo som deles, é óbvio que se aproximam, vindo de todas as direções, mas é impossível fixar minha visão em apenas uma área de cada vez. Logo depois, fico feliz com a escolha que fiz.

As Almas saem rapidamente da floresta, com os braços erguidos e espadas flamejantes e vermelhas incandescentes. Eu havia me esquecido do quanto eram enormes, pois até mesmo um membro da Guarda não é maior que um homem comum no mundo físico. As Almas são do tamanho de dois homens mortais, e todas estão montadas em cavalos tão grandes que fazem de Sargent uma miniatura. Elas não diminuem a velocidade ou hesitam ao me verem parada no campo, mas aceleram com um vigor renovado, como se tentassem me capturar antes que eu escape.

Porém, não faço nada. Não me incomodei em trazer meu arco ou qualquer tipo de defesa física. Essa época já passou. Agora é minha decisão *permitir* que venham em minha direção.

E lutar com a força que herdei de minhas ancestrais na Irmandade.

De tia Abigail. De tia Virginia. E de minha mãe.

Isso agora não é importante, pois elas ficam rapidamente sobre mim, espalhadas por todo lado, cercando-me, até que não passo de um pequeno animal perto delas. Quando sou totalmente cercada, as Almas Perdidas, que são tantas em todos os lados que não consigo ver onde acabam, erguem suas espadas unidas, e um uivo gutural irrompe de suas gargantas. Mesmo sem palavras, reconheço que é o grito de vitória.

Começo a tremer, incapaz de esconder meu medo. Elas são enormes, seus corpos são formas toscas e musculosas se agitando debaixo de roupas esfarrapadas, seus semblantes vitoriosos são assustadores e abomináveis por trás de barbas emaranhadas.

Cercando-me, elas chegam mais perto com seus cavalos, os animais gigantes mostram os dentes, batendo-os para mim enquanto as Almas me olham com um prazer óbvio. Começo a achar que serei poupada do Vácuo. Que morrerei aqui, pisoteada até a morte debaixo dos cascos dos cavalos antes de ter a chance de até mesmo fechar o Portal.

No entanto, sinto como se as batidas do meu coração tivessem se multiplicado de repente. No início é distante, por isso não tenho certeza se está mesmo acontecendo, mas logo depois fica mais forte. Sinto sua aproximação tanto do lado de dentro como de fora de meu corpo, até que me cerca, corpo e alma. A multidão de Almas Perdidas começa a se esquivar para um lado, erguendo suas espadas e curvando a cabeça. A pulsação fica ainda mais forte e mais perto das batidas do meu próprio coração à medida que as Almas se afastam, abrindo caminho para a Besta.

Ele se ergue diante de mim, vestido de preto. Assim como as Almas, seu tamanho é assustador. Mas sua expressão é de um homem belo, e tenho uma breve lembrança do momento no Plano em que seu rosto deixou de ter esta aparência e se transformou na terrível besta que me perseguiu pela floresta de minha viagem, tentando me atacar com suas garras afiadas. Não posso esquecer. Não posso me deixar levar por esse rosto falso e cativante. Porém, seu coração continua tentando bater junto ao meu.

Ele surge diante de mim. Se fosse atacar, eu não passaria de um pedregulho em seus pés. Entretanto, ele não se aproxima a cavalo. Em vez disso, surpreende-me saltando no chão com um movimento rápido, mais gracioso do que qualquer mortal, apesar do tamanho.

– Donzela. Dê-me a honra de sua presença. – Sua voz é distorcida, o som de um animal tentando atrair o som do corpo de outro.

Engulo em seco, desejando que minha voz seja forte:

– Não lhe dou tal honra. Venho em nome da Irmandade para fechar o Portal e bani-lo do mundo físico para todo o sempre. – Pareço uma criança, até para mim mesma, mas é tudo o que posso pensar em dizer.

Ele se aproxima de mim com passos largos. Suas botas fazem tremer o chão debaixo de meus pés e parecem repercutir muito além do mundo no qual estamos.

– Você não tem a Guardiã.

Levanto o queixo.

– Talvez não, mas pretendo fechar o Portal, como a profecia disse que é direito meu.

Seus olhos se estreitam quando se aproxima, vejo que são quase dourados no centro e rodeados de vermelho.

– Você é uma mulher teimosa. – Sua voz parece penetrar em meus poros, abrindo caminho pelo meu corpo. Ouço o farfalhar de asas em suas costas. – Você encontrará paz somente se abandonar seus falsos ideais.

Ele se aproxima mais ainda, parando bem perto diante de mim, seus olhos penetrando nos meus. Começo a perder o foco no mundo ao meu redor. Os campos mortos, as Almas... Tudo vai desaparecendo enquanto sua voz sinistra vai se infiltrando em minhas veias, as palavras se espalhando com um sibilo repulsivo:

– Seu lugar é comigo, Donzela, como você *sssabe*. Como você *sssente*.

Suas asas se abrem com uma sacudida enorme, se desenrolando para os lados, até que bloqueiam até as Almas paradas atrás dele. As asas me chamam, as penas exuberantes brilham como o ônix polido, falando comigo de paz e segurança. De Samael, e, o mais importante de tudo, de mim mesma.

Balanço a cabeça, agarrada ao restante de meu propósito anterior.

– Não. Não é verdade. – Mas a pulsação em minha cabeça aumenta. Não bate mais fora do ritmo do meu coração. Agora nossos corações pulsam em perfeita união, e sinto que minha determinação começa a desaparecer.

– *SSSim* – diz ele, dando um último passo em minha direção, tocando minha face com as costas de sua mão enluvada. – É natural que sinta nossa afinidade um pelo outro. Não há vergonha nisso. Você nasceu para me conduzir para o mundo físico. Para reinar ao meu lado.

Balanço a cabeça para negar mais uma vez, mas a indiferença infiltra como um nevoeiro em minha mente, até que tudo o que ele diz ganha um sentido curioso. Uma sensação confortável de justiça se aloja em meus ombros quando suas asas me envolvem, cercando-me de afeto e ternura. A pulsação aumenta. É somente um coração agora – *o nosso* – batendo junto.

E agora tudo é tão simples.

Nós somos um, como a profecia dita. Não é meu desejo recusá-lo. Fazer isso só trouxe tristeza e perda e escuridão. Todas as coisas que procurei evitar negando sua entrada.

Aconchego-me em suas asas sedutoras, esfregando a pele de minha face em suas penas, permitindo que minha pulsação entre em um sincronismo mais sólido com a dele pouco antes de sentir minha alma partir ao meio.

Gritando, ergo minha cabeça do peito peludo da Besta.

Um puxão na corda astral conectada ao meu corpo me arranca de seu abraço, até que vou caindo mais uma vez na escuridão silenciosa. Minha queda parece interminável. Minha primeira percepção depois disso é o som de vozes distantes, cantando em uníssono palavras que de uma vez só são estranhas e familiares. É a sensação de que alguma coisa sólida em minhas costas me diz que não estou mais caindo, e abro os olhos com dificuldade, como se estivesse acordando de um sono demorado.

Os vultos parados ao meu redor são distorcidos, o lugar onde seus rostos deveriam estar é negro e vazio. Demoro um pouco para me dar conta das pessoas vestidas com o manto e encapuzadas, mas logo me lembro: as chaves. Elas ainda estão recitando as palavras do Rito, mas estou deitada no chão, perto do fogo, e de alguma forma me libertei do círculo delas. Lembro-me da Besta com saudade, quando outra lágrima dolorosa cai, rasgando meu corpo, fazendo-me gritar no meio da noite. Meu pulso arde como se pegasse fogo, e levanto meu braço com esforço, perguntando-me se estou imaginando a marca fundindo-me com o medalhão, queimando minha pele enquanto os dois se tornam um.

Arremesso os braços para os lados em um gesto de rendição, pois percebo que a Besta está vindo. Ela está vindo através de mim, finalmente, e me rendo à dor, libertando-me do fardo de lutar. Tentando agarrar a paz passageira e o senso de propósito que senti enquanto estava envolvida em suas asas.

Só estou começando a mergulhar naquela libertação quando o som dos cascos de cavalos chega aos meus ouvidos. Acho que são as Almas, vindo ajudar Samael. Vindo me escolter em direção à serenidade que ganhei por ser o Portal dele.

Mas o som não vem daquela parte distante de mim que ainda está nos Mundos Paralelos. Não. Esses cavalos estão aqui, do lado de fora do círculo das pessoas com o manto, e viro meu olhar, sentindo-me fraca demais para levantar a cabeça.

Ouço vozes masculinas além das figuras sem rosto que me cercam. As vozes dos homens são entremeadas por mais uma, feminina, além do círculo.

É essa voz que se destaca das outras:

– Deixem-me passar! Preciso ajudar minha irmã!

E de repente Alice está aqui, ajoelhando-se ao meu lado, entrelaçando minha mão na dela. Vejo outras pessoas a cavalo fora da segurança de nosso círculo. A face do Guarda de cabelos claros se aproxima de mim no meio da noite, distorcida por minha própria dor e a luz trêmula do fogo, e sua expressão é de fúria quando olha para Alice.

Agora eu sei. A Guarda *estava* nos perseguindo. Estavam atrás de nós esse tempo todo, mas não era a mim que estavam tentando deter.

Não desta vez.

Era minha irmã.

– Você está comigo, Lia? Você está aqui ou lá? – Tento abrir a boca para falar, mas não consigo soltar as palavras de minha garganta. Ela continua sem esperar por minha resposta: – Não importa. Onde quer que esteja, não dê ouvidos a ele. É tudo mentira. – Ela se deita no chão ao meu lado, estendendo o corpo e pegando a minha mão. Seus olhos estão transbordando de tristeza e de outra coisa que não vejo no fundo deles há muito tempo. Amor. – Você acha que isso me tornará boa novamente?

Não tenho tempo para responder. Assim que sua mão encontra a minha, acontece outro puxão forte, e desta vez vou girando na escuridão com minha irmã.

40

– Você! – exclama Samael, cuspindo a palavra de sua boca. Suas asas negras sacodem, provocando uma ventania. Ele está montado em seu cavalo, a poucos metros de onde Alice e eu agora estamos no campo morto.

Ela não olha para mim quando fala:
– Temos de repetir o Rito juntas agora, Lia.

Ela começa a entoar as palavras, da mesma maneira que eu e as chaves fizemos antes de eu ser transportada para os Mundos Paralelos:

– *Sacro orbe ab angelis occidentibus effecto potestatem sororem societatis convocamus Custos Portaque ut Diabole saeculorum te negaramus in aeternum. Porta se praecludat et totus mundus tutus a tua iracundia fi at.*

Não demora muito para que suas instruções abram caminho através da minha consciência confusa, mas logo começo a repetir o Rito com ela. Nossas vozes se erguem sobre Samael e as Almas, encontrando seu caminho no meio do silêncio dos campos mortos. As Almas se esquivam em seus cavalos quando nossas palavras se tornam mais ousadas, mais altas. Seus cavalos começam a recuar, apesar de as Almas que estão no comando insistirem e os açoitarem.

Os olhos dourados de Samael encontram os meus, os anéis vermelhos brilham ao redor deles.

– Está cometendo um erro grave, *sssenhorita*.

Minhas palavras ficam mais fortes quando ergo minha voz junto com minha irmã. Eu sempre soube que seríamos mais fortes juntas. Pergunto-me se Alice também sabe disso agora.

O vento vai aumentando, e agora posso ouvi-lo e senti-lo. Ele se ergue como uma nuvem a nossa volta, rodeando a Besta, Alice e eu, até que ficamos envoltos em nosso próprio ciclone. Meus cabelos batem em meu rosto, e tenho que lutar para manter meu corpo ereto contra a ventania.

Samael olha para Alice.

– Você pagará caro por sua traição. – Ele não grita contra o vento, mas posso ouvi-lo perfeitamente.

Alice olha para ele, sem hesitar, repetindo o Rito sem parar.

Logo depois se ouve uma tremenda explosão acima de nós. Ergo o olhar e de certa forma não fico surpresa ao ver uma grande fenda no céu dos Mundos Paralelos. Os olhos de Samael seguem os meus, sua fisionomia começa a mudar da forma humana para algo totalmente diferente.

Um monstro.

Uma Besta.

Ele abre seus olhos demoníacos, agora quase vermelhos por inteiro, e olha para Alice.

— Se eu for, você também irá.

Por um momento sinto como se estivesse fitando a água para predizer o futuro. Sua imagem cintila, o som de suas roupas rasgando é audível à medida que seu corpo vai ficando cada vez maior, libertando-se do tecido que cobria sua forma humana. A imagem que aparece não possui a forma delicada e musculosa de um homem. É distorcida, deformada, e, quando penso que não posso tirar meus olhos daquela transformação assustadora, seu rosto brilha, abrindo suas mandíbulas enormes e revelando seus dentes incrivelmente afiados. Suas pontas surgem tão afiadas e finas como uma espada, tentando nos abocanhar com um rugido explosivo. Seu olhar cheio de ódio é para Alice.

Mas ela não para de recitar o Rito, e sinto a primeira pontada de medo por minha irmã. Mesmo agora, depois de tudo que aconteceu, depois de tudo que ela fez, não quero vê-la relegada ao Vácuo.

Vendo sua determinação na força de seus dentes cerrados, continuo recitando as palavras do Rito junto com ela. Com outro estrondo terrível, a fenda no céu aumenta, e o mundo inteiro parece balançar debaixo de meus pés. Samael lança um olhar para cima antes de pegar as rédeas de seu cavalo. O animal se levanta sobre as patas traseiras, criando uma sombra gigantesca cobrindo tudo ao seu redor pouco antes de Samael fixar seu olhar em nós e atacar.

— Não pare de recitar as palavras do Rito, aconteça o que acontecer, até que esteja de volta em segurança para o nosso mundo, Lia. Prometa-me, ou tudo terá sido em vão.

Faço uma pausa o suficiente para gritar no vento uivante:

— Eu prometo!

Continuamos nosso cântico em perfeita união enquanto Samael galopa em nossa direção, fitando somente Alice. Não sinto mais sua pulsação junto com a minha, mas a minha é mais do que suficiente quando ele vai chegando mais perto.

Não sei o que é mais alto: o vento uivante ou o som ensurdecedor da aproximação de Samael, mas lembro-me da promessa e não paro de recitar nem mesmo quando ele está bem na nossa frente. Nem mesmo quando ele se abaixa, pegando minha irmã ao passar. Ele a puxa com força para longe de mim e agarro sua mão tão forte quanto agarrei quando ela me salvou da morte no rio atrás de Birchwood.

Mas não adianta. Minha força não é páreo para a de Samael, e Alice é tirada de minhas mãos. Ele a joga sobre as costas de seu cavalo, suas asas gigantes a envolvem, até que ela fica totalmente fora de vista. Virando o cavalo, ele galopa em direção à floresta.

Ele não vai longe.

Pouco depois seu cavalo começa a desacelerar, antes de parar por completo. Vejo o animal lutando para fugir de uma força invisível. Ele recua e relincha antes de se inclinar, jogando as patas para cima, com a Besta e minha irmã ainda nas costas, em direção à fenda no céu.

Até mesmo de minha posição no chão, vejo a Besta e seu corcel lutando contra a força que os atrai em direção à fenda no céu. Mas, por mais que a força tenha efeito, por mais que minha irmã e eu a invoquemos juntas, aquilo é mais poderoso do que até mesmo Samael.

Então eles desaparecem.

— Alice! — Minha voz atravessa os campos, agora tão silenciosos quanto a morte.

Olhando para as Almas que estavam atrás de mim, fico surpresa ao ver que sumiram. O vento é calmo, a fenda no céu já se fechou como se nunca estivesse ali. Ouço o som de metal no chão perto de meus pés, e, quando me abaixo, vejo o medalhão caído na grama. Pegando-o, eu o viro em minhas mãos, esperando ver a marca gravada em sua superfície.

Não há nada.

Quando viro meu pulso, eu quase espero ver que a marca desapareceu de minha pele também, mas ela está lá, da mesma maneira que sempre esteve desde a morte de papai.

Tocando a superfície lisa do medalhão, penso em levá-lo comigo. Tem sido parte de mim em todas as coisas maravilhosas e terríveis que aconteceram, e me recuso a deixá-lo.

No entanto, também estou ansiosa para abrir mão de seu controle sobre mim. Deixo-o cair de volta no chão, olhando ao redor e pensando em minha irmã, esperando que o poder do Plano me leve até ela como sempre fez. Eu a imagino no Vácuo, na praia, em qualquer um dos sete Mundos Paralelos que vi, mas nenhum deles me impele a ir. Em vez disso, mergulho na escuridão mais uma vez, caindo e caindo, até que minha alma volta para o meu corpo e me encontro deitada ao lado do corpo sem vida de minha irmã nos campos de Avebury.

Arqueio as costas com a dor que sinto ao tomar fôlego e me esforço para respirar. Fico ali, deitada por um momento antes de reunir forças para me levantar do lado de minha irmã. Enfiando o braço debaixo de seu pescoço, coloco a parte superior de seu corpo em meu colo.

— Alice! Volte, Alice. Você conseguiu. *Nós* conseguimos.

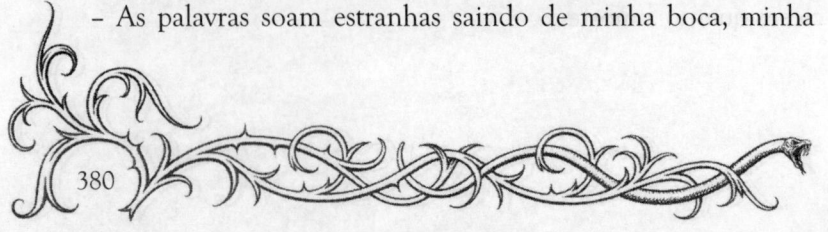

— As palavras soam estranhas saindo de minha boca, minha

garganta grita em protesto, como se eu não falasse há muito tempo. Fico surpresa ao ver lágrimas caindo sobre o rosto de minha irmã. Surpresa de poder chorar por ela. – Volte agora. James está esperando. – Minha voz fica mais dura, como se eu pudesse obrigá-la a voltar para seu corpo com meu ódio: – Você fez isso por ele, não foi? Não foi?

– Lia. – Dimitri se abaixa ao meu lado, colocando a mão em meu braço. – Ela se foi, Lia. Ela fez o que veio fazer.

– Não. – Balanço a cabeça, as lágrimas caindo cada vez mais rápido enquanto aperto o corpo de minha irmã com mais força. – Não é justo. Ela não pode morrer. Não depois de cumprir seu papel como Guardiã. Não depois de ter me salvado. Depois de ter salvado todos nós.

– Lia. – Sua voz é gentil.

Nego com a cabeça. Não vou olhá-lo. Se fizer isso, tudo será verdade.

Então olho para Luisa, Sonia, tia Virginia... Todas paradas ao meu redor.

– Ela vai ficar bem, não vai? Demora para se recuperar de uma viagem. Ela só está dormindo.

Luisa se ajoelha na grama ao meu lado, sua voz é suave. Não quero ver o alívio em seu rosto.

– Acabou, Lia. Você conseguiu. Você fechou o Portal para Samael.

Eu nego, balançando o corpo para a frente e para trás com Alice nos braços. Tentando bloquear as palavras de Luisa.

Mas Dimitri não permitirá que eu me esconda da verdade.

– Olhe para mim, Lia. – Sua voz é de comando, e ergo o rosto para vê-lo, ainda segurando o corpo sem vida de Alice. – Ela sabia o que estava fazendo. Ela ultrapassou a Guarda até chegar aqui. Eles só saíram quando você fechou o Portal. Alice sabia do sacrifício que estava fazendo. Sabia que não ia sair viva. Era o que ela queria.

— Ela queria ser boa outra vez. — Minhas palavras saem engasgadas no choro.

— Sim — concorda ele. — Ela queria ser boa outra vez.

41

O sol é um guerreiro, lutando corajosamente contra as nuvens cinzentas que o cercam. Acho apropriado que o dia não esteja nem escuro nem claro, como se até mesmo o céu não tivesse certeza de como se sentir com a morte de Alice.

James é uma presença silenciosa a minha esquerda. Estamos parados no pequeno cemitério da família na colina, a terra fresca e amontoada aos nossos pés, a lápide de granito rigidamente cravada na cabeceira do túmulo. Dimitri e os outros voltaram para a casa, deixando James e eu a sós para nos despedirmos de minha irmã.

E nos despedirmos um do outro.

Não sei bem como começar. Quero que James entenda a profundidade do amor e do sacrifício de Alice, mas ainda não tenho certeza absoluta de que ele entende a verdade da profecia. Tentei explicar tudo depois que voltamos de Avebury, mas meu relato sobre a morte de Alice parecia somente ricochetear na superfície de sua expressão impenetrável. Ele não fez uma única pergunta desde então.

Suponho que as coisas são mais simples para James; os detalhes não importam. Só que Alice se foi, e eu também irei.

Por fim, olho para seu estimado rosto e digo a única coisa que ele realmente precisa saber:

— Ela amava você e, em troca, queria ser digna de seu amor.

Posso ouvir sua respiração.

Ele vira-se para me olhar, com o chapéu na mão.

— A culpa é minha?

Nego com a cabeça.

— É claro que não. Alice fez o que queria fazer, como sempre. Não poderia tê-la impedido, mesmo que você soubesse e tentasse. Nenhum de nós poderia.

Ele suspira, voltando a ficar de frente para a lápide, concordando, de coração partido.

— O que você fará agora? — pergunto.

Ele dá de ombros.

— O que sempre fiz. Trabalhar na loja com meu pai. Catalogar livros. Tentar entender tudo que aconteceu. — Ele inclina a cabeça para me olhar mais uma vez. — E você? Um dia vai voltar?

— Eu não sei. Este lugar... — Observo as colinas ondulantes ao redor do cemitério, os campos cobertos de flores silvestres. — Ele me traz muitas lembranças. — Volto a olhá-lo. — Creio que só o tempo dirá se eu posso suportar.

Ele assente, com entendimento nos olhos.

— Se um dia decidir que pode, espero que venha nos visitar. Mande notícias.

Tento sorrir.
— Obrigada, James. Eu mandarei.
Colocando o chapéu de volta na cabeça, ele se inclina para a frente, abaixando-se para beijar minha face. Sinto o aroma singular que sempre pertenceu a James — livros, poeira e tinta — e imediatamente volto a ter quinze anos.
— Adeus, Lia.
Pisco para disfarçar as lágrimas que ardem em meus olhos.
— Adeus, James.
Então ele se vai, seu vulto em retirada ficando cada vez menor enquanto desce a colina. Eu o observo até ele sumir.
Virando a cabeça, permito-me olhar para os outros túmulos. Lá estão os de mamãe e papai, a grama selvagem crescendo e formando um tapete exuberante debaixo dos lírios brancos que ali deixei esta manhã. Ali também estão as lápides empoeiradas dos pais de meu pai.
Mas é o túmulo de Henry que me atrai. Vou em sua direção, sem ficar surpresa de ver que flores silvestres de cor violeta tomaram conta do gramado que cobre o lugar de seu descanso final. Penso em seu coração bom e sua força comedida, e acredito que não é por acaso que as flores que enfeitam seu túmulo são da cor da Irmandade.
De Altus.
Imagino Henry correndo sob um céu brilhante no Mundo Final, finalmente livre, como qualquer outro garoto. Ele, mais que qualquer um, é merecedor dessa paz. Coloco a mão nos lábios antes de estender o braço e tocar com meus dedos no local onde seu nome está gravado na lápide.
— Adeus, Henry. Você foi melhor do que todos nós.

O passado é uma lembrança da estrada sinuosa me guiando a esta época e lugar. É uma estrada que continua no futuro, pois hoje é mais do que um dia de despedidas.

É um novo começo.

Lembro-me do dia em que Dimitri e eu ficamos parados no deque do navio que nos levava da Inglaterra para Nova York, o oceano agitado diante de nós até onde os olhos podiam ver. Não olhei para ele de imediato. Simplesmente fiquei fitando a água e lhe disse com toda a calma possível que aceitaria meu papel como Lady de Altus, e sim como sua parceira em todas as coisas. Ele se inclinou, sorrindo pouco antes de beijar meus lábios com aquela ferocidade carinhosa a qual me acostumei desde nosso momento em Avebury. Quando se afastou, vi em seus olhos todo o amor e a certeza no mundo, como se nunca tivesse existido uma dúvida em sua cabeça de que eu tomaria tal decisão – ou que eu viveria para fazer isso.

Mas os pensamentos sobre o futuro são para outro dia. Volto a olhar o túmulo de Alice, sabendo que esta pode ser a última vez em que fico diante dele. Meus olhos são atraídos para o epitáfio gravado na superfície suave da lápide:

Alice Elizabeth Milthorpe
Irmã, Filha, Guardiã
1874 – 1892

Ela mereceu todos os três títulos, mas sinto uma pontinha momentânea de pesar pela falta de emoção na dedicatória. Até mesmo agora, não sei o que pensar de minha irmã. Como me sentir sobre sua corrida até Avebury. Seu sacrifício final para me ajudar a fechar o Portal. Pensei que meus sentimentos fossem ficar mais claros com o tempo, mas minhas emoções ainda continuam confusas por muitas coisas para que eu consiga transformá-las em algo simples. Algo que eu possa explicar.

Vejo flashes de como éramos antes da profecia, correndo pelos campos ao redor de Birchwood, Alice sempre rápida demais para eu alcançá-la e nunca se importando em me deixar tentar. Vejo-nos deitadas lado a lado em nosso quarto de criança, nossos cachos se misturando sobre os travesseiros enquanto caímos no sono. Vejo-nos flutuando de mãos dadas no mar enquanto aprendíamos a nadar, nossos corpos infantis tão iguais como se fossem um reflexo no espelho. Vejo tudo isso e sei que, não importa o que mais eu venha a entender neste mundo, Alice sempre será um lindo mistério.

Um mistério que fico contente por não solucionar. Posso amá-la agora, mesmo com todo o seu adorável lado obscuro.

Passo as mãos sobre a lápide de granito mais uma vez antes de ir embora, descendo pela ladeira gramada em direção a Birchwood Manor e sabendo, finalmente, da única coisa que importa.

Alice era minha irmã.

E não éramos tão diferentes, afinal.

AGRADECIMENTOS

Para contar esta história até o fim, demorei cinco anos, e várias pessoas incríveis me ajudaram no processo. É impossível agradecer a todas, mas não custa nada tentar.

Primeiro, ao meu agente, Steven Malk, que ao acreditar nesta história tornou tudo possível. E o mais importante, sua fé contínua em mim e nas muitas histórias que ainda tenho para contar é um presente de valor incomensurável. Obrigada por estar ao meu lado quando eu estava certa, por dizer sem rodeios quando eu estava errada, e por deixar de lado sua fé e seu notável conhecimento profissional em prol de todo o meu esforço.

Obrigada a minha brilhante editora, Nancy Conescu, por ser alguém que ama esta história tanto quanto eu. Seu incrível talento me deu uma riqueza de conhecimento que continua a me tornar uma escritora melhor. É sua voz firme e misericordiosa que ouço em minha cabeça enquanto digito minhas histórias. Jamais poderei agradecê-la o bastante por dividir esta jornada comigo.

Obrigada a Alison Impey, por nunca desistir de fazer as capas dos livros – e por ter feito várias capas maravilhosas.

Obrigada a Kate Sullivan, Megan Tingley, Andrew Smith, Melanie Chang, Lisa Sabater, Jessica Bromberg, Lauren Hodge e a todos da Little, Brown and Company Books for Young Readers, por se dedicarem tanto para trazerem a profecia ao mundo de maneira tão elegante.

Obrigada a Lisa Mantchev, Jenny Draeger, Tonya Hurley e Georgia McBride, queridas amigas que me apoiaram enquanto eu trabalhava até tarde da noite e durante os intervalos angustiantes. Obrigada também aos leitores e escritores zelosos que frequentam meu website e me fazem companhia on-line, principalmente Devyn Burton, Catherine Haines, Adele Walsh, Kaiden Blake e Sophie e Katie, do Mundie Moms.

Um agradecimento especial a Dan Russo por garantir que meu latim estivesse correto; a Jenny e sua mãe, Janet, por me ajudarem a navegar na paisagem da Inglaterra rural; e a Gail Yates e Laura McCarthy por me contarem tudo sobre a história da Irlanda.

Obrigada a Morgan e Anthony, membros vitalícios do grupo de amigos Zink. E a Layla, a parceira perfeita na escrita.

Nunca há palavras suficientes para agradecer a minha mãe, Claudia Baker, pelo apoio e persistência na difícil tarefa de me entender e aceitar. Quando penso nas coisas pelas quais sou mais grata na vida, você é a primeira da lista.

Por fim, aos queridos leitores, que tornam tudo possível ao continuarem lendo minhas histórias. A confiança de vocês é muito importante para mim.

Impresso na Gráfica JPA Ltda., Rio de Janeiro – RJ.